Avalado sea Dios

Eduardo Fernández Jurado

Colección Exit narrativa

© de los textos: Eduardo Fernández Jurado
© de la presente edición: Exit editorial
© Diseño y maquetación de portada e interior: Eduardo Fernández Jurado

BLB CONSULTORES REGISTRALES E HIPOTECARIOS S.L. B86927563
Calle Chopos, 31, 28221 Majadahonda
Teléfono: 616985408 / 673161172
Email: comunicacion@exitcomunicacion.com
Página Web: www.exitcomunicacion.es

Tercera edición, 2024
ISBN: 978-84-128076-6-0

Impreso en España

ÍNDICE

PRÓLOGO

RETRATO PARCIAL, REALIDAD TOTAL

Las aventuras y desventuras de un excombatiente republicano tras la guerra civil española.

Un soldado republicano de un pueblecito extremeño debe afrontar las diversas desgracias a las que se enfrenta constantemente el bando perdedor: cárcel, cuartel, muerte o pérdida de salud, o desaparición de sus familiares más allegados...

Así, el relato se presenta como una historia localista: un soldado extremeño, un cuartel gaditano, un amigo madrileño, pero ¿no es esa la historia de todos los refugiados de España, de todos los refugiados de Europa, de todos los refugiados del mundo? La historia, localista en apariencia, se revela como algo internacional, algo atemporal y, lamentablemente, algo eterno.

Por ese motivo, no es este un relato para una minoría; el tema nos puede afectar a todos los seres humanos de cualquier nación, en cualquier época, y el estilo debe ser sencillo, con los recursos literarios más vistos en la plaza de un mercado: símiles, enumeraciones, epítetos, metáforas, paralelismos. Sin embargo, la aparente sencillez del estilo de esta obra no debe engañar al lector; las sencillas figuras literarias van salpicando el relato de notables destellos de buen gusto, que es armoniosamente cohesionado, sobre todo gracias al discurso simple, sencillo, lleno de oraciones interrogativas indirectas. En el mismo sentido, la constante rememoración del narrador y del protagonista cohesionan el texto perfectamente sirviendo de elementos anafóricos y —entre estos y la catáfora que se ve en las dudas y en las anticipaciones del protagonista del relato— se encuentran las fechas, que sitúan al lector en esa España dividida llena de odio.

(Del relato —cerrado en apariencia— el narrador solo escapa en tres ocasiones para darle frescura a la lectura y crear cierta técnica de distanciamiento: para hacer un guiño a *El vino en bota*, anterior obra del autor; para hacer partícipe del relato la obra de Federico García Lorca —ello también situaría al receptor— y para rendir homenaje a uno de los autores más geniales de nuestra literatura: Ramón María del Valle-Inclán).

En definitiva, la solución contra el odio permanente en esa España dividida, en la España de dos bandos enfrentados cuyas heridas aún no han cicatrizado del todo, es el amor, pero el amor resulta imposible en esos momentos de muerte, hambre y miseria. Nuestro protagonista vivirá destellos de amor: una atracción extraña y en ningún caso trabajada hacia la monja de un hospicio de Badajoz, un fugaz romance con una prostituta madrileña ex maestra republicana y, sobre todo, la gran historia de amor que vive a lo largo de todo el texto, el ingrediente que liga esta salsa, los amores con la hija de un coronel del lado vencedor. ¡Un soldado republicano, preso y cuya familia es perseguida con la guapa hija del coronel que dirige un cuartel en Cádiz! Ese es un amor entre Capuletos y Montescos, ese es un amor imposible. ¿Imposible?

Sergio Olid Heredero

CAPÍTULO I

En el verano de 1939, el calor en el campo de concentración de El Mogote, en Tetuán, era insoportable. Hacía casi cinco meses que la guerra había acabado, y el futuro de los cerca de mil republicanos que allí estábamos recluidos era incierto. No sabíamos lo que nos esperaba. Las noticias que llegaban de la península eran escasas, lo que hacía crecer nuestra incertidumbre. Como todos los viernes, se podía escuchar los cánticos de los imanes desde las mezquitas; era la llamada a la oración, que empezaba bien entrada la madrugada. Yo me encontraba tumbado en mi camastro. Estaba despierto, esperando el toque de corneta que indicara un nuevo día en el campo.

—Aquí no hay quien duerma, Tomás —dijo mi compañero de litera.

—No te quejes, que ya te queda poco de sufrimiento —contesté, a la vez que me sentaba en el borde del catre, en el instante en que empezó a sonar la corneta.

Se llamaba Mariano. Todos le conocíamos por el Madrileño. Llevábamos juntos desde febrero de 1938. Pertenecíamos a la quinta del chupete. Nos conocimos en la batalla del Ebro. Luego nos cogieron presos y estuvimos recluidos en Zaragoza y en Santander, hasta que dimos con nuestros huesos en El Mogote; la guerra nos unió. El madrileño había recibido los avales. Esa misma mañana tenía que presentarse ante las autoridades del penal, y lo más seguro es que se le comunicara su libertad. Los tan ansiados avales eran conocidos vulgarmente por la población reclusa como «*avalado sea Dios*», que era lo que gritaban todos los compañeros cuando algún preso los recibía. Los avales tenían que ser firmados por la autoridad militar del lugar de origen del preso, el alcalde y el cura del pueblo. Toda recomendación era poca para conseguirlos, para que te limpiaran de las penas contraídas por pertenecer al bando republicano.

Después del toque de diana formábamos en el patio, en filas ordenadas, ante las humeantes cacerolas, cada uno con su bote. Recibíamos un cazo de achicoria y un trozo de pan negro; después, antes de salir a nuestros puestos de trabajo, oíamos misa y al final cantábamos el «Cara al sol». Como punto final se gritaba, haciendo el saludo fascista, ¡Arriba España! y ¡Viva Franco! Algunos presos cambiaban el ¡Arriba España! por el ¡Arriba Azaña! Si algún recluso se negaba a cantar o no hacía el saludo fascista, los moros les sacudían con sus fustas, insultándoles, gritándoles en su idioma: «*Qarran! Skut ahmar!*«, que quería decir: «¡Cabrón! ¡Cállate, rojo!». Solo paraban de pegarte si algún militar o centinela se compadecía de ti. Las palizas, por no acatar las estrictas normas del campo, eran frecuentes.

Mariano, con otros siete presos, fue apartado de la fila. Tenían que presentarse ante las autoridades del centro. El madrileño no dejaba de mirar hacía donde yo me encontraba.

La desconfianza crecía cuando éramos requeridos por las autoridades del campo. Aunque el madrileño sabía que era para recibir los avales, el recelo estaba presente, porque algún preso no volvió de aquel edificio de ladrillo, en el que se decidía el futuro de los reclusos.

A los presos se nos conducía a nuestro lugar de trabajo. Nuestro cometido era rehabilitar los edificios de la ciudad de Tetuán. Yo, al igual que Mariano, tenía de maestro albañil a Gregorio, un extremeño, natural de Almendralejo. Aquella mañana los dos estábamos contentos y a la vez impacientes por la suerte de nuestro amigo el madrileño.

—¿Tú crees que Mariano tendrá algún problema para recibir los avales? —pregunté a mi compañero.

—No, Tomás. Vosotros erais muy jóvenes cuando os llevaron al frente. —Gregorio trataba de tranquilizarme, a la vez que se liaba un cigarro—. Yo, en cambio, no creo que reciba aval alguno. Haber pertenecido a un sindicato no me favorece. Y si lo recibiera... sería un engaño para que me juzgaran los falangistas.

La conversación fue interrumpida por un golpe de fusta en una de las puertas, dado por un centinela marroquí. No dejaban que habláramos entre nosotros, porque eso significaba que no estábamos trabajando.

—*Sukutu! Xadmat!* —ordenó que calláramos y trabajáramos.

Yo seguí sirviendo el yeso con la espuerta a mi maestro, pero no dejaba de pensar en la suerte que había tenido mi amigo Mariano. Continuaba sin saber de los míos. Nadie respondía a las cartas que repetidamente mandaba a mi familia. Parecía que desde el momento en que estalló la guerra me había quedado solo en el mundo. La tristeza me invadía cuando me acordaba de todo lo acontecido en aquellos años de sufrimiento y soledad. Tan solo le podía contar mis penas a gente que estaba pasando por lo mismo que yo, mis compañeros.

El día terminaba, y con ello otra jornada más de trabajo, porque por cada día trabajado te conmutaban cinco días de pena. Era el único aliciente que teníamos los presos, ganar el tiempo a la condena para reducir la sentencia. Nos conducían, de vuelta al campo en fila de a uno, custodiados por los «cabos de varas»; eran los presos de confianza. Al llegar al campo, nos dirigíamos hacia los pucheros; la comida no variaba mucho de un día para otro. Te daban un cazo de caldo, y si te caía un trozo de rábano o patata, habías tenido suerte.

En la fila pude ver a mi amigo Mariano. Su sonrisa delataba que todo había salido bien. No había duda: los demás presos se le acercaban para darle la mano mientras le decían: «Avalado sea Dios, Madrileño». *Él* contestaba con una sonrisa.

—Ven, Mariano, cuéntanos que ha pasado. —Gregorio y yo queríamos saber lo que había ocurrido en el edificio de piedra.

—No ha pasado nada, camaradas. —Bajó la voz para que no le escucharan los centinelas—. Te hacen un montón de preguntas. Que si esto... que si lo otro...

—¿Pero qué es lo que te han preguntado? —Gregorio estaba impaciente.

—Pues que si la carta con los avales la había escrito mi padre... Que si era partidario de la República... —Por el gesto que hizo, no le gustó que le hablaran de su padre.

—Y tú ¿qué le has dicho? —pregunté.

—Yo... —Mariano calló por un momento, antes de seguir contestando—: Yo le he preguntado por su padre el cura.

—No, no le has preguntado eso —titubeé, porque el madrileño era capaz.

—Pero no te creas, que me han dado ganas.

Gregorio y Mariano reían, porque, aunque lleváramos año y medio juntos, aún me creía las gracias que decía. Mariano ya tenía los avales, en cambio yo... seguía sin saber de los míos. Todavía tenían que pasar unos días hasta conseguir la libertad, y me alegraba de que mi compañero, preso desde 1938, fuera a ser libre, pero por otro lado me entristecía quedarme sin su compañía. Después de cenar la escasa e incomible comida, nos fuimos a nuestro barracón. Había un momento de tregua antes de que se apagara la escasa luz que nos iluminaba. Los presos aprovechábamos para dialogar y contarnos nuestras penas. Los tres nos sentamos en el borde de uno de los catres. El madrileño desconfiaba: el largo tiempo privado de libertad le creaba inseguridad.

—Alegra esa cara, chaval, que en breve serás libre. —Gregorio trataba de animarle.

—¿Vosotros creéis? —Mariano tenía dudas de que todo saliera bien—. La verdad, camaradas, no sé lo que me espera cuando abandone este agujero.

—Pues volver a tu pueblo, que allí están los tuyos esperándote.

Gregorio y yo tratábamos de animarle, aunque sabíamos que era una libertad momentánea, y que cuando los presos llegaban a sus lugares de origen eran juzgados otra vez por las autoridades que mandaban al amparo del régimen franquista. Los juicios estaban regidos por el odio, las rencillas, envidias y asuntos personales que se arrastraban desde antes de la guerra. Los vencedores ponían la justicia de su parte; a los vencidos solo nos quedaba vivir con el lastre del perdedor. Algunos reclusos, cuando conseguían la libertad, no volvían a sus pueblos o ciudades de origen por miedo a las represalias. Escapaban al monte y se unían al maquis para seguir luchando contra el fascismo. Tenían la esperanza de que la situación política cambiara. Otros trataban de llegar a los Pirineos y poder cruzar a Francia.

No tardaron más de tres días en llamar a mi compañero. Le condujeron, junto con otros siete presos, al edificio de ladrillo. A unos se les daba la libertad, a otros se los llevaban y no se volvía a saber de ellos. Se decía que los fusilaban o que se los daban a los moros para que estos los castraran y los decapitaran.

—¿Crees que le irá bien, Gregorio?

—¿Por qué no? —El maestro albañil, al que siempre acompañaba un cigarro en la comisura de sus labios, no tenía dudas de la suerte del madrileño.

Era mediodía cuando apareció Mariano custodiado por un centinela marroquí. Su cara de felicidad confirmaba que todo había salido bien.

—¡Mañana, mañana! —gritaba el menudo y alegre madrileño—. ¡Mañana me voy, compañeros!

—*Hmak.* —El marroquí se señalaba con el dedo la sien, para decirnos que estaba loco.

Los tres nos abrazamos, y empezamos a dar saltos. El moro nos hacía gestos y nos amenazaba con la fusta para que no dejáramos de trabajar.

—*Xadmat, xadmat!*

Un cabo de varas se le acercó y le dijo:

—Déjales, que no hacen mal a nadie.

El marroquí se fue gruñendo, mientras que el cabo nos observaba con gesto alegre.

Aquella noche no dormimos ninguno de los tres. Nos sentamos en el catre y estuvimos recordando los momentos vividos desde que empezó la guerra.

—¿Cómo que os alistasteis tan jóvenes? —indagó Gregorio.

—Cuando los nacionales estaban a las afueras de Madrid, nos evacuaron a Elche —explicó Mariano, que no había dejado de estar emocionado desde que le dijeron que era libre—. Luego, en el treinta y ocho, me movilizaron.

—¿Y tú, Tomás? —Gregorio nos preguntaba, moviendo el cigarro que siempre tenía entre sus labios.

—Cuando estalló la guerra, yo, junto con mi tío Ceferino, me encontraba fuera de Extremadura. Estábamos con una cuadrilla de jornaleros en Córdoba. Fuimos a buscar trabajo. En mi pueblo, los terratenientes prefirieron dejar perder las cosechas antes que pagar un jornal digno.

—¿No pudisteis volver? —preguntó Mariano.

—Al principio, los mayores decían que el alzamiento no podía ir a más, pero cuando quisimos regresar ya era demasiado tarde. Las tropas moras ya habían tomado Badajoz y los que pudieron huir a zona republicana... Lo que contaban no era agradable. Luego, una mañana, al despertar, mi tío ya no estaba. Se fue junto con otros hombres, a unirse a las milicias para luchar contra los legionarios y moros que estaban en Badajoz. No he vuelto a saber de él.

—¿Y tus padres? —Mariano seguía preguntándome.

—Antes de la guerra mis padres trabajaban en una de las mayores fincas de Extremadura, para don Fidel y su hija Julia, buena gente —aclaré—, no así el marido de esta, don Matías. Ahora no sé nada de ellos. Alguien me dijo que mi padre se unió al ejercito de la República y que mi madre huyo a Portugal... No tuvo problemas para cruzar la frontera por ser de allí. Del que no sé apenas nada es de mi hermano Joaquín.

Por un instante se hizo el silencio entre los tres, y fue Gregorio el que reanudó la conversación.

—Yo perdí a mi mujer y a mis hermanos en la matanza de Almendralejo. —Gregorio no podía contener las lágrimas—. Fue el 5 de agosto de 1936, cuando los canallas de los moros entraron en mi pueblo.

—Y tú ¿cómo escapaste?

—Aquella mañana salí a cazar unos conejos para poder comer algo aquel maldito día—concretó Gregorio a la pregunta de Mariano—. Luego me uní a las milicias y estuve luchando en la comarca de La Serena hasta que me apresaron al final de la guerra. Me llevaron al campo de concentración de Castuera. —Gregorio no dejaba de relatarnos con todo detalle lo vivido—. Me hicieron una parodia de juicio.

—¿Cuál fue la sentencia? —A Mariano y a mí nos comía la curiosidad.

—Consejo de guerra... Me esperaba el pelotón de fusilamiento.

—*Chacho,* ¿cómo que estás aquí? —No entendíamos como Gregorio estaba vivo.

—Pues que es bueno tener amigos hasta en el infierno.

El de Almendralejo nos narró que un pariente suyo que pertenecía a la Falange fue el que lo libró del paredón. Le cambió la sentencia para que fuera destinado a un batallón disciplinario de trabajo: El Mogote; lo más lejos posible de los suyos. Los falangistas de su pueblo lo daban por fusilado. Las cartas que mandaba y que recibía pasaban por las manos de su familiar, el falangista, para no levantar sospechas. Los recuerdos se mezclaron con las lágrimas y la tristeza nos invadía en cada uno de nuestros relatos. Aquellas vivencias seguramente ninguno de nosotros las quisiera haber vivido, pero por desgracia habían ocurrido y seguramente que nos acompañarían durante toda nuestra vida.

Empezó a amanecer, y sin darnos cuenta habíamos consumido la última noche junto a nuestro compañero el madrileño.

Formamos en el patio, y, como todos los días, se escuchó misa y se cantó el «Cara al sol». Mariano fue separado de la fila junto a otros cinco presos. Faltaban dos de los ocho que entraron en el edificio. Probablemente no habían corrido la misma suerte que sus compañeros de terna. El madrileño no dejaba de mirar hacia donde nos encontrábamos Gregorio y yo. Al llegar a la puerta, se giró y nos hizo un gesto de despedida con la mano mientras uno de los centinelas le empujaba con el arma para que siguiera caminando.

—Buen chaval este Mariano —elogió Gregorio, a la vez que echaba una bocanada de humo del perenne cigarro que habitaba en sus labios.

—La verdad es que sí, Gregorio... Le vamos a echar de menos.

La columna de presos comenzó a andar y nosotros con ella. La actividad en el campo de concentración de El Mogote continuaba.

CAPÍTULO II

A principios de 1940 la población reclusa en España rondaba los 300.000 presos políticos; hombres y mujeres partidarios de la República. La guerra en Europa era una realidad desde septiembre del año anterior. Todavía había una leve esperanza entre los presos de que se pusiera fin a las pretensiones de expansión de Hitler por parte de las fuerzas aliadas. Y de que después se aboliera en España el régimen totalitario que Franco estaba imponiendo desde el final de la guerra.

La mayoría de los reclusos que nos encontrábamos en el campo estábamos condenados a trabajos forzosos. La sentencia podía variar si llegaba alguna denuncia, esta se sumaba a la ya consabida por haber servido en el bando republicano, se le volvía a juzgar y si la nueva sentencia dictaminaba un consejo de guerra, los días del recluso estaban contados. En los pocos ratos que había de descanso se podía ver a los presos escribiendo cartas a sus familiares; otros leían las ya recibidas, pero solo se podía escribir una por semana. Había que tener mucho cuidado con lo que se ponía: la censura actuaba sin piedad. Yo había desistido en mi intento de encontrar a los míos. No encontraba respuesta a las innumerables cartas que les escribía. Incluso las mandaba solo con el nombre del pueblo, con la esperanza de que cayeran en manos de alguien y que alertaran a mis padres y familiares, si es que vivían. Pero ¿todos habían desparecido o muerto? La idea de haberme quedado solo, sin familia, me atormentaba.

Aunque nos habían vacunado contra el tifus, otras enfermedades hacían su aparición, como tuberculosis, sarna, difteria... sin hablar de los piojos, chinches, pulgas y demás miseria que nos acompañaba. Toda esa ruindad se erradicaba con limpieza, comida y penicilina, pero esas tres cosas escaseaban, por no decir que su existencia era nula. La población reclusa se quejaba de la comida, algunos de los presos tenían diarreas, yo me encontraba entre ellos; lo achacábamos a las patatas: parecía que estaban en mal estado. Decidimos crear una comisión, la que yo encabezaba por popularidad, para hablar con el médico y que intercediera por nosotros ante las autoridades del campo. Una mañana, antes de partir hacia nuestro lugar de trabajo, nos dirigimos hacia el botiquín para hablar con don Manuel, un malagueño que cuando estalló la guerra auxilió a los más necesitados de su Málaga natal. Como castigo le habían destinado a El Mogote para que ejerciera su profesión de médico con la población reclusa. Me acompañaban otros tres presos. Llamé a la puerta. La voz amable del médico nos invitó a entrar; estaba sentado tras su mesa. Su pelo y barba blancos realzaban su bondad. Miró por encima de sus gafas estrechas; quedó sorprendido al ver juntos a cuatro presos.

—De uno en uno, por favor —indicó con admirable educación.

—Queremos hablar con usted, doctor —manifesté en nombre de mis compañeros.

—¿Qué se os presta, Tomás?

—Queremos comunicarle que numerosos presos sufrimos diarreas. —Don Manuel me escuchaba con atención—. Creemos que son las patatas que nos dan para comer. Están en mal estado, doctor.

Se levantó de su asiento e invitó a uno de mis compañeros a sentarse para auscultarlo. Después de hacerle una revisión detallada, se sentó. Escribió algo en su agenda.

—Trataré de hablar con el capitán, pero no os prometo nada. Procurad no beber demasiada agua.

Volvimos a la formación, que estaba a punto de partir hacia nuestro puesto de trabajo, con la satisfacción de que el viejo doctor estaba de parte de los presos y de que iba a hacer lo que estuviera en sus manos. Las diarreas continuaban, algunos presos se desvanecían por la debilidad, eran retirados en camillas al botiquín, donde don Manuel no podía hacer nada por ellos, tan solo rebajarlos del trabajo; la mayoría moría en el hospital. Las diarreas no remitían, pero no eran impedimento para que la actividad continuara en los batallones disciplinarios de trabajo de El Mogote. Los presos salíamos corriendo a toda prisa en busca de las letrinas, ante la risa burlona de los centinelas marroquíes. Una mañana, antes de formar, se acercó el doctor para interesarse por el estado de los presos. Al verme, se dirigió a mí con la educación que le caracterizaba.

—Buenos días, Tomás, ¿cómo estás?

—Parece que mejor, doctor. Desde que ya no nos dan esas patatas parece que estamos mejorando.

—Perfecto. —La respuesta le alegró—. Escribí una carta al capitán exponiendo vuestro caso. Al parecer la han tenido en cuenta y esta tarde quiere hablar conmigo en su despacho.

—Muchas gracias, doctor, todos los presos le estamos muy agradecidos. —Le estreché la mano en señal de agradecimiento.

A la mañana siguiente, mi amigo Gregorio se encontraba luciendo el techo con yeso de un edificio de correos de la ciudad. Yo me encontraba al pie del andamio, sirviendo las gavetas de pasta que me requería con premura. El trabajo tenía que estar acabado antes del mediodía, tal como nos había ordenado el cabo del batallón. La mala suerte se cebó conmigo: un corte profundo con la llana en la palma de la mano me hizo gritar. Mi compañero, al verme sangrar, saltó del andamio, cogiéndome la mano e introduciéndola en un saco de yeso para cortar la hemorragia. Cogió un trozo de tela, que arrancó de su camisa, y me vendó la mano. Enseguida el trapo se tiñó de sangre. Tuve que seguir trabajando: no se nos consentía abandonar nuestro puesto de trabajo, ni tan siquiera por un accidente; solo se nos permitía ir al botiquín por las mañanas, antes de partir hacia el tajo.

Los dolores en la mano no me permitieron dormir aquella noche. Deseaba que sonara la corneta para ir inmediatamente al botiquín. Al toque de diana me levanté de mi catre para ir con rapidez a ver a don Manuel; tan solo él me podía aliviar de tanto dolor. La puerta del botiquín estaba abierta, algunos presos se arremolinaban en la entrada. Mi alta estatura me posibilitaba ver por encima de las cabezas de los otros reclusos al médico tras su mesa. No era el viejo doctor el que pasaba consulta aquel día.

—¿Dónde está don Manuel? —pregunté al compañero que tenía delante.

—No se sabe nada de él; desde que subió al despacho del capitán...

La rabia se apoderó de mí y abandoné la fila con lágrimas en los ojos. La injusticia había vuelto a hacer acto de presencia en mi vida. No dudé en ningún momento de cuál era la suerte que había corrido el bueno de don Manuel. Alcancé a los otros presos, que se dirigían hacia Tetuán. Llegué junto a Gregorio. Este, al verme, me miró extrañado.

—¿Ya estás aquí? ¿Qué te ha dicho el doctor? ¿Qué te pasa, Tomás? —No contestaba a las preguntas de mi compañero, que se había percatado de que algo no había salido bien.

—¡Que se lo han cargado, Gregorio! —exclamé indignado

—¡Canallas!... Solamente por cumplir con su obligación de médico.

Mi compañero, al igual que yo, no daba crédito a lo sucedido con don Manuel. Me sentí culpable, había sido yo quién le pidió que interfiriera por los presos.

Capítulo III

Los domingos se escuchaba misa. Era más larga que el resto de días, porque el capellán en su homilía nos arengaba a los reclusos con una serie de insultos, debido a nuestra condición de presos republicanos. Luego, terminaba haciéndonos ver que todos nuestros males eran por ser rojos, que todas las penas se acabarían si nos arrepentíamos de nuestro pasado. Algunos reclusos, cansados de escuchar siempre lo mismo, alzaban la voz y le mandaban callar; entonces era cuando los centinelas marroquíes entraban entre las filas, y con fusta en mano, pegaban al preso que había interrumpido al capellán. Este seguía con su sermón, alabando a Dios, a la Iglesia y al glorioso alzamiento, mientras que los centinelas daban cuenta del infeliz o los infelices que estaban hartos de sufrir en nombre del Señor.

Gregorio y yo nos habíamos ganado el aprecio y la amistad de algún preso de confianza o cabo de varas, e incluso noté que mi aspecto y mi físico —rubio, de ojos claros y de elevada estatura— a los marroquíes les causaba respeto. Esto valía para que nos dieran los mejores tajos, hicieran la vista gorda cuando nos excedíamos en el descanso y que los centinelas moros se reprimieran en usar la fusta con nosotros. Había que sobrevivir como fuera, a la espera de que la situación cambiara. El único cambio que hubo fue que se conmutaba la pena a cambio de realizar el servicio militar. Muchos reclusos la solicitamos; era una manera de escapar de ese agujero. Otros, como Gregorio, no la podían solicitar, debido a su edad. Tendrían que cumplir la condena en su totalidad.

La esperanza de contactar con mi familia había desaparecido de mi cabeza. Me sentía solo, ni tan siquiera tenía noticias de mi pueblo; había desistido de escribir. Miraba con envidia a los demás reclusos cuando se sentaban en el suelo a leer las cartas que les mandaban sus familiares, e incluso los de la zona recibían visitas una vez cada quince días. Gregorio era uno de los afortunados con la correspondencia.

—Mis padres tratan de animarme —observó Gregorio cuando terminó de leer una carta—, pero sé que no quieren preocuparme.

—¿Por qué dices eso? —pregunté, observando con envidia sana como la doblaba y la guardaba en su bolsillo.

—Porque noto en sus letras que lo están pasando mal.

—Puede que te equivoques, Gregorio.

—No me equivoco, Tomás. Los falangistas en mi pueblo mandan mucho, y a todos los que tengan familiares con pasado de izquierdas se lo hacen pasar mal.

Me enseñó la carta. Quería que viera la letra de su hija, que con trazos dubitativos y desiguales le decía: «Te quiero papa». Gregorio me contaba que su pequeña era lo que le impulsaba a seguir vivo. Luchaba día a día para pagar su condena y reducirla por el método de «por cada jornada trabajada te conmutan cinco días de condena». Esa era la distancia que le separaba de su hija y que él trataba de acortar con su trabajo en el batallón disciplinario. Él, para la gente de su pueblo, estaba muerto, pero no para su hija. La niña, con siete años, guardaba la verdad: era su gran secreto entre ella y sus abuelos.

La vida en el campo continuaba, encorsetada en las labores cotidianas, que siempre eran las mismas y no cambiaban; regidas por unas estrictas normas y aderezadas con la escasez de comida. Todo esto provocaba que algún preso cansado de tanta monotonía y hambruna se sublevara e intentara escapar. Pero en este rincón de África las posibilidades de que una fuga prosperase eran escasas.

Una mañana lluviosa de marzo de 1941, la espera de los reclusos se hacía insoportable por el frío y el aguacero que calaba nuestros cuerpos en la explanada de campo. El escaso ropaje apenas nos protegía, empapándose rápidamente de agua. Los centinelas no mandaban emprender la marcha hacia nuestros tajos en Tetuán; estaban esperando la orden de sus superiores. Los cabos de varas y los centinelas marroquíes, junto a algún suboficial, se encontraban al resguardo de la lluvia en el porche del edificio principal. Uno de los cabos de varas salió del edificio, protegiendo su cuerpo de la lluvia con un capote militar. Se acercó a la formación, donde los reclusos, empapados y temblorosos, esperábamos la orden.

—¿Dónde está Tomás? —Nunca hubiera imaginado que la insoportable espera era por mí.

—¡Aquí! —grité, a la vez que me apartaba la lluvia de la cara.

—¡Los demás podéis empezar la marcha hacia Tetuán! —ordenó.

Me acerqué hacia donde se encontraba él, que enseguida me arropó con el capote. El barro impedía andar con soltura. Me condujo al porche donde estaban los encargados de la custodia de los presos, quienes me miraron con indiferencia; tan solo el cabo de varas me prestó atención.

—Tomás, en cuanto entres en calor, pasas al edificio y te diriges al despacho del capitán. Quiere verte.

El frío me produjo una fuerte tiritona que me impidió darle las gracias al joven cabo, que respondía al nombre de Ramón. Le hice un gesto en señal de gratitud. Me ofreció un cigarrillo, que yo acepté, cogiéndolo con mi temblorosa mano. Entre calada y calada del reconfortante cigarro empecé a pensar en para qué me quería ver el teniente. La incertidumbre apareció en mi pensamiento, y el frío, provocado por la lluvia, fue desapareciendo para dar paso al miedo que me causaba aquel enigmático edificio. Devolví el pesado capote, que me había ayudado a entrar en calor, al amable cabo.

—No temas, a partir de ahora todo lo que te espera es bueno. —Ramón trataba de tranquilizarme.

El porche fue vaciándose poco a poco. Los centinelas se fueron acompañando a las numerosas columnas de presos y yo decidí cruzar la puerta de aquel majestuoso edificio. Alguien, al verme, me llamó la atención. Era un cabo primero.

—¿Qué haces aquí, recluso?

—El capitán quiere verme.

—Sube la escalera. Es la puerta de la derecha. No entres hasta que se te ordene. ¿Entendido?

Su condición de militar, ante la mía de preso, parecía que le daba derecho a hablarme en un tono que no me gustó, pero preferí no contestarle. No iba a conseguir nada haciéndole ver mi disconformidad con el trato que me había dispensado.

Subí la larga escalinata de mármol blanco reluciente que conducía al despacho del capitán. La puerta estaba custodiada por un moro, que lucía la indumentaria de los regulares. Me senté en un banco que había en la puerta; antes di los buenos días al centinela: «*Sbah el-xir*». No me contestó; parecía que estaba ausente. Yo tenía en mis manos la gorra que me distinguía como preso; la retorcí para un lado y luego para el otro, la volví a su posición original y vuelta a empezar. Al retorcerla cayeron unas gotas de agua, que al chocar contra el mármol me recordó el efecto de las bombas al estallar contra el suelo. Este juego con la gorra me distraía de la larga espera en aquel lugar, con la impasible compañía del centinela marroquí; la prolongada espera terminó cuando se abrió la puerta del despacho del teniente. Salió un soldado joven. Llevaba unas gafas de pasta dura que soportaban unos gruesos cristales redondos. Con exquisita educación, no reparando en mi condición de preso, me invitó a pasar, indicándome que me quedara delante de la mesa. Di tres pasos, los que separaban la puerta de la mesa del capitán. Su aspecto, serio y rígido, parecía que iba a juego con su traje militar de color caqui. Estaba leyendo una carta que sostenía con su mano izquierda. Apartó su vista del papel para mirarme de arriba abajo. Acto seguido volvió a clavar su mirada en la carta.

—Conque usted es Tomás Martín da Silva. ¿Portugués?

—No, soy extremeño. Mi madre sí es portuguesa...

—¡Usted antes de nada es español! ¿Se entera? —Asestó un golpe en la mesa con la palma de la mano.

Que le dijera mi lugar de nacimiento no le gustó. Yo seguía retorciendo la gorra: me apaciguaba los nervios. El capitán releía la carta y mis informes, intercalando fugaces miradas a mi persona.

—En breve se le conmutará la pena, y a cambio tendrá que realizar el servicio militar en la ciudad y lugar que se le indicará en breve. Puede retirarse.

—Saluda —musitó en voz baja el soldado al ver que me había quedado parado y sin palabras.

Tras salir de mi asombro, obedecí al joven soldado y sin mucha convicción hice el saludo franquista.

Abandoné aquel despacho —las paredes lucían cuadros con la figura de Franco y José Antonio— sorprendido por lo que me habían comunicado. Me llevaron junto a mis compañeros al tajo en Tetuán. La alegría de saber que en breve me concederían la libertad se mezclaba con el desconocimiento de no saber quién había mandado los ansiados avales. Lo ocurrido en aquel despacho me provocaba gran desconfianza: yo seguía sin tener noticias de mi familia. En la España de Franco, pese a que las noticias que llegaban de la península seguían siendo escasas, nadie daba nada si no recibía algo a cambio.

Me aferraba a la amistad de mi buen amigo Gregorio. Intentaba aprender el oficio de albañil para que en un futuro me sirviera como profesión. Solo quería que todo terminara para poder regresar a mi pueblo y volver a ser El Jaro, el hijo de Miguelón y la Portuguesa, abrazar a mi hermano Joaquín, a mi tío Ceferino y a sus hijos. Quería acabar con esta pesadilla que se prolongaba desde que salí para trabajar de jornalero, en el verano de 1936. Al menos ya sabía que tendría que realizar el servicio militar, y de momento no volvería a mi pueblo, en el que me esperaba, con toda seguridad, el juicio caprichoso e injusto de mis paisanos.

—Tomás, deja de darle vueltas y acércame el yeso —señaló Gregorio al verme inmerso en mis quebraderos de cabeza.

La noticia de que había recibido los avales corrió como la pólvora por todo el penal, provocando que algunos reclusos se acercaran y me felicitaran con el consabido «Avalado sea Dios». Contestaba con una forzada sonrisa, debido a mi desconocimiento al no saber de dónde provenían esos avales.

Una mañana de finales de marzo, cuando ya habían desaparecido las escasas pero copiosas lluvias, Ramón, el cabo de varas, vino en mi busca. Esta vez no preguntó por mí, me buscó con la mirada, y cuando me tenía localizado, me dijo que saliera de la fila.

—Ven, Tomás, otra vez te quiere ver el capitán.

Abandoné la fila, no sin antes mirar a mi compañero Gregorio. Este me hizo un gesto con la cabeza. Quería que confiara en que todo iba a salir bien. Tomé camino del edificio en el que me esperaba mi futuro, y si no había ninguna complicación, en breve sería soldado del glorioso ejército de Franco, como decíamos todos los confinados en aquel cruel y mísero campo de concentración. Subí la escalera. La puerta estaba abierta, y el amable soldado de gruesas gafas me recibió con la misma amabilidad que la vez anterior. Me paré ante la mesa, en la que ya estaba el capitán sentado ante un desorganizado montón de papeles. Sin dirigirme la mirada, empezó a leerme el veredicto.

—«... se le concede la libertad el recluso Tomás Martín da Silva. Su condena la seguirá prestando en el Acuartelamiento de El Calvario, en Algeciras, provincia de Cádiz, como soldado... Se tendrá que presentar en el plazo de tres días. Transcurrido este tiempo, si su presencia no se hiciera física, sería considerado prófugo y en el mismo momento en que fuera arrestado se le aplicaría la pena máxima: pena de muerte...».

El capitán, cuando acabó de leer la sentencia, me miró e hizo un gesto que expresaba su disconformidad con el dictamen.

—Hay alguien interesado en que se te conceda la libertad... Pero si por mí fuera, te pudrirías aquí dentro.

Me ordenó que abandonara el despacho. Yo no dudé en obedecer, pero antes tuve que hacer el saludo fascista para su satisfacción. Continuaba sin entender nada. El interés de alguien en mi libertad, tal como había dicho el capitán, me descuadraba, porque mi familia no tenía ningún poder para conseguir tal beneficio.

Capítulo IV

Descendí la escalera, que terminaba en el recibidor de aquel majestuoso edificio que contrastaba con los malolientes y sucios barracones donde pasé cerca de dos años, y si nada se torcía, los iba a abandonar aquella misma mañana. A la salida estaba el altivo cabo primero para entregarme la deseada documentación que indicaba que era hombre libre hasta que llegara a mi destino militar.

Con la documentación en la mano, abandoné el edificio en busca de la intendencia para recibir la ropa de calle y finiquitar mi vida como recluso. En el mostrador del almacén había varios cabos, pero se acercó Ramón para atenderme.

—Dejad, que a Tomás le atiendo yo. —Sus compañeros continuaron con su labor. A Ramón le bastó una sola mirada para cogerme el talle.

Entró dentro del almacén y en poco tiempo se presentó con la ropa: era usada. Un pantalón, una camisa, una chaqueta y unos zapatos. Me liquidó mi sueldo, no sin antes descontar la parte correspondiente de la vestimenta.

—Yo creo que esto te estará bien.

—Gracias, Ramón. —Le estreché la mano y agarré la ropa con la intención de abandonar el almacén.

—Espera, Tomás. —Abrió un cajón y sacó una carta; después la desplazó con la palma de la mano por el desgastado mostrador de madera—. Esto es para ti.

Al apartar Ramón su mano pude ver que el remitente era mi padre. Me dejé caer en un banco que había a mi espalda. Abrí la carta, las lágrimas no me dejaban leer y decidí guardarla para leerla más tarde, en la intimidad. El cabo me miraba emocionado. Él sabía que era la primera carta que recibía en muchos años. Al menos, ya sabía que mi padre estaba vivo. Fui al barracón, recogí mis escasas pertenencias, me cambié de ropa y dejé recado a un centinela para que se despidiera por mí de Gregorio. Me dirigí con firmeza hacia la entrada del campo en busca de la puerta que durante mucho tiempo crucé dos veces al día, pero aquella mañana la rebasaría para no volverla a cruzar por la tarde. Cuando estaba en la calle me giré para mirar por última vez aquel lugar que había sido mi morada durante los últimos dos años. Sentí que dejaba enterrados muchos momentos de sufrimiento y de dolor; la dura soledad que me otorgaba no saber de los míos. Pero me llevaba la amistad de Gregorio, Ramón, Mariano...

En la puerta del campo merodeaban los vendedores ambulantes, al acecho de los militares, vigilantes, o presos que salíamos, para vendernos sus productos. Se acercó un pequeño chaval marroquí. De su brazo colgaban collares y pendientes. Sabían distinguir muy bien quién era un preso que había conseguido la libertad y que, por lo tanto, poseía dinero.

—*Paisa*, tú comprar... *pa* tu madre, *pa* tu novia... mira, mira —chillaba el morito a la vez que me enseñaba su mercancía—. *Taba, duxxan.* —También insistía en venderme tabaco.

No había terminado de deshacerme del joven vendedor, al que compré dos paquetes de tabaco, cuando me llamó alguien que se encontraba apoyado en un coche militar. Era un cabo. No le conocía, pero él a mí sí; sabía mi nombre.

—¿Tomás Martín? —Con su pose chulesca intentaba disimular su baja estatura—. ¿Eres tú? Pues ven conmigo.

—Yo no voy con nadie. Yo me tengo que presentar en Algeciras en tres días —contesté, cambiando mi trayectoria para no toparme con él.

—Escúchame, recluso. Obedece, que para eso estoy aquí, para llevarte al puerto y que puedas irte a Algeciras.

Le miré. Tiró al suelo la colilla de su cigarro y lo apagó con la suela de su bota. Abrió la puerta del coche e hizo un gesto que me invitaba a entrar. El vehículo lo conducía un soldado joven, que nada más verme me dio los buenos días. Yo no salía de mi asombro, y las incógnitas empezaron, otra vez, a surgir en mi cabeza: ¿Quién había mandado los avales? ¿Por qué había pasado de estar solo en el mundo a tener unos privilegios que no estaban al alcance de los presos? El coche emprendió despacio la marcha, para dar tiempo a los vendedores, que seguían con su empeño de vendernos sus productos, a apartarse de nuestro camino. La ruta que nos conducía hasta el puerto, por las polvorientas y mal asfaltadas carreteras de Tetuán, se hizo pesado y largo. El cabo no dejaba de mirarme a través del espejo retrovisor del interior del vehículo. Su sonrisa era engreída. No me gustaba.

—Alguien importante te debe proteger... o a alguien has delatado. Para que a un preso se le lleve en coche militar al puerto... —ironizó el cabo, que lo único que perseguía era averiguar lo que yo desconocía, por qué tenía el privilegio de ir al puerto en coche.

—Yo no he delatado a nadie —contesté; la manera que me hablaba seguía sin gustarme.

—No te preocupes, es normal que entre vosotros los rojos os delatéis —expresó con altivez—. Con tal de salvaros, sois capaces de denunciar a vuestra madre.

El comentario no me gustó y preferí no seguir con la conversación. Busqué la carta. Quería comprobar si estaba en el sitio que la había colocado, en el bolsillo del pantalón, junto al paquete de tabaco, esperando a que la leyera. Saqué la cajetilla de cigarros, que había comprado al joven moro, y ofrecí a mis dos acompañantes. El conductor me lo aceptó; por el contrario, el cabo me lo rechazó.

—Yo prefiero de estos, son rubios y con boquilla. —Sacó con chulería una pitillera dorada, pero de baja calidad; así lo demostraban sus rozados y desgastados bordes que dejaban al descubierto el latón.

—A mí esos no me gustan. Fumé muchos en el frente... Eran los que fumaban los americanos. —Que le contestara con la misma altanería con la que me hablaba él no le gustó; ya no volvió a hablarme en el resto del viaje.

En el puerto de Tetuán sobresalía un viejo barco de guerra por encima de las pequeñas y frágiles embarcaciones pesqueras. El coche paró en una explanada junto al puerto; ya habíamos llegado a mi primer destino. Me baje, cogí mi petate y me despedí de los dos militares. El soldado me deseo suerte; el cabo tan solo me hizo un gesto con la mano, a la vez que ordenaba al joven conductor que reanudara la marcha. Me dirigí a Capitanía Marítima. Allí me informaron de cuándo salía el barco para Cádiz; era el barco que destacaba por encima de todos en el puerto. Partía aquella misma tarde.

Capítulo V

El buque, como estaba previsto, partió al atardecer. La cubierta estaba repleta de pasajeros, que se asomaban para despedirse de sus familiares y amigos que se quedaban en tierra, y a su vez, ver cómo el barco, del que habían sido borrados y arrancados todos los signos que recordaran a la República, poco a poco se alejaba para adentrarse en la mar. Busqué un sitio para ponerme a resguardo del levante que aquel atardecer soplaba en el estrecho. Saqué la carta del bolsillo y, cuando estuve acomodado en una escalera que conducía a uno de los puestos de mando, decidí empezar a leerla. La emoción me cautivaba, y la abrí con premura. La fecha me delató que hacía un mes que estaba escrita, pero no me importaba el porqué de la tardanza en la entrega. Las primeras letras me decían que mi madre estaba bien y que mi padre hacía cinco meses que había abandonado el Campo de Concentración de Castuera; el mismo donde había estado mi amigo Gregorio. Pero la alegría de los primeros párrafos se fue tornando en tristeza cuando la carta escrita por mi padre me comunicó que mi hermano Joaquín había muerto. Al acabar la guerra se unió al maquis, luego lo capturaron y le dieron muerte; lo juzgaron junto a un compañero en la plaza de mi pueblo, para que sirviera de ejemplo. Terminé de leerla con lágrimas en los ojos, y, como había visto hacer a otros presos en el campo cuando recibían correspondencia, le hice varias dobleces y la guardé, para cuando tuviera oportunidad releerla hasta que me la aprendiera de memoria.

Decidí quedarme allí sentado, con mi pena, esperando que llegara la madrugada, y con ella las primeras luces de Cádiz. La sirena del viejo buque alertaba a las pequeñas embarcaciones pesqueras de su presencia, y estas nos avisaban de la proximidad de la bahía gaditana. El barco lentamente se fue acercando al puerto, en el que se podía ver a la gente esperando su llegada. La aproximación fue precisa, y cuando el buque había anclado, la pasarela para que descendiéramos los pasajeros, que mayormente éramos soldados, se extendió. A la mayoría les esperaban familiares, que los agasajaban en cuanto ponían pie en el malecón. A mí no me esperaba nadie, tan sólo la soledad y la incertidumbre de una nueva etapa que se abría con un sinfín de incógnitas.

Me adentré en una de las calles que partían del puerto en busca de la estación de autocares que me llevaran a mi nuevo destino: Algeciras. Todavía se podían ver las ventanas y los balcones engalanados con la bandera del nuevo régimen, de la que había desaparecido el morado republicano, por la celebración del segundo aniversario del triunfo franquista. Pregunté dónde se encontraba la estación a uno de los escasos transeúntes que había a esa temprana hora. Era un hombre de avanzada edad, que se apoyaba en una garrota y que con educación me indicó lo que yo buscaba a cambio de un cigarro.

—Doblas la esquina y en la tercera manzana está la estación —explicó el anciano mientras encendía el cigarro que le había dado a cambio de la información—. Tienes una media hora andando.

—Muchas gracias, buen hombre.

Me correspondió con una sonrisa que mostró su ausencia de dientes.

Sin perder tiempo seguí las indicaciones del viejo, y al doblar la esquina me topé con la estación. Me giré en busca del anciano, y allí estaba riéndose, mostrándome el cigarro, dándome a entender que tenía que darme una buena explicación para conseguir un cigarrillo. En vez de cabrearme por que el viejo me hubiera tomado el pelo, me eché a reír, pensando que todavía, a pesar de las circunstancias, aún quedaba gente con humor. Me acerqué a la estación. En la ventanilla de los billetes me indicaron que el primer coche del día salía en un cuarto de hora. La gente hacía cola ante la puerta del viejo autocar. Un mozo echaba los bultos en el techo del vehículo y una pareja de guardias civiles supervisaba a los viajeros. Cuando llegué a la altura de los dos números de la Benemérita, el más alto, que ya me había visto con anterioridad, me apartó de la fila.

—Enséñeme la documentación. —Los primeros rayos de sol del día se reflejaban en el charol de su tricornio.

—Tenga. Tengo que presentarme en Algeciras. Soy un futuro soldado —aclaré, pero parecía no importarle.

Le enseñé el salvoconducto. Por su gesto de extrañeza debía de ser la primera vez que veían un documento de ese tipo. Se separaron de mí unos pasos; no querían que escuchara qué decían. El más viejo me miró, y algo le dijo al alto, que asintió con la cabeza. Mientras los dos guardias debatían entre ellos sobre mí, la gente ocupaba el vehículo; intentaban aparentar que lo que ocurría conmigo no les importaba, pero de vez en cuando dejaban caer una mirada curiosa.

—Acompáñenos —ordenó el alto, mientras que el otro hizo un gesto con la cabeza para que empezara a caminar.

—Tengo toda la documentación en regla... Mañana tengo que estar en el cuartel. —Trataba de convencerlos de que no podía acompañarlos.

—¡Que tires, coño! —insistió el alto, mientras el otro guardia me dio con la culata de la carabina—. ¡Vamos, camina! Tú crees que nos chupamos el dedo.

Decidí no poner resistencia. Debía de ser una equivocación. Los acompañé hasta el cuartelillo, que estaba unas dos manzanas más abajo de la estación. Entré en un cuarto que había en el soportal de acceso al cuartel. Tras una mesa estaba sentado un teniente, que al verme se levantó. Uno de los guardias que me había detenido se le acercó y le dijo algo que no llegué a entender.

—¡Encerradlo! —ordenó a los dos guardias—.Ya hablaré con él más tarde.

—Esto debe de ser una confusión —protesté, en un intento de aclarar la situación—. Mañana me tengo que incorporar para realizar el servicio militar.

—¡Que te calles! —vociferó el teniente.

—Mire... Mi salvoconducto.

Uno de los guardias no dejó que le enseñara la documentación al teniente; para evitarlo me dio un golpe con la culata de su carabina en la nariz. El dolor era tremendo. La nariz me sangraba y noté cómo me mareaba. Intenté agarrarme a la mesa del teniente, pero un duro golpe en la espalda provocó que perdiera el conocimiento.

Desperté en un lugar frío y oscuro. No sabía cuánto tiempo llevaba allí. Lo único que noté era que me dolía todo el cuerpo. Tenía la sangre seca impregnada en la cara y el pelo; debía de haber sangrado bastante. La nariz me dolía, notaba que la tenía inflamada. Escuché un ruido, alguien me llamaba tras la puerta de hierro oxidado, que tenía una pequeña ventana cruzada por tres barrotes. Me acerqué y pude comprobar que quien insistía en mi presencia estaba en una celda que había enfrente de la que yo ocupaba.

—Te trajeron anoche a rastras. ¿Cómo estás? —La oscuridad me impedía ver al inquilino de la otra celda, pero por su acento era de raza gitana.

—Estoy bien, gracias.

—Tú no eres extranjero, eres payo, hablas igualito que mi primo de Badajoz. —No entendí lo que quería decir el gitano.

—¿Por qué dices eso?

—Porque anoche, después de traerte, cuando se iban, decían: «Ya tenemos al extranjero», o algo así.

—Todo debe de ser una confusión —le dije—. No es la primera vez que me confunden con un extranjero.

Continuamos hablando en la oscuridad. Mi compañero de calabozo era hablador, y yo le escuchaba. Eché mano a mi bolsillo en busca del paquete de tabaco: no estaba. Por el contrario, si encontré la carta de mis padres. La oscuridad de aquel siniestro y maloliente lugar me impedía volverla a leer. Pero pensar que tenía aquella carta, que era la primera noticia que tenía de los míos en cinco años, me reconfortaba; aunque el lugar no era para estar tranquilo. El gitano seguía con su monólogo, del que yo me evadía pensando en mis cosas, hasta que paró de hablar; algo había escuchado.

—Ya vienen. Apártate de la boquera —advirtió el gitano.

Me retiré de la puerta, tal como me había recomendado mi compañero de calabozo. Sonó un cerrojo y a renglón seguido entró la claridad. Se oían pasos que se acercaban a donde nos encontrábamos. Volvió a sonar otro cerrojo, era el de la puerta de mi celda.

—¡Venga, acompáñanos! —La claridad me dejó ver que era el guardia que me dio con la culata.

Obedecí, aunque a duras penas me podía mover. Al pasar al lado de la celda del gitano, pude verle: estaba colocado en la boquera con su cara pegada a los barrotes. No le dije nada, pero el sí: me deseó suerte. Se dirigió a los dos guardias.

—¿Cuándo me vais a sacar de aquí?

Uno de ellos cogió una fusta que había apoyada en la pared y volvió sobre sus pasos. No tardó en oírse el sonido de la fusta al cortar el aire e impactar en el cuerpo del pobre gitano. Sus gritos de dolor nos acompañaban a medida que íbamos subiendo la escalera, que conducía a la planta superior del cuartel. El teniente que me recibió el día antes estaba de pie. Su lugar tras la mesa lo ocupaba un falangista, con los pies apoyados en la misma. Era un hombre fornido —así lo indicaban sus brazos, que resaltaban sobre su remangada camisa azul—. Debía de tener unos cincuenta años y ser el jefe de la Falange comarcal.

—¿Cómo dices que te llamas? —seguía en la misma posición, recostado en la silla y con los pies en la mesa.

—Me llamo Tomás, y hoy debería incorporarme a filas... Mire usted, esto debe de ser una confusión.

Al escucharme hablar, bajó los pies de la mesa y se incorporó, apartando la silla con una leve patada. Ahora tenía sus dos musculosos brazos, tensos, apoyados sobre sus puños, y su mirada clavada en el teniente. Se unió el guardia que se había quedado en los calabozos. Traía la camisa y las manos ensangrentadas. Sin duda le había propinado una buena paliza al gitano.

—¿Este es el extranjero que buscamos? —El falangista estaba indignado; lo que menos le importaba es que se hubieran ensañado conmigo.— ¿No os dais cuenta de que es más extremeño que yo?

—Nosotros... —Al teniente no le dio tiempo a justificarse.

—¡Vosotros sois unos inútiles! ¡No entiendo cómo hemos ganado una guerra con gente como vosotros!

Los guardias no se atrevían a replicar al falangista. Habían adquirido tal poder que eran los que mandaban en la nueva España. Para Franco, la Falange era uno de los pilares en los que se tenía que basar el régimen, que él ya empezaba a instaurar.

—¡Devolverle sus pertenencias y que se vaya! —Se le marcaban las venas de su cuello, estaba fuera de sí. —¡Inútiles! —volvió a repetirles.

El falangista salió del cuarto con aires de superioridad sobre los tres guardias, que no decían nada de la humillación recibida. Tampoco se disculparon conmigo, pero me daba igual: yo tan solo quería abandonar aquel siniestro lugar. El teniente sacó de un cajón la documentación y me la entregó, también hizo lo mismo uno de los guardias con mi petate, que estaba apoyado en un rincón de aquel cuarto, del que colgaba de la pared desconchada un reloj que marcaba las nueve y cuarto de la mañana; si me daba prisa, todavía podría coger el coche de línea que me llevara a Algeciras.

Salí del cuartelillo y a toda velocidad subí la calle empedrada que conducía a la estación. El coche estaba a punto de emprender su marcha, ya no quedaban pasajeros por subir; estaban acomodados en sus asientos. Un mozo daba los últimos retoques a los bultos y maletas que llenaban la baca del techo. Ocupé mi asiento al lado de un señor mayor, que al verme la cara, sin mostrar sorpresa, movió la cabeza, haciendo un gesto de desaprobación. La pareja de la Guardia Civil estaba al lado del coche de línea: quería comprobar que me marchaba de Cádiz. La marcha se emprendió, y al pasar a la altura de ellos les miré: sus rostros expresaban la soberbia de los vencedores.

Capítulo VI

Las dos horas que duró el viaje por las bacheadas carreteras que unían Cádiz con Algeciras se hicieron muy pesadas. El coche de línea paraba en todos los pueblos y pedanías que encontraba a su paso; era un incesante intercambio de pasajeros. Familiaricé con el viejo, que me ofreció su pañuelo para que me limpiara la cara. Intercambiamos tabaco y alguna confidencia sobre su pasado cerca de los republicanos, poniendo todas las precauciones para que nadie nos escuchara. La charla me distraía de mis dolores de nariz, que no remitían, y me hacía más llevadero el pesado viaje. Al llegar a Algeciras, nos dimos un apretón de manos. Nos deseamos suerte.

La entrada del cuartel estaba custodiada por dos viejos cañones en desuso. Un soldado me dio el alto. Quería saber dónde iba.

—¿Qué deseas? —El soldado miraba mi cara inflamada.

—Vengo a incorporarme a filas. —Le entregué la documentación—. Aquí indica mi procedencia.

—Vienes un día tarde. —Hizo un gesto, como si el día de demora me pudiera causar algún problema—. Pasa dentro del cuerpo de guardia y te presentas al sargento.

Obedeciendo al soldado, que seguía mirándome mi inflamada cara, entré donde me había dicho. Los soldados iban de un lado para otro, y nadie prestaba atención a mi pregunta por saber quién era el sargento de guardia. Ya por fin un soldado bajito y con acento gaditano se prestó a ayudarme.

—Esa puerta es la del cuerpo de guardia; ahí está el sargento. Me llamo Pedro. ¿Y tú?

—Yo, Tomás.

—Pues te han dado fuerte, Tomás. —Indicó mi maltrecha cara—. Ten cuidado que no te muerda el sargento; se llama Rupérez y tiene muy mala leche.

Llamé a la puerta con mucho cuidado, debido a las advertencias del pequeño gaditano. Desde el interior, una voz ronca me indicó que pasara. Me encontré con un tipo que lucía un poblado mostacho y una cabeza escasa de pelo. En lo primero que se fijó, como no podía ser de otra manera, fue en mi cara. Me solicitó los papeles que me habían dado en El Mogote.

—Ese golpe que tienes en la cara... tiene toda la pinta de ser un culatazo de los civiles. —El sargento sabía cómo se las gastaban los guardias.

Revisó la documentación una a una, haciendo una detallada lectura en la hoja que indicaba que había combatido con la República. Yo esperaba que me dijera algo por el día de retraso, pero no fue así.

—Bueno, conque tenemos a un recluta rojillo. —Se puso en pie y empezó a dar vueltas a mi alrededor—. No me digas lo que decís todos—: Que os obligaron... Que vosotros no queríais... Porque eso me lo paso yo por el forro de los cojones. ¡¿Entendido?!

—Sí, mi sargento. —No le faltaba razón al gaditano, tenía malas pulgas.

—¡Soldado! —gritó, abriendo la puerta para que le escuchara el asistente.

—¡A la orden, mi sargento! —El soldado obedeció con celeridad.

—Llévate a este recluta rojo a la furrielería, y que le den ropa; luego le acompañas al barracón.

Seguí al soldado, tal como había ordenado el sargento Rupérez. Me vestí con las ropas que me proporcionaron; me veía extraño. Fui a los aseos, hacía tiempo que no me miraba en un espejo, y pude comprobar cómo había quedado mi cara después del culatazo que me había regalado el guardia. Tenía la nariz torcida, de ahí mis dolores y mi dificultad para respirar. Me presenté en mi barracón, y empezó mi nueva etapa en el Regimiento de Infantería de Montaña n.º 7, que al menos tenía un aliciente: ya tenía contacto con mis padres.

Los días iban pasando, escribía una carta por semana y tenía la satisfacción de que estas llegaban a su destino, porque así era cómo me lo confirmaban las que yo recibía. Mis padres me contaban que todo marchaba bien, y yo así lo intentaba creer, aunque sospechaba que algo no funcionaba. Mis dudas se fundamentaban en que mis reiteradas preguntas sobre la procedencia de los avales nunca conseguían respuesta. Estaba claro que mis padres no querían contestarme sobre ese delicado tema. Mi madre me comunicó con gran alegría que estaba embarazada. La sorpresa me la querían dar para cuando yo regresara con mi primer permiso, pero la paciencia de mi padre no pudo esperar, y así me lo comunicaron. Para finales de año tenía un hermano, y un nuevo aliciente nació en mí: ya tenía otra buena causa para regresar.

La tranquilidad en el cuartel fue alterada cuando empezó a correr el rumor entre los soldados de que las intenciones de Franco era invadir el Peñón de Gibraltar, y así arrebatárselo a los ingleses. El rumor, que algo tenía de cierto —porque era un lugar de paso y control muy interesante para las intenciones de Hitler—, fue cogido con entusiasmo por algunos soldados y reclutas. A mí, como a todos los que teníamos un pasado republicano, la idea no nos gustaba. No queríamos participar en otra guerra en la que el único «beneficio» que podríamos encontrar era perder la vida. Una vida que habíamos conservado, a pesar de una guerra cruel, y una despiadada represión. No estábamos dispuestos a volver a ponernos en peligro por los deseos caprichosos de los fascistas.

—¡Cuando el Caudillo quiera, manda a los ingleses a su país! —auguraba un entusiasta e ignorante soldado.

Yo no podía entender cómo había personas que todavía tenían ganas de otra guerra. Seguro que no habían participado en la nuestra y el desconocimiento les hacía pensar de aquella manera. España no podía soportar más guerras, porque la gente lo único que quería era olvidarse, pasar página y rehacer su vida.

Un buen día, al término de la instrucción, se acercó el sargento Rupérez. Quería decirnos algo, y para ello se subió a un estrado que había en el patio de armas.

—¡Reclutas, ¿alguno de vosotros sabe de jardinería?! —La pregunta del bigotudo sargento no encontró respuesta—. ¿Qué pasa? ¿Nunca habéis visto una planta?

El sargento, al ver que nadie se ofrecía, decidió adentrarse en la formación de reclutas para ser él quien eligiera al futuro jardinero. Se paró ante alguno de mis compañeros, pedía que le enseñaran las manos; quería ver si estaban trabajadas en el campo. Al llegar ante mí, hizo lo mismo, me pidió que se las mostrara.

—¿Cómo te llamas, recluta?

—Tomás Martín da Silva —contesté, sin dejar de mirar al frente y sin perder mi posición de firmes, mientras él examinaba mis manos.

—¿Has trabajado en el campo?

—Sí, mi sargento, de jornalero. —Parecía que mi respuesta le había gustado, y mis grandes manos también.

—Tú me puedes servir. Vente conmigo.

Seguí al sargento, que cruzó el patio de armas y se dirigió a una de las puertas traseras del cuartel. Cruzamos por un camino entre huertos y árboles frutales que nos llevó a un portón de forja, en el que cada una de sus hojas las sostenía una columna de granito. Otro camino y más huertos; al fondo, una casa de doble planta, a la que accedimos atravesando un portalón empedrado de pedernal que desembocaba en un bello patio, de cuyas encaladas paredes colgaban numerosas macetas de flores de diversos colores. En el centro, un pozo, con su gruesa soga que abrazaba la garrucha, cuyo uno de sus extremos se esparcía en el suelo y el otro se suspendía en el abismo del oscuro pozo, sosteniendo en su punta un cubo de cinc.

En la puerta de la casa había una mujer. El sargento se acercó a ella y la saludó como si fuera un superior, llevándose la palma de la mano a la sien y tocándose con la punta de los dedos. Era doña Amalia, la mujer del coronel, más conocida como la coronela. Se decía que el coronel tenía las estrellas de ocho puntas, pero el rango militar lo tenía ella, de ahí su apodo.

—Descanse, Rupérez —ordenó doña Amalia—. ¿Este es el nuevo jardinero? —Me lanzó una breve mirada.

—Sí, señora, es lo único que he encontrado. Entre los soldados nada más que hay hortelanos y jornaleros.

—Bien, pues dígale cuál es su trabajo y cómo quiero que lo realice.

La coronela entró en su casa. En ningún momento se dirigió a mí. Era como si explicarme el trabajo supusiera rebajarse; para eso tenía al bravucón del sargento, que la obedecía como si se lo hubiese ordenado el mismísimo coronel. Rupérez me dijo cuál era mi función: tendría que cuidar las plantas del florido patio de geranios. Yo, que nunca había, ni tan siquiera, regado un rosal, y eso que en mi pueblo había alguno que otro, era el encargado de cientos de macetas. Las enseñanzas del sargento fueron interrumpidas por el sonido de un claxon: era el coche oficial que traía al coronel. Este se bajó del vehículo y campechanamente se acercó donde estábamos, saludando de una palmada en la espalda al sargento, que, como yo, estaba en posición de firmes.

—¿Qué tal Rupérez? ¿Este es el nuevo jardinero?

Me extendió la mano para que se la estrechara. Yo no sabía que hacer, pero al ver que insistía se la estreché, ante el asombro del sargento, que vio cómo yo, un recluta, se saltaba el protocolo militar.

—Sí, mi coronel, no he encontrado otro... A ver lo que dura.

Por las palabras del sargento se podía entender que los jardineros le duraban poco a la coronela.

Don Teófilo, que así es como se llamaba el coronel, era una persona alta y a su vez gruesa. De trato amable y cercano, a quien no importaba bajar al patio a charlar con algún soldado, de los muchos que servíamos en la casa y en los huertos aledaños. Durante la guerra había comandado los batallones de pontoneros. Más bien de ideas monárquicas, que para cuando tenía ocasión y la lengua se le soltaba —provocado por el coñac que tenía escondido en el cuarto de utensilios de jardinería y que bebía a escondidas de doña Amalia— criticaba a Franco y el sistema dictatorial que estaba imponiendo.

Su manera de pensar difería de la de doña Amalia, que era partidaria del régimen. Pertenecía a la Sección Femenina de Falange, en la que desempeñaba un alto cargo en la provincia de Cádiz.

Al día siguiente, sin demora, empecé mi nuevo cometido. Por las mañanas, después del toque de diana, y tras cumplir mis obligaciones como soldado, me dirigía a la trasera del cuartel para tomar el camino de la casa. Subía con otros compañeros, uno de ellos era Pedro, el soldado bajito que me indicó el día que llegué dónde estaba el sargento Rupérez. Me presentó a su amigo Rufino. Este se diferenciaba de Pedro por su estatura, similar a la mía. Mis dos nuevos amigos me asesoraban sobre el cuidado de los geranios, que era la planta que predominaba, y de la importancia que tenía para la coronela el cuidado del patio; símbolo de grandeza y superioridad ante las demás esposas de los militares de alto rango. Había que podarlos y abonarlos, y cuidar las macetas, todo esto según la época del año. Con el riego había que tener mucho cuidado, ya que a esta planta había que echarle el agua adecuada. Para las macetas que estaban en lo alto de las paredes tenía una larga vara con una lata en la punta, y con maestría había que depositar el agua dentro del recipiente. En un rincón del patio había una pequeña jaula de reclamo, con un jilguero que revoloteaba de un lado al otro dentro de su reducido espacio. El colorín era la propiedad más valiosa, dentro del patio, que tenía don Teófilo. Le gustaba sentarse y oírle cantar, mientras saboreaba su clandestino coñac.

Muchos días, cuando estaba atareado con mi trabajo, me sentía observado. Las miradas procedían de la segunda planta. Eran las dos hijas del coronel. Me observaban a través de una de las ventanas; y cuando yo me percataba y miraba hacia donde ellas se encontraban, se escondían detrás de las cortinas. La pequeña se llamaba Carmen, y era igual de dicharachera que su padre; en cambio, la mayor, que respondía al nombre de Teresa, era igual de estirada y seca que doña Amalia, su madre, pero su belleza sobresalía por encima de su manera de ser. Por las mañanas, cuando subía a la casa, nos cruzábamos con el coche que llevaba a las dos muchachas a la escuela. La pequeña nos sacaba la lengua a los soldados y nos hacía gestos de burla; la mayor llevaba su cabeza altiva y su mirada no la desperdiciaba con nosotros.

—Que guapa es la *esaboría* —apuntaba mi compañero Rufino cuando la veía pasar.

Yo, en vez de reparar en la belleza de la hija del coronel, me venían a la cabeza los hijos de mi tío Ceferino. ¿Tendrían la misma oportunidad de ir a la escuela, al igual que las hijas del coronel? Pues seguramente no, porque en Extremadura, los hijos de los pobres no tenían la suerte de aprender. A temprana edad se empezaba a trabajar, había que aportar en la casa, e ir a la escuela no estaba al alcance de todos. A los descendientes de los vencidos solo les esperaba la miseria y el hambre. Los huérfanos de guerra abundaban por todas partes y se habían convertido en parte del paisaje de cada plaza o lugar público. A los huérfanos de la parte vencedora se los trataba de ayudar a través de los auxilios sociales, dándoles cobijo en orfanatos; los huérfanos de los republicanos difícilmente tenían ayudas, y si las tenían, se les mandaba a los preventorios: cárceles para niños en las que las monjas y madres del auxilio social se encargaban de hacer ver a los pequeños que sus padres habían sido los culpables de la guerra y que ellos eran fruto del pecado.

Los domingos se habilitaba uno de los viejos barracones para oír misa, a la que era de obligado cumplimiento asistir para todos los soldados. La oficiaba el capellán del cuartel, el padre Martínez, un sacerdote que tenía el rango de comandante y su participación en la guerra había consistido en bendecir parte de la artillería que durante muchos días martilleó Madrid. En primera fila se situaba el coronel; a su lado, doña Amalia, Carmencita y Teresita —con estos diminutivos de sus nombres se las conocía en el cuartel—. Luego, los oficiales y suboficiales, hasta llegar a la tropa, que nos colocábamos al final de la improvisada iglesia dominical. La mayoría de los soldados deseábamos que acabara el consabido y aburrido responso del padre Martínez para ir al comedor y luego disfrutar por la tarde del descanso semanal, en el que la mayoría de los soldados aprovechábamos para ir a pasear por el puerto o por el parque de María Cristina.

En uno de aquellos paseos, en los que me encontraba disfrutando de la tarde con mis dos compañeros, Pedro y Rufino, nos cruzamos con un grupo de chicas entre las que se encontraban las dos hijas del coronel, Teresita y Carmencita. Las muchachas, al vernos cambiaron su trayectoria; lo hicieron de una manera intuitiva, sin comunicarse entre ellas, demostrando que su clase social tenía que mantener una distancia con tres soldados rasos. Aquella muestra de acritud hacia nosotros me enojó, y decidí acercarme a ellas para saludarlas.

—Muy buenas tardes. —Descubrí mi cabeza quitándome el gorro; quería parecer lo más amable posible—. ¿Disfrutando de la bonita tarde? —pregunté.

Ninguna de las muchachas me contestó; tan solo Carmencita reía, agachando la cabeza y tapándose la boca en un intento de sujetar la risa para que yo no me diera cuenta. La mayor, Teresita, miraba para otro lado, ignorando mi presencia. Las otras muchachas jugueteaban con sus bolsos de mano, esperando que desapareciera de su pavoneado paseo; que las saludara un recluta no era lo que ellas buscaban.

—Parece que les ha comido la lengua un gato. —Seguí sin encontrar respuesta a mi comentario. Me coloqué el gorro—. Buenas tardes.

Regresé con mis dos compañeros, que habían observado con asombro mi atrevida e indignada actitud, provocada por el comportamiento despectivo de las muchachas.

—Tú estás *chalao*. ¿No ves que son las hijas de la coronela y las hijas de los oficiales? —Rufino me reprochó mi actitud imprudente.

—Como se lo cuenten a su madre, mañana tú estás limpiando retretes de sol a sol. —Pedro estaba acongojado por las consecuencias que pudiera acarrear mi atrevimiento.

—Lo que no voy a consentir es que unas niñas engreídas me traten como a un don nadie —respondí a mis dos amigos.

Al día siguiente, al subir camino de la casa, nos cruzamos como todos los día de diario con el coche que llevaba a las hijas del coronel a la escuela. La pequeña nos saco la lengua, la mayor clavó su mirada en mí para dejarme un gesto de desprecio, que no iba en consonancia con su belleza. Era la segunda vez que la veía tan de cerca y la primera que cruzábamos la mirada, y, a decir verdad, aquella muchacha era realmente guapa. Mis dos amigos comentaron la mirada que me dispensó Teresita.

—Menuda miradita te ha echado la hija del coronel. —Pedro quedó sorprendido por el gesto de Teresita.

—La *esaboría* es raro que mire a alguien —explicó Rufino—. Cuando lo hace así, puede ser para bien... o para mal.

—Y tú ¿cómo sabes eso? —pregunté.

—Pues... uno que tiene información, pero te aconsejo que no se te ocurra acercarte a ella.

Nos separamos, mis dos amigos camino de los huertos y yo, camino de la casa, donde me esperaban mis macetas y alguna orden de la coronela. La advertencia de Rufino no me dio que pensar, porque mi intención no era acercarme a una muchacha que era hija de un coronel y que además se creía superior. Mi único propósito era que la mili pasara pronto, para poder volver con los míos y aclarar todas las dudas sobre mi repentina libertad, porque las preguntas que hacía a mis padres en las cartas no eran respondidas.

Al cruzar el portalón, que daba acceso al patio, vi a doña Amalia. Estaba junto al pozo y tenía una maceta en la mano. Pensé que me iba a decir algo por lo ocurrido el día anterior con sus hijas en el paseo.

—Soldado, esta planta tiene pulgón. —Traía un geranio de bonitas hojas rojizas.

—Con su permiso. —Cogí la maceta de sus manos para comprobar que era cierto lo que decía.

La apoyé en el borde del pozo y aparté un par de hojas; vi que el geranio estaba lleno de pulgón, tal como decía la coronela. Fui al cuarto de la herramienta y cogí los polvos de insecticida para echarlos en la gitanilla; así era como se conocía a esa variedad de geranio. Doña Amalia no me quitaba ojo de encima, y yo esperaba que de un momento a otro me dijera algo de lo sucedido en el paseo. Cuando acabé de limpiar la planta, coloqué la gitanilla en su lugar, en el poyete de una de las ventanas, en el que sus pequeñas y abundantes hojas engalanaban con su porte colgante. La coronela, con su rictus serio y recto, me dijo que quería hablar conmigo. Yo me acerqué a ella esperando lo peor.

—Soldado, estoy muy contenta con su trabajo. —Las palabras de agradecimiento no cambiaban su semblante castrense—. Hacía tiempo que mi patio no estaba tan cuidado.

—Gracias, doña Amalia —contesté, viendo cómo daba media vuelta y se iba con paso firme.

Continué con mi tarea, no recabando en sus palabras de reconocimiento por mi trabajo, sino en que no me había dicho nada de mi atrevimiento en el paseo con sus hijas. Seguramente no se lo habían contado, pero me quedaba la duda de que probablemente le llegara a través de las muchachas que les acompañaban. Preferí olvidarme de lo sucedido con las dos niñas engreídas, que se sentían superiores por encontrarse en otro nivel social. Con don Teófilo, el coronel, era diferente. Bajaba al patio y se ponía a hablar, yo le escuchaba; él, a medida que ingería el coñac que tanto le gustaba, iba entrando en conversación. El licor le hacía contarme cosas, que eran impensables que un coronel franquista contara a un ex combatiente republicano. Yo prefería estar callado y no dar mi opinión sobre sus reiteradas críticas al régimen.

—Franco nos ha engañado a la mayoría de los militares que apostamos por él. —Movía el líquido de la copa que sostenía con su mano derecha, como si el movimiento circular que realizaba antes de saborear el coñac le reafirmara en su crítica—. La monarquía no volverá a este país.

Mi relación con el resto de la familia no pasaba de acatar alguna orden de doña Amalia, de aguantar alguna burla de Carmencita y de notar las miradas de Teresita; que cuando era cogida por mí en su descaro, me obsequiaba con un mal gesto o un rápido corrimiento de cortinas tratando de esconderse. Pero el tiempo iba pasando y mi condición de jardinero me indicaba exactamente la estación del año. Ya no tenía que regar las plantas tanto como en el verano, pero sí ir cortando los tallos que no servían, para cuando entrara el invierno abonar y cambiar tierras. Las cartas de los míos seguían llegando, y con ellas las informaciones de que en mi pueblo todo estaba igual. Don Matías y sus amigos los falangistas seguían dominando la comarca; mi madre ayudaba a doña Julia, a pesar de su avanzado estado de gestación; mi padre difícilmente encontraba alguna peonada con la que ayudar en la casa; mi tía Benita sacaba como podía a sus cinco hijos. Era la dura e injusta situación de los vencidos.

Llegaba el final de 1941 y con él la esperanza de que fuera premiado con mi primer permiso, y, por lo tanto, volver a mi casa después de más de cinco años podía ser una realidad. Pedro y Rufino me reafirmaban en la idea de que las Navidades las pasaría en mi pueblo, junto a los míos. Yo, como todos los soldados, acudía a las obligadas misas de los domingos, en las que las miradas de Teresita se hacían más descaradas. Aquel cruce de miradas me creaba desconfianza: no lograba entender las pretensiones de una muchacha que apenas tenía dieciocho años con un soldado con pasado rojo y que a ella no debería importar en absoluto. Esto provocaba que Rufino hiciera algún comentario al respecto cuando nos encontrábamos descansando de nuestra actividad diaria.

—Hay que joderse cómo te mira *la esaboría.*

—No se te pase por la cabeza tener alguna aventura con ella, que te metes en un buen *fregao. —*Pedro continuaba con sus advertencias.

—No os preocupéis, compañeros, que yo lo único que deseo es que pase el tiempo y volver con los míos —afirmé, convencido de mis pretensiones y de que una muchacha, por muy guapa que fuera, no me iba a despistar de mi propósito.

—*Picha,* esa, como se lo proponga, te embelesa y te hace *el lío,* que estas señoritingas están acostumbradas a conseguir todos los caprichos. —Rufino, al igual que Pedro, trataba de advertirme.

—Yo soy de la opinión de Rufino... —Pedro hizo un pausa en su comentario para expulsar el humo de la calada que había dado a su cigarro—. A mí tanta miradita no me gusta.

—*Chachos*, estaos tranquilos, que no puede ser que una muchacha de su clase se fije en mí. —Me levanté dando por finalizada una conversación que era absurda y que no tenía fundamentos.

El día 22 de diciembre teníamos que estar en el patio de la casa todo el personal que trabajábamos allí para recibir las felicitaciones navideñas por parte de la familia del coronel. Sentada tras una mesa, doña Amalia, luciendo el traje que la distinguía como primera dama de la Sección Femenina de Falange; a su lado, sus dos hijas y don Teófilo, y tras ellos, dando por buena la celebración del acto, el padre Martínez.

Nos llamaban uno a uno, empezando por las cocineras y el personal civil; luego, los suboficiales, entre los que estaba el sargento Rupérez, que al ser llamado por la coronela le regaló un efusivo saludo con la palma de la mano y un golpe de talón que sonó con fuerza en el patio de geranios. Doña Amalia, al ver el reconocimiento que le daba el sargento con su saludo, se levantó y le extendió la mano con orgullo para que se la besara. Lo que provocó que alguien entre los asistentes comentara en voz baja el adulador gesto de Rupérez, siendo tachado de «pelota». Por último, llegó el turno de los soldados, y para desesperación mía, que estaba esperando que acabara el aburrido acto para poder irme a mi pueblo, fui yo el que cerró el evento. Me presenté ante la mesa, doña Amalia sacó un sobre y me lo dio: era el aguinaldo navideño con el que correspondía a sus empleados. Miré al lado donde se encontraban

Teresita y su hermana. Esta me sacó la lengua con disimulo, pero la mayor me sorprendió: me regaló una sonrisa. Me volví a mi sitio, junto a mis dos compañeros, maravillado por la sonrisa que me había otorgado Teresita.

—Si sabe reír la *esaboría...* —susurró Rufino en mi oído.

—Ve con cuidado, *picha* —insistió Pedro en su advertencia.

La recepción acabó con el discurso de doña Amalia y el sermón del padre Martínez. El coronel no dijo nada, tan solo al acabar el acto se dedicó a repartir sonrisas y estrechar la mano a todos los soldados, saltándose el protocolo militar. Se acercó a donde yo estaba y me dio un sobre, indicándome cuál era el contenido.

—Aquí tienes los salvoconductos y los billetes para ir a tu tierra. —El coronel a la vez que me hablaba me estrechaba la mano—. Están firmados de mi puño y letra, para que no tengas problemas con la Guardia Civil. Suerte, Tomás.

—Gracias, mi coronel. —Hice el saludo militar, que él interrumpió a mitad de ejecución.

—Deja, deja... que ya hemos tenido bastante con el saludo exagerado de Rupérez. —Pedro, Rufino, el coronel y yo reímos por el comentario.

Me despedí de mis compañeros y me eché el petate a la espalda. Tan solo disponía de una hora para llegar a la estación, coger el coche que me llevara con los míos y dar por concluido cinco años lejos de ellos.

Capítulo VII

El viaje se hizo largo hasta Sevilla. Estaba en una ciudad que había oído nombrar innumerables veces pero desconocida para mí; era la primera vez que la pisaba. Busqué entre sus calles y pregunté a sus gentes la manera de encontrar algún transporte que me llevara a mi tierra, Extremadura. No encontré respuesta, lo que me impulsó a acercarme a una pareja de la Guardia Civil, que, pertrechada en sus capotes, se refugiaba del frío y de la amenazante lluvia.

—Buenos días —les saludé de manera militar —, me podrían decir cómo...

—Su documentación. —El guardia no me dejó terminar, tampoco perdió el tiempo en corresponderme en el saludo— ¿Adónde se dirige?

—Voy a mi pueblo, dispongo de permiso militar. —Les enseñé el salvoconducto—. Quisiera saber cómo llegar a Extremadura.

Revisaron con detalle la documentación, pero lo que leyeron les debió de convencer, porque me la devolvieron sin hacerme ninguna observación. Enseguida me explicaron que lo más rápido era coger una camioneta de pasajeros que saldría en breve con dirección a Zafra; su lugar de partida estaba en el puerto del río Guadalquivir. Hasta allí me acerqué, no tardé en localizar el vehículo; en el frente ponía «Zafra». Estaba cerrado y no se veía a nadie a su alrededor. Decidí esperar y me acodé en una baranda desde la que podía divisar el río, y desde mi posición tampoco perdía de vista la camioneta. Ver los barcos navegar en unas calmadas aguas me apaciguaba de tanta tensión acumulada en el largo viaje. Abrí el sobre del aguinaldo con el que me había obsequiado doña Amalia, hasta el momento no le había prestado atención; una nota en su interior indicaba el motivo y la cantidad: «La cantidad de 100 pesetas, en concepto de regalo navideño, por los servicios prestados como jardinero y permiso de 30 días por jurar honor a la bandera». Pensé que el dinero me vendría bien, podría ayudar a mis padres y a mi tía Benita, pero el recibir el permiso me había sorprendido. Era la primera vez que me gratificaban por algo que no había realizado. Yo no había jurado bandera, como los demás reclutas de mi remplazo. Para la coronela era más importante que yo cuidara de su patio, para poder presumir ante las mujeres de los otros militares, que jurar honorabilidad a la patria.

El explosivo ruido del arranque de un motor me hizo despertar de mi meditar. Me volví y comprobé que el estruendo era consecuencia de que habían puesto en marcha la camioneta. El humo blanco envolvía el viejo vehículo; esperé a que desapareciera para poder acercarme. La espera fue corta, subí junto con otros pasajeros y tomé asiento en la parte delantera. No con rapidez emprendimos el viaje. El viejo vehículo no daba para más. El conductor, con barba de varios días y un puro en la boca, cuya ceniza no duraba e iba a caer en sus pantalones, sujetaba con las dos manos el volante para sortear los innumerables baches de la carretera.

—¿Cuánto tardamos en llegar? —pregunté al desaliñado conductor.

—Unas... tres horas... Es el final del trayecto —respondió, sin dejar de mirar a la carretera, manipulando con suaves y acompasados movimientos el volante.

Ante lo que me quedaba de viaje decidí dormirme. El ruido que producía la destartalada camioneta no fue capaz de vencer el cansancio que tenía acumulado. Una mano que zarandeaba mi hombro me despertó de mi sueño; era el conductor: me comunicaba que ya habíamos llegado a Zafra; la camioneta estaba vacía: fui el último viajero en bajar. Cogí mi petate, me despedí del conductor y abandoné la camioneta. Me encontraba en un lugar que todo el mundo conocía como la plaza chica de Zafra, en la que me resguardé de la fina lluvia en sus soportales. Pregunté a un lugareño el camino a tomar para llegar a mi pueblo.

—Sal de la plazuela y te encontraras con la plaza grande, y allí busca el oeste, y a buen paso tienes unas cinco o seis horas —indicó el buen hombre.

Sin perder tiempo, y con mi petate a la espalda, seguí las indicaciones que me dio el amable paisano. Atravesé campiñas, olivares y viñedos, no reparando en la lluvia que no amainaba, porque a cada paso que daba sentía que ya estaba más cerca de los míos; pensar en ellos provocaba que no cesara en mi ansioso caminar. Al llegar a lo alto de una loma divisé la carretera. Decidí acercarme, sería probable que alguien me pudiera llevar, y así acortar el tan deseado reencuentro. No tardé mucho en encontrar a alguien que gentilmente me llevó. Fue un camión, cuyo conductor, al verme en la carretera, paró, invitándome a que subiera.

—Sube, chaval, acomódate en la parte trasera. —Trepé a la caja del camión, que estaba llena de sacos que contenían hortalizas.

Me quedé de pie, agarrado a las barras que soportaban una vieja y rasgada lona. Por uno de sus agujeros podía ver el paisaje de la tierra que había añorado durante mucho tiempo: *Extremaura*. El olor que desprendían sus verdes y empapados campos me resultaban familiares, transportándome a un tiempo pasado que nunca dejé de sentir. Lo que mis ojos veían me refrescaba la memoria, y los lugares que cruzábamos los nombraba uno a uno: no los había olvidado a pesar del tiempo transcurrido. Ya quedaba poco. Cruzamos el puente de piedra que salvaba el arroyo que venía de regar los huertos de mi pueblo, y al girar la curva, conocida como la «mala», en el alcornocal, estaba la venta de Juan. Impasible, como esperándome después de tanto tiempo. Di un golpe con la mano en la cabina del camión: quería que parara. Arrojé el petate por la parte trasera al suelo y salté detrás de él.

—Me quedo aquí, gracias —anuncié al conductor, que me despedía con una gran sonrisa—. Tengo que ver a un viejo amigo.

El camión continuó su marcha, y yo con el petate a la espalda fui acercándome a la venta, desempolvando mi memoria, porque en aquel lugar había pasado muchos momentos de mi infancia junto a mi amigo Juanito, el hijo del ventero. En la trasera de la venta, debajo de una gran higuera, Juanito y yo soñábamos con irnos algún día del pueblo. Queríamos ir a Madrid o a Barcelona a trabajar, ganar mucho dinero para luego dárselo a nuestros padres. Fantasías de unos chavales que no querían tener la vida de sus progenitores, y que un día fueron truncadas por una guerra entre españoles.

La venta estaba cerrada. Golpeé la aldaba que colgaba de la puerta. Nadie contestaba. Pensé que no había nadie. Volví a insistir, y esta vez sí, alguien contestó; era la voz de una mujer.

—¡Ya va... Ya va!

La puerta la abrió una muchacha joven; no la conocía. Pudiera ser que Juanito y sus padres ya no vivieran en la venta. Me quedé sin decir nada, esperando que ella me preguntara qué quería o quién era. No fue así.

—¡Juan, baja!...¡Date prisa! —gritaba la mujer, que parecía saber quién era yo.

—¡Di a quien sea que está cerrado! —Era mi amigo; la voz no le había cambiado. El corazón me empezó a latir muy deprisa.

—¿Tomás, el hijo de Miguelón y la Portuguesa? —preguntó ella para salir de dudas.

—Sí.

—¡Sal, que tienes visita!

La mujer no pudo contener las lágrimas. Juan debió de hablarle tanto de mí que no dudó de mi identidad; yo también estaba emocionado.

Se apartó de la puerta para que mi amigo pudiera verme. Este no daba crédito a lo que estaban viendo sus ojos. Nos abrazamos, no decíamos nada, tan solo llorábamos como dos niños. La mujer cerró la puerta y nos empujó hacia dentro. Seguíamos abrazados demostrándonos que nuestra amistad no se había perdido. Nos sentamos en una mesa. Juan, al igual que yo, seguía llorando.

—Micaela, trae una botella de vino, que esto hay que celebrarlo. —Juan, con las manos, se limpiaba las lágrimas de sus ojos—. Es mi mujer, nos casamos después de la guerra.

—Que alegría volver a verte, Juanillo —seguíamos llorando.

—No sabes las veces que me ha hablado de ti. —Micaela sirvió tres vasos de vino—. Que si Tomás esto..., que si Tomás lo otro...

—¿Qué tal te ha ido? —Juan me acercó el vaso—. Ya veo que estás en el servicio militar.

—Más vale olvidar, amigo... Lo importante es que estoy aquí. —Prefería no explicarle por todo lo que había pasado—Y vosotros ¿qué tal?

Juan, antes de contestarme, apuró de un trago el vino y miró a su mujer. Esta se limpiaba con un dedo cuidadosamente las lágrimas de los ojos.

—El padre de Micaela está en los campos de trabajo de Montijo. Su madre vive con sus hermanos en Badajoz.

—¿Y los tuyos, Juanito?

—Mi padre también está en el campo de Montijo, junto al suyo. —Juan y Micaela entrelazaron sus manos—. Allí nos conocimos. Solo hizo falta coincidir en tres o cuatro visitas para saber que queríamos estar juntos. — Ella miraba a mi amigo con admiración; él la correspondió acariciándola la mejilla.

—Su madre se fue a Mérida junto a Luisa. —Micaela contestó por Juan; a él no le gustaba hablar de su hermana.

—¿Seguís sin hablaros?

—Sí, Tomás, no le perdonaré que se fuera con aquel hombre.

—No eres justo —le recriminó Micaela—. Porque tu hermana es feliz con él... ¡Qué importa lo que diga la gente!

A Juan y a su padre no les gustó que Luisa se casara con un hombre veinte años mayor que ella. Fue antes de la guerra, cuando don Severiano, juez y acaudalado terrateniente, enviudó. Luisa por entonces servía en su casa, y no había transcurrido un mes desde la muerte de la esposa de don Severiano cuando este le propuso casarse. Ella no dudó, y le dio el sí, generando las habladurías de la gente del pueblo.

—¿Cómo están mis padres, Juan? —Estaba deseando saber de los míos.

—Al parecer les va bien —contestó—. A la que no le va tan bien es a tu tía Benita. Lo están pasando mal los pequeños.

Continuamos hablando durante un buen rato. Las preguntas y respuestas se sucedían una detrás de otra, alternándolas con tabaco y buen vino, que Micaela amablemente nos servía. Pero la tarde no daba para más, y yo tenía que dar por conseguido un sueño; para eso me quedaban dos escasos kilómetros. Me despedí de mis amigos, Micaela me abrazó como si me conociera de siempre; Juanito me dio una botella de vino para que pudiera beberla con mi padre y poder celebrar el momento y la Nochebuena de 1941.

Cobijado de la lluvia y el aire, con mi trescuartos y la gorrilla militar, logré llegar al lugar que tanto añoraba. Los álamos seguían allí, custodiando a ambos lados el camino que desembocaba en las primeras casas. La triste y única luz de una bombilla en lo alto de un poste alumbraba la entrada del pueblo; al lado, forjado en hierro, los símbolos del nuevo régimen: el yugo y las flechas. Los ladridos de un perro alertaron de mi presencia, no había nadie en las calles. Crucé la plaza, las agujas del reloj del campanario marcaban las siete y diez. Fui en busca de la nueva vivienda de mis padres, una vieja casa propiedad de doña Julia, que se la había prestado. Allí estaba, tal como me habían contado en las cartas, al final de la calleja que llevaba a las cercas. Bajé la embarrada calle, el agua que discurría por el regato me acompañaba en mi andar impaciente por ver a mis padres y conocer a mi hermana. Me paré ante la puerta. La luz de una vela reflejaba una sombra; era mi padre. Golpeé con la palma de la mano y enseguida se abrió lo suficiente como para comprobar quién llamaba. Pude distinguir su rostro en la pequeña abertura, que él fue agrandando para quedar ante mí y abrazarme con sus grandes y paternales brazos. El ahogo de su llanto provoco el mío, que no pude contener y que fue creciendo cuando vi a mi madre que se acercaba insegura de lo que estaban viendo sus ojos para unirse al recibimiento emotivo.

—¡Hijo, hijo...! ¡Por fin estás aquí! —gritaba mi madre, sin poder retener sus lágrimas—. ¡Cuánto te hemos echado de menos!

Mis padres continuaban abrazándome, no les importaba que mi vestimenta estuviera empapada por la lluvia; era tanto el deseo de volver a estar los cuatro juntos que no había nada que lo impidiera. Tan solo el llanto de mi pequeña hermana hizo que nos separáramos. Lloraba porque había sido interrumpida su comida. Me acerqué a la cuna para conocerla. Me pareció que era preciosa. Se llamaba María, como mi madre. Esta la cogió en sus brazos y continuó dándole el pecho. Mi padre y yo nos sentamos en la mesa, con la botella que me había dado mi amigo Juan como testigo de excepción de aquel gran momento.

Al igual que cuando llegué a la venta y me encontré con mi amigo Juanito, las preguntas y respuestas se sucedieron. Mi madre, después de saciar el hambre de mi hermana, se unió a la conversación. Me agarró la mano mientras yo narraba lo vivido en la guerra, en las prisiones y campos de trabajo.

Recordar lo sufrido me hacía daño, pero por otro lado me liberaba de un peso que tenía acumulado y que necesitaba soltar; qué mejor manera que contárselo a mis padres; era la oportunidad que había soñado durante cinco años y medio.

—¿Qué pasó con Joaquín?

A mi padre se le volvieron a llenar los ojos de lágrimas.

—¡Maldita guerra! ¡Maldita guerra! —repetía una y otra vez, dando pequeños golpes con el puño cerrado en la mesa.

—Lo estaban esperando... el día que fue a Castuera a ver a tu padre. —Mi madre empezó a contarme lo que pasó con Joaquín; la voz le temblaba—. Lo juzgaron en la plaza del pueblo... junto a otro compañero. Se los llevaron, creemos que a Badajoz; allí les debieron de fusilar. No sabemos dónde está su cuerpo.

—¡La culpa fue mía! —se lamentaba mi padre, culpándose de lo ocurrido.

—No digas eso, Miguel. —Le pasó la mano por la mejilla—. La culpa fue de quien avisó de que iba a verte.

Mi hermano fue detenido junto a otro maqui a la entrada del campo de concentración de Castuera. Mi padre quería hablar con él para convencerlo de que huyera a Francia. Pero aquel día, que tenía que ser alegre, en el que padre e hijo se iban a ver después de mucho tiempo, se convirtió en fatídico. Ellos no lograban entender cómo la Guardia Civil se enteró de la visita de Joaquín. Pero en esta España, la gente acuciada por la pobreza, la miseria y el hambre, recurría a cualquier artimaña para ganarse el favor de los falangistas. No había escrúpulos.

La botella no fue suficiente para tanta tertulia. Todo lo vivido no se podía resumir en un litro de vino, porque si yo tenía que contar, mis padres también. Mi padre apenas hablaba, él prefería escuchar, y cuando algo no le gustaba, se llevaba la mano a la cabeza y se revolvía el pelo. Decidimos dejar la conversación para los sucesivos días que íbamos a compartir; el cansancio acuciaba. Mi madre me preparó la cama, en aquella sala; en la casa no había habitaciones. Yo, pegado a la pared de la derecha, mis padres a la izquierda y mi hermana en el centro, frente a la chimenea, copando todo el calor que desprendía la lumbre. No pude dormir. Miré a mi madre, que, como yo, estaba en vela, con la cabeza apoyada en la almohada, mirándome. El fuego se reflejaba en su rostro y resaltaba las lágrimas que corrían por sus mejillas. De vez en cuando acunaba a la pequeña María cuando esta empezaba a gimotear, sin perder su posición. Así nos alcanzó el día de Navidad, escuchando cómo las gotas de lluvia golpeaban en los cristales de la única ventana que daba luz a la casa.

Me incorporé y me senté en el borde de la cama. María, con su llanto, reclamaba a mi madre, quien no tardó en atenderla para que cesara en su lloro. Yo, mientras tanto, busqué en mi petate algo de ropa que ponerme. Solo tenía el pantalón, la camisa y la chaqueta que me dieron cuando salí del campo de El Mogote; lo demás era ropa militar. Me lavé en una palangana con agua caliente que mi madre había calentado en la lumbre, pero cuando me retiré la toalla de la cara, ella tenía una chaqueta en la mano.

—Ten, hijo: esta es la chaqueta de tú hermano. —La cogió con las dos manos, y antes de dármela se la llevó a la nariz; el olor de Joaquín, que todavía estaba impregnado en sus telas, le hizo desprender una sonrisa.

—Gracias, madre, la llevaré con cariño.

Aquella chaqueta de paño, de cuello vuelto forrado con piel de borrego era la única pertenencia que quedaba de él.

—La llevaba puesta la misma mañana que lo detuvieron. —Su voz se interrumpía con su llanto—. Yo no fui a ver como lo juzgaban...

La abracé, quería aliviar su dolor y a la vez el mío. Se sentía consolada al tener, al menos, a uno de sus hijos con ella. Mi madre era una mujer fuerte, que desde muy pequeña había sabido sortear todo tipo de obstáculos que se le habían presentado en la vida. Hija de portugueses, que vinieron a principios de siglo a trabajar como jornaleros a Extremadura, a recolectar las cosechas que los extremeños se negaban a recoger porque los terratenientes no querían pagar un jornal digno. Cuando mis abuelos volvieron a su tierra, ella se quedó, porque conoció a Miguelón, mi padre. Tenía quince años y él diecisiete cuando se casaron. No pasó el año de matrimonio cuando tuvieron a mi hermano Joaquín. Yo nací después, no nos llevábamos el año. La belleza de la portuguesa —que así es como se conocía a mi madre en el pueblo— no pasaba inadvertida para los hombres, ni para las mujeres. Unos la admiraban y las otras la envidiaban.

Le pregunté por mi padre, que ya no estaba en la casa. Me contó que desde que volvió del campo de Castuera todos los días a temprana hora salía y se sentaba en una piedra cercana: allí veía el amanecer. Salí a buscarle, y sentado en su piedra estaba, bajo una gran encina, tal como me había contado mi madre.

—Buenos días, padre. —Dejó de mirar al frente al escucharme—. Ya no llueve.

—Da igual que llueva o salga el sol... o que haga aire... De un tiempo a esta parte todo sigue igual. —Estaba triste, ya no era la persona alegre que yo recordaba.

—Padre, ¿le puedo hacer una pregunta?

—En el preguntar está el saber. —Dio una calada a su cigarro. Esperaba paciente mi pregunta.

—¿Quién mando los avales para que a usted y a mí nos soltaran?

Volvió a mirar el horizonte. De su boca salía el humo pausado, que antes había absorbido de su cigarro, y que el aire de la mañana se encargaba de esparcir rápidamente. Tardó en contestarme. Yo le miraba impaciente; quería una respuesta para aclarar mis dudas.

—Tú madre se empeñó en pedir ayuda a doña Julia y a su padre... Yo no quería. Esos favores de los ricos, tarde o temprano, se pagan.

—Doña Julia siempre se ha portado bien con ustedes, al igual que don Fidel.

—Pero no así el canalla de su marido, el Matías. —Le cambió el rostro cuando habló de él—. No sé por qué me tiene tanto odio...

Mis dudas habían sido aclaradas a medias. El odio que tenía don Matías a mi padre me creaba otra incertidumbre. El marido de doña Julia era hijo del administrador y notario de don Fidel. Doña Julia se enamoró locamente de don Matías, que, presionado por su padre, accedió a casarse con la única heredera del hombre más rico de la comarca. Cuando murió el administrador, don Matías comenzó a gestionar las tierras, cosa que don Fidel no quería, pero por complacer a su hija cedió. Él sabía que su yerno se había casado con ella por interés, porque los encantos de doña Julia, que era más bien *feína*, estaban en sus pertenencias.

Dejé a mi padre sentado en su piedra, liándose otro cigarro, y fui hacia la casa de mi tía Benita, una antigua choza donde se guardaban los animales y en la que ahora vivía ella con sus cinco hijos; estaba a las afueras del pueblo. El humo que salía por la chimenea indicaba que mi tía estaba en su hogar; ella nunca salía. En un corralón que había pegado a la choza se encontraba un niño de unos cinco años; jugaba con un *chivino* de escasos días. Cuando yo salí del pueblo, quise recordar que mi tía Benita estaba embarazada de su cuarto hijo; tenía que ser él.

—¿Cómo te llamas? —El pequeño me miró con media sonrisa, antes de contestarme.

—Yo me llamo Benito... ¿Y tú quién eres? —Seguía jugando con el animal, pero con la mirada expresiva que desprendían sus ojos puesta en mí.

—Ven, soy tu primo Tomás. —El niño me dio la mano—. ¿Dónde está tú madre?

Benito me llevó al interior de la choza. Mi tía sostenía con una mano a una niña pequeña, con la otra movía, con un cucharón, el interior de un puchero; era la comida que se calentaba en la lumbre. Al verme, dejó a la niña en una banqueta, se secó las manos en su delantal negro y, sin decir palabra alguna, me abrazó. Sus besos cortos y seguidos me coparon enseguida mis dos mejillas. La tía Benita siempre había sido muy besucona y cariñosa, pero ya no era aquella mujerona grande y entrada en carnes que yo recordaba. Estaba delgada, su altura se había encorvado y sus cabellos manchados en canas le otorgaban mayor edad de la que tenía. Entraron otros dos niños: eran Tina y Miguelín, a los que a duras penas recordaba. Se agarraron a la falda de su madre, me miraban, esperaban que les dijera quién era yo.

—Siéntate aquí... —Me ofreció una silla para que me sentara—. Qué alegría verte, Tomás.

—Yo también me alegro, tía... Ha pasado tanto tiempo... —Los cuatro niños seguían mirándome, pero faltaba uno, el mayor—. ¿Dónde está Cefe?

—Cuando yo me fui tenía seis años y era al que yo más recordaba.

—Está en el monte, con las cabras. —Su sonrisa se agrandó al hablar del mayor de sus cinco hijos; mientras, hacía carantoñas a la que tenía en sus piernas, la más pequeña, Anita—. Nos ayuda mucho, está hecho todo un hombre. —Cefe tan solo tenía once años.

—¡Yo también ayudo! ¿A que sí, madre? —señaló un alegre Miguelín.

—Sí, Miguel, todos me ayudáis.

Abrazó a sus cuatro pequeños. Para ella lo eran todo, lo único que le quedaba desde que murió el tío Ceferino.

El sonido de unas campanillas indicaban que las cabras entraban en el corral; Cefe ya había llegado. Miguelín y Tina miraban hacia la puerta, querían ver la cara de sorpresa que pondría su hermano mayor al verme. Yo no podía ver su expresión, me encontraba de espaldas a la puerta. Su madre me dijo que no me girara, quería ver si Cefe era capaz de reconocerme después de tanto tiempo. Por la cara de sus hermanos noté que había entrado en la choza. El silencio cómplice que provocamos fue roto por la sorprendente reacción que tuvo mi primo.

—¿Joaquín? —La chaqueta y el parecido con mi hermano le crearon una confusión imposible.

—Es el primo Tomás —aclaró su madre, que, como yo, estaba sorprendida— ¿No te acuerdas de él?

Cefe reaccionó y se agarró a mí llorando. No se acordaba, tan solo tenía seis años cuando me fui del pueblo. Sus ojos vivos, llenos de lágrimas, representaban una niñez de sufrimiento. La falta de su padre le había obligado a crecer deprisa. A su corta edad intentaba cubrir el vacío que ocasionaba la ausencia de su padre. Manejaba el rebaño, que les daba de comer a él y a sus hermanos, con maestría. Era un buen pastor.

—Te pareces mucho a tu hermano. —Cefe no dejaba de mirarme, a la vez que sacaba un paquete del morral. Su confusión había provocado las lágrimas de su madre y sus hermanos—. Tenga, madre, me lo han dado los del monte.

Mi tía Benita abrió el paquete; los pequeños alrededor de la mesa, miraban expectantes. Era un trozo de carne de venado envuelto en helechos que mi tía empezó a trocear para después guisarlo y que no se echara a perder. Yo no entendía qué pasaba, lo cual hizo que preguntara sobre la procedencia de la carne.

—¿Quiénes son los del monte?

Cefe, antes de contestarme, miró a su madre; ella le hizo un gesto de aprobación para que me contestara.

—Los del monte son milicianos que perdieron la guerra. Eran amigos de tu hermano Joaquín.

—El niño les avisa cuando hay civiles por el pueblo —aclaró su madre—; ellos, a cambio, de vez en cuando, me dan algo de comer para mis hijos.

Las sierras extremeñas estaban llenas de grupos de maquis, que esperaban que la situación cambiara o que se derrotara a Hitler en Europa y luego se acabara con Franco. Cefe colaboraba con ellos cuando se acercaban por el pueblo, huyendo de otros lugares donde se realizaban batidas en su busca, avisándoles de los movimientos de los guardias. No tenían lugar fijo de actuación, para no ser localizados. Mi primo, al ser tan solo un niño, no levantaba sospechas, por lo que podía tener contacto con ellos. Decidí dar por concluida la visita. Mi tía retomó su labor de remover el puchero de la comida; Tina ayudó a su madre, metió sus dos manos dentro de la artesa donde estaba la carne, la mezcló con el adobe de pimienta, aceite y hierbas que habían preparado; los pequeños, Benito y Anita, jugaban en el frío suelo de piedra de la choza. Al salir de la casa, Cefe y Miguelín ya se encontraban inmersos en la labor de ordeñar las pocas cabras que poseían. Me despedí, abarcando a los dos con mis brazos, dándoles un fuerte abrazo.

—Primo, aunque yo no me acordaba de ti, Joaquín siempre te nombraba, aunque fuera un *poquino... Chacho, si egque te quería una jartá.*

Las palabras de mi primo Cefe, que me acompañaron en mi vuelta a casa, volvieron a arrancarme las lágrimas. Mi padre ya no estaba sentado en la piedra donde le dejé, y donde consumía su tiempo; mi madre estaba dentro de la casa, acababa de amamantar a María.

—Déjala, no la despiertes, que acaba de comer —susurró, recibiéndome con la alegría de volverme a tener a su lado.

Me despojé de la chaqueta, la colgué en una percha de hierro que había detrás de la puerta.

Me senté en la mesa junto a mi madre, estaba pelando unas cabezas de ajo, y en el centro, un trapo mojado, que contenía pan.

—¿Qué prepara de comida, madre? —Husmeé en el trapo mojado; quería averiguar lo que estaba preparando para el primer día en mucho tiempo que íbamos a pasar juntos.

—Unas migas... *que te vas a chupá los deos.*

Ayudé a mi madre a terminar de preparar la comida del día de Navidad, pero las preguntas por todo lo ocurrido en los años de ausencia empezaron a fluir en mi pensamiento. Pensé que era el mejor momento, ya que estábamos los dos solos.

—Madre, ¿cómo fue lo del tío Ceferino?

—Tomás, no te martirices con esas cosas... Lo mejor es olvidar. —Quería enterrar el pasado.

—No, yo quiero saber —insistí, mientras ella seguía pelando ajos—. He pasado mucho tiempo sin saber de ustedes y tarde o temprano me enteraré.

—Pues ya te enterarás. —Seguía sin querer hablar.

—Perdóneme que le diga: yo prefiero enterarme por usted.

Mi madre, ante mi insistencia, decidió contármelo. Volcó las migas en el perol y empezó a remover para que no se apelmazaran. Yo me senté en una silla a su lado y ella comenzó a narrarme lo sucedido, al compás, pausado y contundente, que le daba a la paleta de madera.

—El tío Ceferino y tu padre estaban juntos en Castuera. A tu tío le acusaron de haber estado en Castilblanco, allá por 1932, en unas revueltas de jornaleros —explicó, mientras seguía sin parar en su laborioso trabajo con las migas.

—¿Fue cierto que el tío estuvo allí?

—Tú tío jamás estuvo en Castilblanco, ni en las ocupación de las tierras de los jornaleros en marzo del 36; porque también se le condenó por aquello. Ni tan siquiera luchó con las milicias; aunque fue su intención, no pudo unirse. La guerra la pasó escondido en el monte para que no le obligaran a luchar con los nacionales. —Sus ojos, que estaban puestos en el perol de las migas, comenzaron a bañarse en lágrimas—. Fue cosa de Pepe Gómez, que le denunció.

—¿Por qué le acusó, si era mentira?

—Pepe Gómez había pretendido a la Benita cuando eran jóvenes, pero esta lo rechazó, y una vez Ceferino, cuando eran novios, le pegó una paliza, porque acosaba a la tía. —Continuó con el relato y con su labor con el pan—. Pepe nunca se lo perdonó a tu tío, y cuando tuvo la oportunidad se vengó. ¡Qué mejor ocasión cuando los falangistas ganaron la guerra!

Estaba embelesado oyendo a mi madre. Hacía muchos años que no la escuchaba, y descubrí que su acento portugués, en el que antes no había reparado, le daba un énfasis diferente a las cosas tan tristes que me estaba contando; pero no dejó de embriagarme de una sensación extraña de alegría y dolor. Lo que ella sentía me lo traslado a mí; no podía ser de otra manera, pues estaba hablando de nuestra gente.

—Una madrugada se llevaron a tú tío Ceferino, junto a otros presos, a una mina abandonada cercana al campo de concentración —continuó relatando—. Los ataban a una soga, uno detrás de otro en el borde del pozo minero... Solo mataban al primero, pero este arrastraba a los otros al interior de la mina. No morían al instante; los gritos de desesperación y de dolor se escuchaban durante un largo tiempo.

—¿Sufrió mucho el tío? —Noté cómo las lágrimas se apoderaban de mí.

—No sé, Tomás... Tu padre contó que él desde el campo oía los gritos de su hermano. —En sus ojos llorosos se veía la tragedia que me estaba narrando—. Aún se despierta por las noches sobresaltado.

—¿Cómo se enteró del fallecimiento la tía Benita?

—El mismo día que mataron al tío nació Anita. A tu tía se lo dije dos días después. Cogió a su pequeña en brazos y se fue a la taberna del pueblo en busca de Pepe Gómez... Estaba fuera de sitio... como loca; yo la acompañé e intenté que cambiara de opinión... Fue imposible. Allí estaba, jugando a las cartas, enfundado en su camisa azul, con otros falangistas. —No paraba de mover las migas, a las que ya había añadido los ajos y unos escasos torreznos—. La tía le dio una *guantá* con todas sus fuerzas, que dio con el Gómez en el suelo. No entiendo de dónde sacó Benita las fuerzas en su estado.

—¿Qué pasó después?

—Tú tía le dijo que era un cobarde y que no tenía hombría. Nadie dijo nada, tan solo el Gómez. Al irse la tía y ver que todo el mundo le miraba, alzó la voz y dijo: «*¡Qué* coño miráis!». Aquel atajo de cobardes calló. No tuvieron el valor suficiente para decirle nada a una mujer recién dada a luz.

La conversación terminó cuando llegó mi padre. Ella no quería hablar en su presencia de aquello que tanto le atormentaba. Nuestro repentino silencio le hizo sospechar de qué estábamos hablando, pero no dijo nada. Las migas ya estaban preparadas y yo deseoso de comer aquel día de Navidad con mis padres, después de un largo periodo de tiempo.

Capítulo VIII

Aquellos días de permiso me sirvieron para darme cuenta de que el pueblo estaba dividido en dos, los ganadores y los perdedores. Estos últimos intentaban no ser rechazados por los primeros, que eran los que tenían el poder. Así estaba la situación: había que ganarse el perdón de los vencedores, aunque fuera a costa de perder la dignidad. Todo valía con tal de sobrevivir en un tiempo en que el hambre apretaba. Pero algunos, como mi padre y la tía Benita, no se rebajaban ante nada ni ante nadie: «Ya bastante nos han *jodío*, como para vivir toda la vida *arrodillaos*», decían, convencidos de sus ideales, aunque no los pudieran expresar en público.

Mi madre, al igual que antes de la guerra, seguía trabajando en la finca de El Canchalejo. Era la sirvienta de confianza de doña Julia, que siempre la había tratado como a una más de su familia, e incluso cuidaba de mi hermana —lo que hacía con mucho cariño porque ella no tenía hijos— mientras mi madre limpiaba. Con mi padre era distinto: don Matías no quería que fuera por la finca; se lo tenía prohibido. El administrador detestaba a mi padre, porque siempre había estado de parte de los jornaleros, apoyando al que tenía algún problema y reivindicando un jornal justo. Alguna vez, don Fidel le proporcionaba trabajo en una finca que tenía fuera de la comarca, pero siempre a escondidas de don Matías, que era el que mandaba, todo por el capricho de doña Julia; era la única manera que tenía de tenerlo a su lado. Me acerqué por El Canchalejo, tenía que ver el sitio donde me había criado. Mi madre aquel día no fue a faenar a la finca y me aseguré de que don Matías no estuviera, no quería cruzarme con él.

La finca se encontraba a las afueras del pueblo, entre canchales, de ahí su nombre. La casa estaba situada en lo alto, rodeada de encinas y alcornoques.

Desde allí se tenía una vista privilegiada del llano con sus olivares, que se extendían alineados uniformemente, llenando casi todo el horizonte. Me adentré en aquel lugar que me rememoraba tantos momentos de mi niñez junto a mi hermano Joaquín. La casa estaba tal como la recordaba, no había cambiado. Un hombre se me acercó, debía de ser el nuevo guardés.

—¿Qué se le presta, joven? —indagó aquel hombre, vestido de marrón, con gorro de ala, del que prendía una pluma de faisán.

—Vengo a visitar a los señores —contesté, sin tiempo a más explicación, porque no tardó en abrirse la puerta de la casa; salió don Fidel.

—Déjale, que este es como de la familia. —Bajaba torpemente la escalera para recibirme.

Los años habían causado mella en él, estaba más pesado y se apoyaba en un bastón con mango tallado de cuerno de venado. Tras él, doña Julia, que descendía apresurada al oír a su padre darme la bienvenida.

—¿Cómo estás, Tomás? —Don Fidel siempre había demostrado gran aprecio por Joaquín y por mí—. Dame un abrazo, chaval.

—Ya me ha dicho tú madre que estabas muy cambiado. —Doña Julia se unió a su padre en el abrazo.

Me invitaron a entrar en la casa. La vivienda, que estaba igual, me impresionó como siempre; con su mármol blanco con vetas verdes y sus muebles de estilo isabelino. Todo tan reluciente, tal como lo recordaba. Me senté en un diván de color verde con flores estampadas que iban a juego con las altas y onduladas cortinas del salón. Ellos se sentaron frente a mí, él en un sillón de orejeras y ella en una silla que había cogido del juego de la mesa del comedor.

—Qué, ¿cómo te ha ido en este tiempo? —Él no dejó que me despojara de mi abrigo, enseguida empezó con las preguntas.

—Padre, deje que se acomode —increpó ella, en cuyo rostro poco agraciado se notaba la alegría de volver a verme.

—No me puedo quejar, don Fidel —me quité el abrigo, doblándolo y poniéndolo en mis rodillas—, aunque ha sido duro, la guerra... la cárcel... Pero bueno... lo importante es que estoy aquí.

—Ya sabemos que estás cumpliendo el servicio militar en Algeciras —aclaró doña Julia, que me miraba con sus pequeños y extraviados ojos—. Cuando acabes, aquí, en El Canchalejo, tienes trabajo.

—Gracias, doña Julia, por avalarme cuando estaba en el campo de trabajo. —No quise decir la palabra preso o campo de concentración por si se molestaban.

—Ya sabes que por vosotros, lo que sea. La pena es que no pudimos hacer nada por tu hermano, ni por tu tío Ceferino. —Sus palabras eran sinceras: ella apreciaba mucho a Joaquín.

—Nos costó localizarte —explicaba don Fidel—, pero una vez que di contigo, tan solo tuve que hablar con alguien importante de Badajoz.

—Bueno, padre, diga usted que Matías también se preocupó.

Don Fidel miró a su hija encolerizado; que nombrara a su yerno no le gustó. La relación entre ellos no estaba bien. Se odiaban.

—¡Ese nada más que se preocupa de perseguir faldas!

—¡No diga eso, padre, que me ofende!

—¡Todo el pueblo lo sabe menos tú!

Doña Julia se levantó y, como una niña cuando es reprendida por su padre, se fue del salón llorando. Yo me encontraba como mero observador de una discusión entre padre e hija, lo que me hizo sentirme incómodo. La fama de mujeriego de don Matías era sabida por todo el mundo, excepto por su mujer, que no lo sabía o no quería saberlo.

—Mi yerno no vale ni para hacerme abuelo —gruñó en voz baja para que no le escuchara su hija—. Si por él fuera, habría acabado con todos los milicianos...

—Me tengo que ir, don Fidel... Gracias por todo.

Me puse el abrigo, afuera hacía frío. Doña Julia salió a despedirme, tenía los ojos llorosos. Don Fidel, con su andar torpe y apoyado en su bastón, me acompañó hasta la salida principal de la casa. La despedida fue un «vuelve cuando quieras, aquí tienes tú casa»; lo decía con buena intención, así siempre me lo hizo saber, pero ahora el que mandaba era don Matías y los Martín no le gustábamos. Las palabras de don Fidel, sobre las intenciones del marido de su hija hacia los milicianos, me dio que pensar. No quería ni sospechar que él tuviera que ver algo en la muerte de Joaquín.

Abandoné la finca apresuradamente; las nubes negras presagiaban lluvia y el aire empezó a soplar con fuerza. Vi un coche que subía por el camino, me aparté al lado derecho. Sus luces me deslumbraron, me paré, y al llegar a mi altura frenó bruscamente. En sus cristales escurrían las primeras gotas de lluvia. La ventanilla se bajó; era don Matías. No había cambiado nada, tan solo el fino bigote que acompañaba su sonrisa burlona y engreída.

—Pero si es el Tomasín, el hijo de Miguelón... Cómo me alegro de verte.

—La hipocresía siempre le había dominado.

—Buenas tardes, don Matías. —El saludo no fue muy convencido, porque lo que menos me apetecía era toparme con él.

—Me imagino que vienes de la finca de ver a mi mujer. —No nombró a su suegro, lo que demostraba que no se llevaban bien—. ¿Ya le has dado las gracias por mandarte los avales?

—Así es —contesté.

—Pues ya tuviste lo que quería tu madre. Espero no verte más por aquí. ¿Entendido, Tomasín?

El Hispano-Suiza negro reanudó su marcha, subiendo lo que quedaba de cuesta hasta la casa, a gran velocidad. Por un momento me quedé parado, mirando la culera del vehículo, que se perdió entre las encinas que rodeaban la casa. Continué mi camino hacia el pueblo, entremezclando en mi cabeza las palabras de don Fidel con las de don Matías. Todo me confundía, me quería agarrar a la sinceridad de mi madre, contándome lo que pasó con mi tío Ceferino, pero tampoco me esclarecía nada; todo era confuso.

Los siguientes días de permiso transcurrían rápido. Yo los intentaba pasar con mi madre, hablando del tiempo perdido, y con mi padre, que apenas decía nada, tan solo de vez en cuando un «maldita guerra», echándose a llorar porque se acordaba de su hermano Ceferino y de Joaquín. También me iba a ver a mi primo Cefe, que a su corta edad era un libro abierto. Si yo quería saber algo de lo ocurrido, nada más tenía que preguntárselo a él. Aunque astutamente, me contestaba lo que le parecía. No me quería hacer daño.

—Primo, ¿tú viste en la plaza a mi hermano?

Cefe no dijo nada. Agarró una piedra y con maestría se la tiró a una cabra que se había separado del redil. Me miró; su cara de niño expresaba que mi pregunta no le gustaba.

—Mi madre aquel día no nos dejó salir.

Sus ojos pequeños y alegres confesaban que no estaba diciendo la verdad. Continuó tirando piedras a la cabra, cada vez con más rabia y sin motivo, porque la chiva ya estaba con todo el rebaño. Se separó, y se sentó en un canchal frente a sus cabras. Con las dos manos sujetaba su garrota, tenía la cabeza metida entre las piernas. Me acerqué, estaba llorando. Traté de consolarlo abrazándole, pero me apartó con las manos, dejando caer la garrota al suelo.

—¡Sí le vi! —Su cara de niño era un mar de lágrimas—. ¡Me escapé!... Dije a mi madre que una chiva estaba enferma, pero no era así... Fui a la plaza, ¡ya no estaba! —Cefe se secaba las lágrimas con la manga de su abrigo—. Me dijeron que los llevaron camino del monte. Solo se me ocurrió un sitio donde pudieran llevarlos, al nacedero del arroyo chico.

—¿Fuiste al nacedero?

—No se me olvidará, primo; allí estaban cavando su fosa, mientras que los guardias los apuntaban... ¡Me escondí! ¡Tenía miedo!

Le dije que no siguiera contándomelo, lo estaba pasando mal. Pero su entereza no era la de un niño de once años y con firmeza siguió narrando lo sucedido aquel caluroso verano de 1940.

—Un coche se acercó... Dijeron algo a los guardias... Se fueron enseguida.

—¿Quiénes eran los del coche?

—No les pude ver, porque no se bajaron, pero...

—Pero ¿qué?

Cefe dejó de hablar. Me miró, no quería contestar a mi pregunta. Se resistía a seguir contando lo que vio. Era la primera vez que lo hablaba con alguien. Ni su madre sabía lo que ocurrió aquel día. Cogió otra piedra, esta vez la tiró lejos, fue a dar en un alcornoque, y acto seguido empezó a corresponder mi curiosidad.

—El coche era el de don Matías.

—¿Estás seguro?

—Sí, primo... Fue irse el coche y no pasó un minuto cuando se escucharon dos disparos... Agaché la cabeza, pero cuando la levanté... Joaquín y su compañero estaban en el agujero... ¡Los habían matado, primo!

Le abracé, estaba temblando. Su confesión fue terrorífica, y todavía no entendía cómo un chaval de once años podía haber estado guardando tanto tiempo todo lo que vio en el nacedero del arroyo chico. Nos levantamos y sin mediar palabra nos dirigimos a aquel paraje donde estaba enterrado mi hermano. Las últimas lluvias habían dejado el camino intransitable, pero el barro y el agua no impidieron que llegáramos al sitio donde habían dado muerte y sepultura a Joaquín y su camarada. Cefe con la garrota me marcó el sitio: estaba cubierto de ramas y troncos que él mismo había colocado para que las alimañas no desenterraran los cadáveres. Me arrodillé, aparté las ramas y hundí las manos en la tierra húmeda; maldije a sus asesinos. Mi primo se echó encima de mí por la espalda y me abrazó por el cuello. Permanecimos así durante un buen rato, ahogando nuestra pena en lágrimas; no hablábamos.

Cuando volvíamos al pueblo, Cefe y yo nos juramos que no íbamos a decir dónde estaba enterrado Joaquín: sería nuestro secreto. A mi primo la idea de tener un secreto —como niño que era— le gustó, ya no tendría que mantener oculto lo que solo él había presenciado. Al llegar a la choza y tras encerrar las cabras, Cefe se dispuso a ordeñarlas, y yo a ayudarle. Sus dos hermanos pequeños, Anita y Benito, al oír el ruido del rebaño, vinieron al corral. Se tumbaron debajo de una cabra, para que Cefe, que manejaba con habilidad los pezones del animal, les regalara unos chorros de leche, que certeramente introducía en la boca de sus dos hermanos. Yo no dejaba de reírme. Aquel momento de alegría me hizo olvidarme por un instante de lo descubierto aquel día. La tía Benita irrumpió en el corral, con los brazos en jarras intentando ponerse seria. No lo consiguió.

—Pero... ¿esto qué es?

Los dos pequeños continuaron jugando bajo las ubres de la cabra, al compás que su hermano les marcaba con los finos chorros. La leche que les proporcionaba el rebaño era muy importante para ellos. La tía elaboraba unos fabulosos quesos, que luego Tina y Miguelín se encargaban de vender en los mercados de los pueblos de alrededor o a alguna familia rica de la comarca.

Mi tía y yo nos sentamos. Ella me miraba con la prolongación de la sonrisa que le habían dado sus dos pequeños. Cefe continuaba con la labor del ordeño, mientras que Miguelín le acercaba los cántaros.

—Son lo único que tengo, Tomás. —Acunaba a la más pequeña, Anita, que se había echado en sus brazos—. Le prometí a tú tío que no dejaría que fueran humillados... que siempre estarían a mi lado.

Así lo hizo desde que murió el tío Ceferino. No permitió que le separaran de sus cinco hijos, a pesar de las propuestas que tuvo por parte de doña Julia, para que Tina, con diez años, se fuera a servir a su casa o que Benito fuera dado en acogida a un matrimonio rico de Madrid que no podía tener hijos.

—Tía, ¿los niños no van a la escuela?

—Para qué... Allí solo les enseñan a rezar y a cantar el «Cara al sol».

—¿Ya no está aquel maestro? ¿Cómo se llamaba? —Había pasado tanto tiempo que no me acordaba.

—Antonio; lo mataron al acabar la guerra, le acusaron de ser rojo.

Don Antonio recorría todos los pueblos en su bicicleta. A él le debíamos todos los chavales de los jornaleros saber escribir y leer. Cuando no podíamos ir a la escuela, porque teníamos que ayudar a nuestros padres en las faenas del campo, él iba donde estuviéramos, y en los descansos de las duras jornadas, nos enseñaba a leer, escribir, sumar, restar, partir, o nos leía algunos poemas libertarios.

—¿Vosotros queréis ir a la escuela? —pregunté a mis primos, que ya habían terminado la faena y que se encontraban sentados alrededor de su madre y de mí.

—Yo no tengo tiempo, primo —contestó Cefe, a la vez que se despojaba de su chaleco de piel de chivo.

—¿Y tú, Tina?

—Yo fui, pero no quiero volver. —Miró a su madre y agachó la cabeza, antes de aclararme por qué no quería ir a la escuela—. Los niños se reían de mí... Decían que no sabía coger el lapicero... La maestra me regañaba.

—La niña es zocata —explicó la tía Benita—, y la maestra se empeñaba en que escribiera con la derecha.

—¡Yo sí quiero ir, primo Tomás! —A Miguelín le entusiasmaba la idea. Siempre tenía algún libro en sus manos, cuyas estampas y dibujos, aunque no sabía leer y escribir, miraba.

—No os preocupéis, que ya se me ocurrirá algo para que aprendáis, os lo prometo

No tenía ni idea de cómo iba a enseñarles a leer y escribir, porque el tiempo de permiso se terminaba. Pero el ímpetu de Miguelín y la injusticia de no tener las mismas posibilidades que otros niños me hizo prometerles algo que no sabía cómo iba a cumplir.

La noche se echaba encima y volví a casa con la maleta de las vivencias de esos días de permiso más llena. Ya sabía dónde estaba enterrado Joaquín, al menos me quedaba el consuelo de que estaba cerca de mis padres. Ellos creían que murió a los pocos días y que estaba enterrado en el Cementerio Municipal de Badajoz, y así sería, porque el pacto entre Cefe y yo nunca se rompería. También averigüé, gracias a mi primo, que don Matías podría estar involucrado en su muerte. Decidí no decir nada, porque desvelarlo aumentaría el odio que mi padre tenía al marido de doña Julia. Esta no lo iba a admitir, y podría provocar que prescindiera de los servicios de mi madre. Preferí dejar las cosas como estaban, porque no era el momento de saldar cuentas.

Entré en la casa. El silencio se rompía con el lloriqueo de mi hermana, que reclamaba la presencia de mi madre, la cual avivaba el fuego que envolvía con sus llamas el puchero humeante de la cena de aquella noche. Mi padre observaba con sus ojos tristes y llorosos mi llegada. Un vaso y una botella de vino le acompañaban.

—Te pasas todo el día por ahí... con Cefe... haciendo preguntas —me dijo mi padre, que se le notaba que había ingerido más vino de la cuenta.

—No entiendo lo que quiere decir, padre.

—No hay nada que averiguar, hijo —apostilló mi madre—. Si quieres saber algo, yo te lo cuento, pero no estés...

—¡Eso, eso, que te lo cuente... así ya de paso me entero yo!

A mi madre el comentario de mi padre no le gustó, abandonó la lumbre enfadada y cogió a mi hermana entre sus brazos. Él volvió a llenarse el vaso, quería esconder todas sus penas en el turbio vino de pitarra. Yo entendí que había algo que no me querían contar, pero en vez de alimentar el fuego de la discusión, preferí calmarlos y aparcar para otro momento las dudas que me había creado el comentario de mi padre. La humilde educación que había recibido, a pesar de mis veintiún años y todo lo vivido, me decía que yo no podía intervenir o tomar parte en las discusiones de los mayores, y menos en la de mis propios padres.

—Padre, con vino no se arreglan los problemas —intervine, a la vez que aparté con la mano el vaso y la botella—. Usted, madre, no se enfade, que no es para tanto.

Le quité a mi hermana de sus brazos y le di un beso. Ella entendió que tenía que seguir preparando la cena. Mi padre se levantó y se fue a la calle, seguramente se sentó en su piedra a darle vueltas a la cabeza o a meditar, como solía hacer. Me senté ante el plato de sopa que mi madre me había preparado. Desmenucé un pedazo de pan y lo aliñé con unas hojas de hierbabuena. Mi madre me acompañaba a la mesa y mi hermana dormía. Decidí, ya que mi padre no estaba, preguntar a mi madre sobre la duda que me había proporcionado el comentario de mi padre. Ella movía pausadamente la sopa con la cuchara. Me conocía tan bien que esperaba mi pregunta.

—Madre, yo quisiera... —No me dejó acabar.

—Tomás, hijo, no hay nada que explicar. —Dejó de mover la sopa para mirarme fijamente a los ojos—. Las habladurías de la gente están atormentando a tú padre —su rostro certificaba la sinceridad de sus palabras—, y son solo eso, habladurías.

—¿Hay algo que yo deba saber?

—Si lo hubiera, yo te lo diría —no dejaba de mirarme—, pero no hay nada que contar. Los chismes no merecen ser comentados, y por tanto no hay que darles importancia.

Acaté las explicaciones de mi madre, lo que dijera me valía. Empecé a tomarme la sopa caliente; ella hizo lo mismo. El roce de las cucharas en el fondo del plato acompañaban al mutismo que inundó la única sala de la casa. La puerta de la calle se abrió, era mi padre, que se sentó a la mesa sin decir nada, dejando que continuara el silencio, que ni la pequeña María interrumpió. Mi madre le sirvió la sopa; ella tampoco rompió el mutismo.

Y así se fueron consumiendo los días de permiso, entre la alegría de estar con mi familia y en ir descubriendo los acontecimientos que habían sucedido en mi ausencia. Aunque tenía la sensación de que todavía quedaba algo por averiguar, o así me lo hacía sospechar tanta verdad a medias. También pensaba que era mejor dejar las cosas como estaban y no querer saber nada más. Temía averiguar cuáles eran las causas del sufrimiento de los míos, en especial de mi padre. Después de despedirme de las personas que tanto quería, tomé camino del nacedero del arroyo chico. Todo estaba tal como lo dejamos Cefe y yo; las ramas eran el único abrigo que tenía la tumba de mi hermano Joaquín y su camarada. Volví a enterrar mis manos en la tierra húmeda que le cubría. Ese gesto me hacía percibir su presencia. Pasados unos minutos, las desenterré, estaban calientes, a pesar del frío barro. El siguiente paso, antes de ir camino de la estación de Zafra, era ir a despedirme de Juan y su mujer. La venta estaba abierta. Micaela se encontraba detrás de la barra, sirviendo unas copas de aguardiente a dos clientes. Su sonrisa fue muy expresiva cuando crucé la puerta de su casa. Se alegraba de verme.

—¿Ya te vas? —Ella se percató al verme vestido de militar—. Espera, que llamo a Juan, está en el huerto. ¡Juan, ven, que está aquí Tomás!

Micaela me miraba, como siempre, con los ojos llorosos. Los clientes comentaron entre ellos en voz baja; creían que no les oía: «Es el otro hijo de Miguelón y la Portuguesa... Pobre chaval... Su padre no va a levantar cabeza con lo que se dice por ahí...». Me fui hacia la barra, quería que me explicaran qué era lo que estaban hablando.

—¿Y qué se dice de mi padre? —Se quedaron parados, no sabían qué responder, pensaban que no les había oído.

—Nada, hombre... Nosotros apreciamos mucho a tu padre —apostilló el más viejo de los dos, que apuró la copa con la intención de irse.

—Pues que no tiene jornal y que aquí en el pueblo le va a costar mucho encontrarlo... Vamos, que está la cosa mal para tu padre —explicó el otro paisano, que se apoyaba en una azada.

—¿Seguro qué es eso? —La desconfianza me invadía.

—Pues claro que sí, Jaro; si no, ¿qué puede ser, *chacho*? —Juan ya estaba dentro de la venta, y desde la puerta había escuchado la conversación.

—Venga, Tomás, siéntate conmigo, y a estos sírvelos otra copa. —Micaela se dispuso a rellenarles las copas, tal como le había requerido su marido.

—Gracias, Juan, pero tenemos que ir al olivar a cortar varetas. —Querían irse para no volver a ser comprometidos con mis preguntas.

—¿Vuelves para Algeciras? —Juan quería llevar la conversación por otro lado, pero yo insistí.

—¿A qué se referían esos dos? ¿Qué pasa, Juan?

—No pasa nada, *chacho* —me puso la mano en el hombro para tranquilizarme—, pues que la gente habla...

—¡La gente habla, mis padres callan y tú... tú no me cuentas nada!

—¡Pues qué quieres que te cuente!

Continuaba con su mano puesta en mi hombro. Micaela cerró la puerta de la venta para que no entrara nadie. Yo estaba expectante por lo que me pudiera contar. Encendí un cigarro y Juan me lo arrebató de las manos. Se lo llevó a sus labios, aspirando una buena bocanada, para luego dejar escapar el humo lentamente y dar paso a sus palabras, que ahora eran más pausadas y en tono mucho más bajo.

—Mientras don Matías tenga el control en el pueblo, a tu padre no le dará jornal nadie. No me preguntes los motivos... nadie los sabe.

—Pero...

—No te atormentes, *Jaro*, que la gente habla sin saber. —Juan no quería dar importancia al comentario de los dos jornaleros, que era el mismo que había en el pueblo—. Vete tranquilo, que si pasa algo, yo te tengo informado.

—¡Cómo le gusta a la gente el chismorreo! —protestó Micaela, llevándose las manos a la cabeza, en un expresivo gesto de hartazgo.

Mi amigo me convenció, al igual que mi madre lo hizo días atrás con sus explicaciones, o era yo mismo el que se convencía por miedo a descubrir algo que me hiciera daño.

—Juan, te tengo que pedir un favor. —Sabía que lo que le iba a pedir no me lo iba a negar.

—Tú me dirás, Tomás.

—Quiero que te encargues de enseñar a leer y escribir a mis primos, a los de mi tía Benita.

—Eso está hecho. Ve tranquilo, amigo.

Nos dimos un abrazo, que una emocionada Micaela miraba con alegría.

Salí de la venta camino de Zafra, con la certeza de que mi amigo Juan me tendría informado y de que cumpliría el encargo escolar que le había encomendado.

Capítulo IX

La primera noche que pasé en el cuartel, después del mes de permiso, no pude conciliar el sueño. Los momentos vividos en mi pueblo con los míos no me dejaron dormir. La tristeza de mi padre, que se encontraba apartado de todo y que poco a poco se estaba aferrando a la bebida; el cariño de mi madre, que quería pasar página y olvidarse del pasado; la Tía Benita, que se había propuesto sacar a sus cinco hijos adelante ella sola, tal como le había prometido al tío Ceferino; Cefe, que a su corta edad era el pilar en que se apoyaba su madre; el apoyo incondicional de Juan y Micaela, que serían el contacto con los míos en la lejanía. Por otro lado estaba la bondad de doña Julia y su padre, don Fidel, que siempre nos habían tratado bien, a pesar del extraño empeño de don Matías por querer apartarnos de El Canchalejo. Él, que se había hecho dueño y señor de todo lo perteneciente a don Fidel, amparado por la ceguera amorosa de su mujer; era uno de los pocos que sabía, junto a sus verdugos, dónde estaba enterrado mi hermano Joaquín. No me cabía duda de que su Hispano-Suiza lo conducía él. Aunque mi primo no le había visto, pocos en la comarca poseían el carnet de conductor, y la fanfarronería de un falangista no daba para prestarle el coche a nadie.

Todas mis preocupaciones, que me habían robado el descanso aquella noche, fueron barridas de mi cabeza al toque de corneta, que indicaba que comenzaba la actividad militar en el cuartel. Hice la cama apresuradamente, me vestí, me aseé, bajé a toda prisa al patio de armas, para desde allí, bien formados, entrar en el comedor y desayunar. El café era solo para los mandos; a la tropa nos daban achicoria y un mendrugo de pan. Acto seguido, los soldados nos dirigíamos a nuestros cometidos. Yo, como de costumbre, fui en busca de la puerta trasera del cuartel; allí estaban Pedro y Rufino, esperándome para agasajarme por el reencuentro.

—¿Qué tal te ha ido, *picha*? —preguntó Pedro.

—Bien —contesté—. ¿Y a vosotros?

—De escándalo, aquí en *Cai* no hay penas —expresó Rufino con su gracia gaditana—. Extremeño, anda con *cuidao* con la Teresita... que te quiere engatusar.

—*Chacho*, ¿tú cómo sabes eso?

—Porque tengo información de primera mano —ironizó Rufino haciéndose el interesante, a la vez que Pedro, que sonreía, afirmaba con la cabeza.

Continuamos el camino, hablando de los días de permiso, para que después, como siempre, ellos cogieran la vereda de la derecha que los llevaba a los huertos y yo continuara dirección a la casa.

No había llegado a la puerta cuando vi salir el coche oficial que llevaba a las dos hijas del coronel, como todas las mañanas, a la escuela. Teresita esta vez sí me miró, e incluso se giró para seguir mirándome por el cristal trasero cuando el vehículo me rebasó. Continué hacia la casa, donde me esperaba el patio de geranios. Al llegar, pude comprobar que estaba tal como lo dejé, porque no se habían retirado las escasas hojas que desprendían tan bellas plantas. Sin esperar a recibir órdenes de la coronela, empuñé la escoba y empecé a barrer el patio. No tardó en personarse doña Amalia. Lucía el traje femenino del Movimiento, el cual le daba un aspecto de mujer seria e inflexible.

—Bienvenido de nuevo, soldado —dijo manteniendo su seriedad—. En cuanto termine de barrer, empiece a preparar las macetas para ser abonadas en breve.

—Sí, señora.

La frialdad del recibimiento no me influyó —aunque debía reconocer que me imponía bastante respeto— y continué barriendo para luego seguir con las órdenes. El trabajo provocaba que estuviera distraído y no me enfrascara en pensar en los problemas que había dejado en mi tierra. Y así es cómo pasé aquella mañana, en la que las nubes apenas dejaban despuntar el sol y que solo el ruido de un vehículo, que aparcó en la puerta del patio, me distrajo de mi tarea. Eran las dos hijas del coronel, que volvían de la escuela. No quería que me vieran, en especial la mayor; la mirada descarada de la mañana me había traído a la memoria los comentarios de Rufino. Fui al rincón del patio donde estaba la jaula del jilguero, estaba cubierta con una funda de cuero, la cual quité para comprobar que estaba vivo. Raro era que los colorines en cautividad aguantaran un invierno; a no ser que estuvieran bien cuidados y al resguardo de las frías noches de invierno.

—Cuando no estáis los soldados, somos nosotras las que cuidamos el pájaro; nos lo manda nuestro padre.

Me giré para ver quién hablaba, y cuál fue mi sorpresa que aquella voz tan suave era la de Teresita. A su lado, Carmencita, con su sempiterna sonrisa. Me quedé paralizado por un instante, me había cogido tan de sorpresa, que no supe reaccionar.

—Buenos días... señoritas. —El asombro que me produjo que Teresita me hablara me azaró en mi saludo.

—Ayer mismo le echamos agua y le pusimos alpiste. No sabíamos cuándo volvería —explicó Teresita, que, tal como certificaban Rufino y Pedro, era muy guapa.

—He estado de permiso...

—Vayámonos, que ya sabes que mamá no quiere que hablemos con los soldados. —La pequeña le recordó a su hermana las normas de su madre.

—Adiós, Tomás.

No respondí a la despedida. Otra vez me volvió a dejar sin palabras: que supiera cómo me llamaba me dejó pasmado. Me quedé mirando cómo subía las escaleras, con su elegante andar castrense, mientras que su hermana la seguía y a su vez me sacaba la lengua para mofarse. Cuando ya habían desaparecido de mi vista, me puse a pensar en las advertencias de Rufino y Pedro respecto a la hija del coronel. Tendría que andar con cuidado para no formar parte de los caprichos de una niña engreída.

El invierno dio paso a la primavera, lo cual se notaba en el colorido que iba cogiendo el patio de geranios y que el jilguero alegraba con su canto. Las cartas de Juan no faltaban todas las semanas, y en ellas, al final de los párrafos escritos por mi amigo, se podían ver los progresos en la escritura de mis primos. Cada semana era uno de ellos el que la remataba, demostrando su aprendizaje. El contenido trataba de ser tranquilizador. Mi amigo me explicaba que todo iba bien y que mis padres, después de haber estado yo con ellos el mes de permiso, estaban más contentos. Mis primos iban casi todas las tardes a la venta, a que él les enseñara a leer y escribir. La tía Benita, que al principio no estaba por la labor, ahora era feliz al comprobar los progresos de sus pequeños. Yo no tardaba en responderles y les expresaba las ganas que tenía de volver a estar con ellos. La emoción me embargaba, ya fuera leyendo o escribiendo la correspondencia, solo quería que todo acabara, volver a mi pueblo y ayudarles a afrontar los duros momentos que estaban viviendo. Las cartas las escribía en los ratos de descanso, ya fuera tumbado en la cama del pabellón de soldados o en algún asiento del paseo del puerto.

Otra de las satisfacciones era ver cómo crecían las plantas; me sentía halagado cuando las visitas, con sus comentarios, elogiaban el patio. Doña Amalia se pavoneaba y presumía con sus amigas, lo que demostraba que mi trabajo estaba bien realizado. Desde pequeño había trabajado junto a mis padres, por la simple razón de que había que comer y que el terrateniente, que era el que daba las peonadas, no miraba si trabajabas bien o mal. Si no trabajabas por el jornal que ellos imponían, no te contrataban: ya habría alguien más necesitado que acarreara con la dura tarea.

Desde aquella mañana que me reincorporé a mi trabajo en el patio de geranios no había vuelto a hablar con Teresita, pero las miradas furtivas que ella lanzaba me gustaban. No quería tomarlas en cuenta, y se venían a mi cabeza las palabras de Rufino: «... Anda con *cuidao*... que Teresita te quiere *engatusá*...». Probablemente tuviera razón, pero Teresita tenía algo en su mirada que me atraía, aunque al ser la hija de los coroneles me persuadía y me alejaba de cualquier fantasía con ella. Las posibilidades de volver a mantener una conversación en el patio eran nulas, debido a la prohibición de su madre de hablar con los soldados. El único momento que había para que se diera tal encuentro era en el paseo de los domingos. Aquella ocasión se hizo esperar, pero por fin una tarde calurosa de mayo la vi paseando por el parque de María Cristina junto a su hermana. Me encontraba con Rufino, que al ver que tomaba una actitud atrevida me volvió a repetir aquello de «...anda con *cuidao*». Sin hacer caso a las advertencias de mi amigo, me fui a su encuentro. Rufino me seguía.

—Buenas tardes, señoritas. —Me despojé del gorrillo militar; lo mismo hizo Rufino, que, como buen subalterno, centró la atención en la hermana—. ¿Te apetece que nos sentemos?

No contestó, pero caminó hacia un banco cercano.

Carmencita y Rufino se sentaron en otro banco que había a escasos metros. Mi amigo con su lance había estado genial, provocando que nos quedáramos solos. El banco estaba detrás de un alto aligustre, lo que nos protegía de las miradas y los comentarios de los paseantes; que un soldado estuviera con una muchacha de alta clase daba que hablar.

—Hace una tarde maravillosa, ¿no te parece? —Intentaba entablar una conversación, aunque tenerla tan cerca me hacía titubear en mis palabras.

—Sí, pero no es prudente que me vean hablando con un soldado. —Miraba hacia donde se encontraba su hermana, estaba intranquila.

Carmencita no paraba de reír, seguramente de los chascarrillos que mi amigo le estaba contando con su gracia gaditana. Teresita no dejaba de mirar de un lado a otro, seguía incómoda.

—*Chacha*, tranquila, que porque hables conmigo no va a pasar nada. —Su cara de preocupación no escondía su belleza—. ¿No ves, *chacha*, que aquí no nos ve nadie?

De repente se levantó, hubo algo que no le gustó. Se fue al banco donde estaba su hermana, y cogiéndola de la mano tiró de ella para que se levantara, ante el asombro de Rufino, al que dejó con la sonrisa en la boca y el chiste a medias.

—¿Qué he dicho, Teresita? —pregunté sorprendido.

—¡No me llamo Teresita, me llamo Teresa, y no soy tu *chacha*!

Las dos muchachas tomaron paseo abajo, sin girarse, demostrando la mayor en su andar ligero que se había enfadado. Rufino me miraba y movía la cabeza, dándome a entender que había metido la pata.

—¿Tú sabes lo que significa *chacha* en Andalucía? —me preguntó mi amigo, al que ya había vuelto la sonrisa a su cara.

—No. ¿Qué significa?

—¡Sirvienta, Tomás, sirvienta! —Rufino no paraba de reír—. Nada más que a ti se le podía ocurrir llamarle *chacha* a la hija de un coronel.

—En *Ehtremaúra* lo *decimo* a *toasora* —contesté, explicando que para mí era normal y que no entendía el enfado de Teresa.

Al día siguiente, que era lunes, decidí que tenía que pedirle perdón, aunque me la jugara y pudiera poner en un compromiso a Teresa si su madre la veía hablando conmigo. Pero todo pintaba mal, porque al cruzarnos como todos los días con el coche que las llevaba al colegio, la hija del coronel no me miró. Carmencita sí que nos saludó, con sus muecas burlescas, como de costumbre. Pedro y Rufino, antes de separar nuestros caminos, comentaron la actitud de la guapa muchacha.

—Ya te lo dije, Tomás, que esta, como se lo proponga, te lía —reiteró Pedro en sus advertencias.

—Ten cuidado con lo que dices, que la señorita no entiende el extremeño. —Rufino se burlaba de lo ocurrido el día anterior.

No les contesté. En mi mente solo estaba disculparme, porque sentía que no había estado a la altura que ella esperaba de mí. Esperé toda la mañana a que llegara el coche oficial, y cuando lo oí parar en la puerta de la casa, me acerqué con cautela para no ser visto por la coronela.

—¡Teresa! —grité. Ella se llevó el dedo a sus labios para avisarme de que no alzara la voz—. ¿Puedo hablar contigo?

—Bueno, pero date prisa...

—Perdóname por lo de ayer.

No dijo nada. Su hermana tiraba de ella, por el miedo a que pudiera aparecer su madre. Teresa no dejó de mirarme mientras subía las escaleras. Luego yo seguí con mi faena, viendo cómo me observaba desde las ventanas de la planta superior.

Las cartas continuaban llegando e incluso mi padre se atrevió a escribirme. Contaba que todo estaba mejor y que la niña chica había empezado a gatear; lo que liberaba a mi madre de tenerla en brazos largo tiempo. Mi madre, al final de la carta, escribió en portugués: «*Quero-te filho*». Yo estaba lleno de felicidad, ya no solo porque a los míos les fuera mejor, sino porque estaba dejando a un lado las penas que me había acarreado la guerra. Que

Teresa se hubiera fijado en mí también influía, aunque el contacto con ella fuera escaso y no pasara de alguna mirada o encuentro en el paseo o en el parque. Solo por ver aquellos bonitos ojos negros valía la pena acercarse para darle las buenas tardes y preguntarle con educación: «¿Cómo está señorita?». Con poco me tenía que conformar, no había más remedio; era imposible que la hija de un coronel paseara con un soldado, y además con pasado rojo. Aunque esto último no tenía por qué saberlo nadie, con que lo supiera doña Amalia era suficiente para que el sueño no se cumpliera.

CAPÍTULO X

Había pasado más de un año desde que llegué del ya casi olvidado campo de El Mogote. La vida en el cuartel era monótona y el rumor de la invasión de Gibraltar había quedado como mera anécdota. Mientras, la guerra continuaba en Europa, Hitler había invadido Francia, pero las noticias que llegaban eran escasas. Yo continuaba con mi rutina obligatoria de responder a las cartas de los míos, y la proximidad del verano me animaba, porque ya estaba más cerca el permiso estival. Doña Amalia me alertó, con su rictus serio, para no variar, de que tenía que tener el patio preparado para una fiesta que se iba a celebrar. No me dijo la fecha, lo que provocó que inmediatamente me pusiera manos a la obra, para que nada me cogiera por sorpresa. La curiosidad por saber cuándo era la fiesta y qué se celebraba me hizo indagar. Si quería tener información de primera mano, nada más que tenía que ir a buscar a Rufino y preguntarle. En la cantina se encontraba, comiéndose un trozo de bacalao seco, con un chusco de pan.

—Me ha dicho la coronela que tenga el patio preparado, que habrá una fiesta. —Le dí un cigarro sin que me lo piediera para comprarle la información.— ¿Tú sabes algo?

—Yo sé más de lo que tú te piensas —quedó callado por un momento—, lo que me extraña es que tú no sepas *na, picha*.

—¿Qué tengo que saber?

Colocó el cigarro en el hueco de la oreja y el lateral de su cabeza. Cortó una tira de bacalao y se lo llevo a la boca, me miró con cara de asombro; que yo no supiera nada de la fiesta le sorprendía.

—¿No sabes que es el cumpleaños de Teresita? ¿Que su madre le quiere dar una fiesta? ¿Que se va a continuar sus estudios a Sevilla?

—*Chacho*, ¿por qué tengo yo que saber eso? —Trataba de hacerme el indiferente—. A mí solo me preocupan los míos.

—Pues no se nota, sobre todo por la mañana cuando nos cruzamos con el coche... ¡Que no la quitas ojo, Tomás!.

—Siempre estás con lo mismo...

Salí de la cantina malhumorado. Rufino tenía razón, Teresa me atraía, no podía disimularlo, y que no me hubiera dicho nada me creaba dudas de si yo a ella le importaba. Mi desconfianza me hacía recordar las palabras de mi amigo cuando me decía: «Ten *cuidao*, que te quiere engatusar». Podía ser que Pedro y Rufino tuvieran razón y que tan solo quisiera tontear conmigo, para luego reírse de mí. Pensado bien, era lo más lógico: entre la hija de un coronel y un excombatiente republicano no podía haber nada.

La fiesta del cumpleaños de Teresa se celebró a principios de julio. Yo había engalanado el patio con esmero, pensaba que era la única manera que tenía de hacerle un regalo. Fui felicitado por don Teófilo, el trabajo realizado le había gustado a su mujer, doña Amalia; ella podría presumir ante las mujeres de los otros militares que estaban invitados. Para mí, que el día que se cumplían años el único regalo que había era el beso de tu madre al despertar, o que te librabas de ir a las labores del campo, y si ibas, el regalo era volver montado en algún burro o mula... Cuando eras más mayor, tu padre te consentía fumar un cigarrillo en su presencia; todo esto de la celebración me era novedoso.

A la fiesta acudieron los hijos de los más altos militares y personalidades de Algeciras. Yo, junto a Rufino y Pedro, también estaba invitado, pero como camareros de tan altanero festejo. Doña Amalia recibía a los invitados en la entrada de la casa, dándoles la bienvenida y animándolos a pasar a su bonito patio de geranios. La privilegiada y escogida visita se quedaba hablando con el coronel, y el hijo o la hija se iban en busca de la anfitriona para darle el regalo y llenarle los oídos de halagos. Teresa lucía una falda blanca estampada de flores, que le llegaba hasta los pies, sin tapar unos zapatos beis de medio tacón. Su camisa, a juego con la falda, era rematada en su cierre y sus mangas con puntilla. Estaba radiante, y yo no podía dejar de mirarla. Para Pedro y Rufino tampoco pasó inadvertida.

—Tomás, mira que está guapa la *esaboría* —comentó Rufino cuando nos cruzamos con nuestras bandejas repletas de vasos de limonada.

La escueta orquesta empezó a tocar, con más ruido que compás. La música era más propia de una parada militar que de la celebración del décimo noveno cumpleaños de una joven. El repertorio era escaso, debido a la prohibición del nutrido cancionero republicano. Doña Amalia presidía una larga mesa en la que estaba acompañada de las demás madres y el padre Martínez. Controlaban celosamente el comportamiento de los jóvenes en el baile. Los hombres estaban alrededor del pozo, tomando el circular poyete como improvisada barra. Las carcajadas y bravuconadas de los militares eran envueltas por el humo de los puros, mientras que mi amigo Pedro no daba abasto en descorchar botellas de Moriles.

Teresa estaba feliz, se le notaba en su bello rostro; era tanta la atracción que me producía que no podía dejar de mirarla. A su alrededor, todo un séquito de amigas, y a su lado, sin separarse de ella, un chaval alto y rubio, con andares patosos y cara de pánfilo. Era el hijo del militar con más alto rango de la fiesta, el gobernador militar de Cádiz. Por otro lado, mofándose de los camareros, como no podía ser de otra manera, Carmencita.

—¿Me das una limonada, *sordao?* —requirió la hija pequeña de don Teófilo y doña Amalia.

—Sí, señorita, sírvase usted misma. —Le extendí la bandeja para que cogiera un refresco.

—Qué serio estás, Tomás. —Carmencita con su sonrisa y comentarios burlones quería abstraerme de mi trabajo— ¿Has visto qué guapa está mi hermana?

—Estoy trabajando... ¿Por favor?

No quise prestarle atención y fui en busca de más limonada. La orquesta seguía tocando, algunos jóvenes bailaban pasodobles y otros se escabullían fuera del patio para no ser observados por las miradas censurables de sus madres y el padre Martínez.

Las hijas del coronel se me acercaron; tras ellas, el pánfilo hijo del general, como perrito fiel que acompaña a todos lados a su ama. Extendí la bandeja para ofrecerles una limonada. Teresa cogió un vaso, no me miró; su gesto presumido y engreído me recordó a la muchacha que conocí cuando llegué al cuartel. Carmencita, al contrario que su hermana, me despachó una mirada petulante, acompañada de su inconfundible sonrisa socarrona.

—¿Quieres una limonada? —preguntó Teresa al hijo del general.

Este contestó con un tímido sí que apenas escuché, pero no se movió. Me di cuenta de que tenía que ser yo el que acortara el espacio que nos separaba para ofrecerle la refrescante bebida. Al acercarme, noté que alguien me zancadilleaba, lo que provocó que perdiera el equilibrio; cayéndose la bandeja encima del traje blanco inmaculado del pánfilo. El ruido que hizo la bandeja al contactar con el suelo fue como el punto y final para la orquesta. Los músicos dejaron de tocar y las miradas se clavaron en mí y en el hijo del general, que se limpiaba con cursilería el traje. Teresa me miraba con odio, mientras que Carmencita, la culpable de lo ocurrido, desapareció del lugar de los hechos con premura, al ver que su madre se acercaba abriéndose camino entre los invitados que se agolpaban alrededor del hijo del general. Pedro se apresuró a barrer los cristales del suelo y yo, cuando recogí la bandeja, me acerqué para expresarle mis disculpas, pero doña Amalia no me dio tiempo. Me arrinconó para darme su sentencia, mientras que don Teófilo ordenó a los músicos que siguieran tocando, quitando hierro al percance.

—Vaya a la cocina —me ordenó doña Amalia—. Más tarde hablaré con usted.

En la cocina estaba mi amigo Pedro, que había ido a tirar los cristales.

—Qué mala *follá* tiene la chica —comentó Pedro, que se había percatado de lo ocurrido.

Me despojé de la chaquetilla y la tiré contra el suelo. Estaba indignado conmigo mismo, porque había sido utilizado por una niñata engreída como Carmencita; tampoco entendía el comportamiento de Teresa. Yo no pedía que la hija del coronel hablara conmigo en su fiesta, pero que no me mirara como lo solía hacer desde las ventanas del patio me confundió y me dio en pensar que mis amigos tenían razón cuando me decían «... anda con *cuidao*, que te hace el lío».

Rufino entró a repostar la bandeja, y mientras la llenaba de vasos de limonada, me remarcó su advertencia.

—Ya te lo advertí, *picha*, que tuvieras cuidado, que estas señoritingas te la lían.

No volví a salir de la cocina. En el patio el bullicio de la gente se mezclaba con la música de la orquesta, que poco a poco iba dejando de sonar, sobresaliendo las voces de los militares, en especial la voz fuerte y ronca de don Teófilo. Era su momento.

Capítulo XI

El verano de 1942 me resultó largo. Las consecuencias del incidente de la bandeja se tradujeron en que me arrestaron sin dejarme salir del cuartel. La coronela se debatió entre sustituirme como jardinero o dejarme sin permiso. Se decidió por esto último, porque era lo que más le convenía; el otro arresto la hubiera dejado sin el mejor jardinero que había tenido, según palabras de ella. El castigo me vino en el peor momento. Las cartas que mandaba mi amigo Juan no eran tan agradables como al principio. El ventero me puso al corriente de que mi padre había vuelto a beber y que mi prima Anita, la más pequeña de los hijos de mi tía Benita, estaba muy enferma. Tan solo la penicilina podía evitar que la niña muriera, pero esta medicina costaba dinero, que era de lo que no disponía mi tía.

Teresa desapareció de mi vida. Ya no la volví a ver por el patio. Ni siquiera detrás de los visillos que engalanaban las ventanas. Se fue a Sevilla, a continuar sus estudios. En cambio, sí veía a Carmencita, que ya no me sacaba la lengua burlonamente, ni tan siquiera me miraba. Doña Amalia debió de recordarle que no tenía que hablar con los soldados. El que sí hablaba conmigo era el coronel. Don Teófilo, cuando no estaba su mujer en casa, bajaba al patio con la excusa de charlar para beber el coñac que tenía escondido en el cuarto de herramientas y que tanto le gustaba.

Pedro y Rufino, en el triste otoño de aquel año, en el que yo andaba más pendiente de las noticias que portaban las cartas que me escribía Juan, consumieron sus últimos días de servicio militar. La despedida, que lo más probable fuese un hasta nunca, porque los tres sabíamos que era difícil que nos volviéramos a ver, dejó la incógnita con las palabras que dijo Rufino.

—No sé por qué me da... tú y yo nos volveremos a ver.

—¿Por qué lo dices? —pregunté.

—Porque...

—... tengo información de buena mano —apostilló Pedro, rematando la frase que solía decir Rufino y que me creaba tanto misterio.

Cruzaron la puerta del cuartel con alegría, y con la carta blanca que certificaba que ya habían cumplido con la patria. A mí todavía me quedaba al menos un año por purgar mi pena por servir a la República.

No tardó el sargento Rupérez en buscar sustitutos a mis dos amigos. Los elegidos eran dos manchegos de la provincia de Toledo; se llamaban Antonio y Demetrio. Mientras que el primero era un chaval que apenas hablaba, que destacaba por sus grandes orejas, que le acomplejaban y provocaban que fuera tímido e introvertido, el segundo era grande, honesto, bondadoso y bruto como él solo. Me encargué de enseñarles el funcionamiento de la casa y del trabajo que tenían que realizar en los huertos. También les advertí, como antes habían hecho conmigo, de que doña Amalia era la que mandaba y que si no se cumplían sus órdenes... te podías dar por *jodío*.

El 22 de diciembre, como todos los años, la coronela nos congregó a todos los soldados de la casa para felicitarnos la Navidad y obsequiarnos con el correspondiente aguinaldo. La fina lluvia propició que la familia del coronel se resguardara en el soportal de la entrada del patio. Los soldados y el personal civil aguantamos a la intemperie el temporal. Desde mi posición no podía ver si estaba Teresa, tan solo veía al padre Martínez, que, como siempre, estaba a la izquierda de doña Amalia, para dar certificado ante Dios de la buena voluntad y bondad de la familia de don Teófilo. Pero no tardé en enterarme de la presencia de la hija mayor de los coroneles. Fue después de tocarle el turno a Demetrio.

—¡La Virgen! ¡Qué guapa es la hija del coronel! —exclamó, después de recoger la gratificación.

Al tímido Antonio se le subieron los colores a la cara, como si la tosquedad de Demetrio le correspondiera a él. Yo no me pude contener la risa, aunque la lluvia que no amainaba no se prestaba a las guasas. A mí, como el año anterior, me tocó el último. Cuando fui llamado, me acerqué con el entusiasmo de saber que después de toda la parafernalia tomaría camino de mi pueblo y volvería con los míos. Me posicioné ante la mesa; doña Amalia, al verme, esbozó una sonrisa corta y forzada. Lo mismo hice yo, y desvié mi vista escasamente medio segundo hacía Teresa; fue suficiente para comprobar que seguía igual de guapa. Ella atenazó mi corta mirada con sus ojos que expresaban su alegría por volver a verme. Recibí el aguinaldo, junto a una tarjeta de felicitación navideña, hice el saludo militar y acto seguido me di la media vuelta para con premura ir en busca de mi petate, sin quedarme junto a mis compañeros a tomar el vino con que éramos obsequiados por don

Teófilo. No quería perder tiempo, ni tampoco volver a dejarme absorber por la atracción que me producía Teresa, que fue la causa que provocó mi arresto y quedarme sin permiso de verano. Abandoné la casa con paso ligero, dejando atrás el bullicio que provocaba el brindis que abrió, como todas las navidades, el coronel. Al cruzar la puerta flanqueada por las dos altas piedras de granito, oí cómo me chistaban; era Teresa. Paré y elevé la vista al cielo, dejando caer el petate al mojado suelo, pensando en que no me podía volver a dejar engatusar.

—Hola, Tomás... ¿Tienes un momento? —Le temblaba la voz.

—Tengo prisa —No quería entretenerme—. Quiero volver a mi casa cuanto antes.

—Solamente quería pedirte perdón... por lo ocurrido en la fiesta.

—Perdonada estás —Traté de no prestarle atención—. Ahora tengo que irme.

Cogí el petate y me lo eché al hombro, no quería mirarla, tenía miedo de quedarme atrapado por su mirada.

—¿Te puedo escribir?

—¿Cómo?... No sabes dónde —razoné, encogiendo los hombros.

—Ser la hija del coronel tiene algunas ventajas —remarcó con seguridad—. Yo sé dónde escribirte.

Me volví a encoger de hombros. Estaba confuso, porque no sabía sus intenciones y no quería volver a ilusionarme con una muchacha que me podía perjudicar, como ya había ocurrido. Empecé a andar, girándome varias veces para mirarla y comprobar que ella continuaba allí, con su elegancia, mirándome, bajo la fina lluvia.

Durante la primera parte de mi viaje de vuelta a casa me acompañó la reconfortante imagen de Teresa. Recordaba sus ojos negros, que, cada vez que me miraban, eran como el bálsamo que sanaba mis heridas, y provocaba que me escabullera por un instante de los problemas que rondaban mi cabeza. Pero a medida que el viaje continuaba y me adentraba en Extremadura, la cercanía de los míos me hacía aparcar a la hija del coronel y recobrar la triste realidad de mi familia. Sabía por Juan que la situación había empeorado, porque sus últimas cartas anunciaban un desafortunado final para la más pequeña de mis primos: Anita. Ignoraba si la encontraría con vida cuando llegara, pero lo que sí sabía era que mi padre continuaba ahogando sus penas en alcohol, lo que provocaba las continuas regañinas con mi madre; ella veía cómo el hombre que tanto quería se le escapaba. Él se había anclado en el tormentoso pasado que era incapaz de olvidar.

Sin apenas acusar el día y medio de viaje, me planté en la plaza chica de Zafra. Antes de partir hacia mi pueblo me entretuve comprando, con el dinero del aguinaldo, unas golosinas para mis primos y un bonito y colorido pañuelo para mi madre, que sustituyera al negro que lucía en su cabeza desde que murió Joaquín. También tabaco picado y papel de fumar, para compartir con mi padre, porque nos iba hacer falta. Quería hablar con él, hacerle comprender que el camino de la bebida no era el adecuado para solucionar los problemas. Por otra parte, dudaba de que el respeto que le tenía me permitiera afrontar tal cometido.

Era la mañana de Nochebuena cuando divisé la venta de Juan. El humo espeso y blanco de su chimenea indicaba que acababa de ser encendida y que mis amigos se encontraban allí. La puerta estaba cerrada. Llamé golpeando la aldaba con la fuerza que me daba la ilusión de volver a encontrarme con ellos. No tardó en contestar Micaela con su consabido «¡ya va!». La pequeña y dicharachera mujer de mi amigo, al verme, me abrazó. No pudo contener sus lágrimas y yo no tardé en percatarme, por su aumento de peso, de que estaba embarazada.

—¡Juan, ven... corre!

Mi amigo no tardó en aparecer; ya sabía por el tono de voz de su mujer que yo había llegado. Micaela no me soltaba y Juan se paró, mirándonos; la expresión de su cara me decía que tenía algo que contarme.

—Tengo una sorpresa para ti. —Alargó su mano para tocarme la cara. Sus ojos denotaban tristeza—. Pasa adentro.

Sentados en una mesa al calor de la chimenea estaban mis primos, Cefe y Miguelín. Al verme, dejaron sus lapiceros aparcados encima de las cuartillas que estaban escribiendo, y se abalanzaron para abrazarme. Sus gemidos de dolor y angustia me provocaron un nudo en la garganta; miré a Juan y Micaela buscando una explicación.

—La enterramos ayer. —Juan no podía ocultar su pena—. Las fiebres pudieron con ella.

—¡Primo, el cura no quería enterrarla! —Cefe no pudo esconder la indignación que tenía con el párroco. Tenía su rostro infantil, pero curtido, bañado en lágrimas.

Volví a mirar a mis amigos, en cuyas afligidas caras se confirmaban sus palabras y que era lo que me temía: Anita había fallecido. Mis primos continuaban aferrados a mis pantalones, llorando, no había consuelo para los dos pastores. No solo habían perdido a su hermana, sino que también tuvieron que ver cómo se les marginaba por la parte dominante del pueblo. Pero mis primos se revelaban ante tanta injusticia, tal como hubiera hecho su padre.

—El cura no la quería enterrar en el cementerio —aclaró Juan—. Decía que al no estar bautizada, había que enterrarla tras la tapia... en un sitio que se supone que están dados en sepultura unos cuantos rojos.

—Tu padre, lleno de cólera, agarró al cura y lo quiso ahogar. —Micaela se llevó las manos a la cabeza—. Se lo llevaron al cuartelillo detenido.

—¿Dónde está ahora?

—Intervino don Fidel y lo soltaron anoche... Respecto a la niña, gracias a doña Julia accedieron a dejarnos enterrarla en un rincón del cementerio.

—La madre... la tía Benita... ¿dónde está?

—Mamá está en la casa —contestó Miguelín, que se limpiaba las lágrimas con la manga de su jersey—, no habla, está muy triste, primo.

Sin apenas entretenerme con Juan y Micaela, fui sin perder tiempo a casa de mi tía. Cefe y Miguelín me acompañaron a ver a su madre; tenía que estar con ella y sus hijos en aquellos momentos tan duros. La lluvia nos acompañó en el camino hacia el pueblo. Miguelín se resguardó con mi gorro militar, mientras que Cefe se ofreció a llevarme el petate. Al llegar a la casa, Miguelín introdujo la mano para correr el cerrojo, abriendo el postigo; Cefe me invitó a que yo pasara primero. Allí estaban mi tía, Benito y Tina, sentados junto a la modesta hoguera, notando la no presencia de la más pequeña, Anita. Mis primos, al vernos, se abrazaron a mí y a sus hermanos. Enseguida disputaron por abrir la caja de golosinas que les había comprado en Zafra; una vez abierta, empezaron a dar cuenta de ellas. La tía Benita se mostró ajena a mi presencia, no apartando su vista perdida del fuego; parecía como si quisiera encontrar en la luz que desprendían las llamas alguna explicación a tanta desgracia. Abandoné la choza con la tristeza y la rabia de ver a los míos sufrir. Me apoyé en las piedras mojadas de la cerca donde Cefe encerraba las cabras. Lloré como un niño, y mis lágrimas se mezclaron con la lluvia, que no debilitaba. Golpeé mis puños contra las piedras, no me importaba que me sangraran los nudillos. Aquel dolor no era comparable con el que estaban sufriendo la tía Benita y sus pequeños. ¿Por qué?, me preguntaba una y mil veces, sin encontrar explicación a tanta injusticia.

Sin poder desprenderme del dolor que me había producido ver a mi tía tan desolada por la pérdida de su hija Anita, llegué a mi casa. Al entrar, la tristeza era la misma que había dejado en la choza. Mi padre se encontraba sentado a pie de mesa, con un vaso de vino en la mano; mi madre no tardó en dejar lo que estaba haciendo para recibirme con un fuerte abrazo; mi hermana, que ya tenía un año, intentaba agarrarse a los barrotes de madera de la vieja cuna.

—Por fin ya estás aquí otra vez. —Mi madre no dejaba de besarme, como si cada beso que me diera fuera un tributo a pagar por el tiempo que habíamos estado alejados.

—Padre...

Me miró; su rostro era el reflejo de la desolación y la tristeza.

—Está hundido, Tomás, se pasa el día llorando... bebiendo... Como siga así, acabará mal —aclaró mi madre, que se le notaba muy preocupada por el comportamiento de mi padre.

Me senté a la mesa, con mi hermana pequeña en mis brazos, que miraba sin pestañear, con aquellos grandes ojos negros que había heredado de mi madre. Mi padre continuaba sin hablar, tan solo me lanzo una mueca de alegría, mientras que volvió a llenar su vaso de vino. Mi madre, mientras, me contaba lo sucedido con la hija pequeña de mi tía. Quedándome claro que la falta de medios fue la causante de la muerte de Anita. Mi tía no disponía de dinero para comprar penicilina, ni tampoco antes pudo proporcionarle una buena alimentación y un bienestar. Todo agravado por la decisión de ella de no querer favores de nadie, tal como le había prometido a su marido, mi tío Ceferino. Doña Julia, por mediación de mi madre, quiso ayudar, pero cuando la tía Benita cedió, ya era demasiado tarde. Y así es cómo nos sorprendió la Nochebuena de 1941, charlando mi madre y yo, porque mi padre seguía sin hablar, de lo duro que estaba siendo salir adelante en la nueva España. Le di el regalo que compré en Zafra. Ella, al desenvolverlo y ver que era un pañuelo, se soltó su largo pelo, que tenía recogido con uno negro, y se lo volvió a recoger con el colorido pañuelo que yo le había regalado.

Capítulo XII

En los días de permiso pude comprobar que mi padre no cambiaba su actitud, cada día estaba más aferrado a la bebida. Al llegar a la casa, siempre lo encontraba sentado en su piedra, debajo de la gran encina, con los ojos llorosos, con la mirada perdida. Ni la alegría que desprendía mi hermana le hacía despojarse de la pena en la que estaba inmerso desde que acabó la guerra. Trataba de hablar con él, pero no conseguía entablar una conversación.

—Padre, tiene que levantar el ánimo... No puede estar todo el día bebiendo.

Me miraba, no respondía. Tan solo repetía una y otra vez: «Maldita guerra». Aquellas dos palabras se habían convertido para él en una obsesión. Era lo único que llegaba a decir, mientras mi hermana jugaba a su alrededor, gateando detrás de las gallinas, sin conseguir distraerlo y evadirlo de su pena. Yo, para ausentarme de la tristeza que me producía ver a mi padre sufrir, me iba a la venta, donde mis amigos Juan y Micaela me trataban como a un hermano. Su casa era el lugar de paso de vendedores, jornaleros, viajantes... gentes que desconocían el día a día del pueblo; los lugareños apenas ponían sus pies por la casa de mis dos amigos. Había otra taberna, estaba en la plaza, donde se reunían todos los caciques y sus partidarios, con don Matías a la cabeza. Habían tomado aquel lugar, que en otro tiempo era el sitio donde se reunían los paisanos después de su jornada, como la sede de los vencedores. Cuando Micaela me veía entrar por la puerta de su casa le faltaba tiempo para poner un vaso encima de la barra y llenarlo de buen vino de pitarra que tanto me gustaba. Pero un día, la gruesa y dicharachera mujer de mi amigo, antes de ofrecerme el vaso de vino, me enseñó una carta que habían recibido en la venta a mi nombre.

—Tomás, ¿esto es para ti? —Micaela sostenía en su mano la carta—. ¿Quién es Teresa? —preguntó, a la vez que la olía y me mandaba un gesto de pillería.

Extendí la mano para que me la diera. Cuando casi la tenía entre mis dedos, Micaela la apartó rápidamente, y la llevó detrás de su espalda.

—No me has contestado, Jaro.

—Trae *pacá*, que si no me la das, no sé de quién es.

—Deja de jugar, mujer. —A Juan no le gustaba que su mujer cotilleara—. ¿A ti qué te importa?

—Lo que no entiendo es por qué te la manda aquí...

Yo sí que lo entendía. Ser la hija del coronel tenía algunos privilegios, tal como Teresa me había advertido, como, por ejemplo, tener acceso a los correos que los soldados recibían. Ella se había encargado de averiguar desde dónde se remitían las cartas que yo recibía.

Me la entregó, casi obligada por su marido; le hizo ilusión que me escribiera una mujer. Cogí el vaso de vino y me senté en la mesa que estaba más separada de la barra, allí me encontraba apartado de la mirada curiosa de Micaela. Abrí la carta y empecé a leerla. Al desdoblarla, el aroma que desprendía era igual al que emanaba Teresa al cruzar el patio y cuando hablé con ella. Empezaba con un desvelado «Querido amigo Tomás». Me adentré en aquellas letras que la hija del coronel me enviaba, y que no llegaba a entender cuál era el motivo que le movía a escribirme. Pero me daba igual, era la prueba de que yo le importaba, y que no le interesaba mi pasado. Leí y releí aquella carta inesperada, pero tan gratificante que me hizo olvidar por un instante todas las penas que revoloteaban a mi alrededor, que representaban la realidad que tenían los míos y que tanto me preocupaban, y que no podía solucionar porque me encontraba en Algeciras, cumpliendo con la patria, cuidando los geranios de la coronela, la madre de Teresa. Micaela no se pudo resistir y se acercó para saciar su curiosidad y realizarme una serie de preguntas sobre la remitente de la carta.

—Tomás, ¿es guapa Teresa?

Miré sonriendo a la mujer de mi buen amigo, no sabía si tenía derecho a hablar sobre ella, a la que apenas conocía, y que el altercado de la bandeja me había creado más dudas. Mi firmeza en mis ideas de no acercarme a ella se diluyó como azúcar en café. La carta me había hecho el lío, como diría Rufino.

—Sí... es muy guapa... —decidí ir más allá y explicar quién era—. Es la hija del coronel para el que trabajo de jardinero.

Micaela se llevó las manos a la cabeza; que Teresa fuera la hija de un militar le aterrorizó. Se acercó para hablarme al oído, para que los que estaban en la barra no la escucharan.

—*Chacho...* tú *está chalao. ¿Qué quieres, que te fusilen?*

Juan conocía la expresión de su mujer, sabía que ocurría algo. No tardó en acercarse a la mesa a preguntar.

—¿Se puede saber qué os pasa?

—¿Que qué pasa? —Micaela empezó a subir el tono de voz, llamando la atención de los de la barra—. Tu amigo, que se ha vuelto majareta.

—Tan poco es para tanto...

—¿Qué no es para tanto, Tomás? —Volvió a bajar la voz, y se dirigió a su marido—. El Jaro, que se ha liado con la hija de un coronel.

—Pero... ¿qué dices? —Juan no entendía lo que escuchaba—. ¿Será republicano?

—Tú no te enteras, como Franco ha dejado tantos...

Juan y Micaela continuaron discutiendo por mi culpa. Yo les miraba con la satisfacción de saber que a ellos también les importaba. Volví a clavar la mirada en la carta de Teresa, y la volví a leer. Fueron cuatro las que recibí en el mes de permiso, que Micaela me entregaba con satisfacción y a su vez con una advertencia: «Anda con *cuidao*, Jaro». Luego, la curiosidad era mayor que la preocupación, y me bombardeaba con un sinfín de preguntas sobre Teresa.

La tranquilidad que yo encontraba en la venta se truncaba cuando estaba en mi casa y mis padres se enzarzaban en una riña, producto del estado de embriaguez de mi padre. Él acusaba a los falangistas, y en especial a don Matías, de las penas y sufrimiento por los que estaban pasando. Mi madre, por el contrario, se empeñaba en calmar la situación, y si para ello se tenía que arrimar a doña Julia, para obtener favores y que los falangistas no la tomaran con mi padre, pues se sometía al sistema implantado.

Era un domingo por la mañana cuando una discusión acalorada entre mis padres me despertó. Mi madre tenía cogida a mi hermana en brazos, envuelta en una toquilla blanca, de la que colgaban unas bolitas de lana. Rápido entendí lo que pasaba. Mi padre se negaba a que mi hermana fuera bautizada y su indignación era porque mi madre había cedido a las presiones del cura.

—¡Miguel, si no la bautizamos, van a empeorar las cosas! —argumentaba mi madre mientras acunaba a mi hermana para que dejara de llorar.

—¿Acaso si la bautizamos van a desaparecer los problemas? —Mi padre estaba cabreado—. No podemos arrodillarnos ante ellos.

Yo observaba, pero no intervenía por respeto. Me parecía que ambos tenían razón, que la situación les sometía a no actuar con libertad. Mi madre salió por la puerta con mi hermana, ante la desilusión de mi padre, que veía cómo su mujer no le hacía caso y acataba el régimen impuesto.

—Voy con madre.

Cogí la chaqueta para acompañarla. Mi padre me miró, estaba rendido; agarró la botella de vino y se sentó en la mesa.

La alcancé en la calle empedrada que subía a la iglesia. Estaba decidida a bautizar a mi hermana, pensaba que así nos mirarían de otra manera. Entramos en la parroquia, la misa ya había comenzado, y el chirriar de la puerta provocó que algunos feligreses se volvieran para ver quién había acudido con tardanza. Al ver que éramos nosotros comenzaron los murmullos, que el cura tuvo que cortar con un «¡silencio!». Los comentarios cesaron, pero no las miradas de acritud por parte de las mujeres ocupantes de las primeras filas, que era donde se sentaban las más beatas. Doña Julia, que estaba esperando a mi madre y mi hermana, la invitó a que se sentara a su lado. Yo me quedé de pie en un lateral, escuchando la homilía con respeto, y no prestando atención a las miradas que no cesaban por parte de alguno de los asistentes. La lectura de las santas escrituras me trajo a la memoria al maestro que me enseñó a leer; él nos leía el Evangelio, y nos decía que estaba escrito para los más débiles y necesitados. A mí me parecía que era cierto, pero no sonaba igual en las palabras de aquel cura, que iba a bautizar a mi hermana contra la voluntad de mis padres. Dio por finalizada la misa con el consabido «podéis ir en paz». Los feligreses abandonaron la iglesia, excepto nosotros, don Fidel y doña Julia, que acompañamos al cura a la pila bautismal. Descubrió a mi hermana, que estaba cubierta con la toquilla, y le hizo la señal de la cruz en la frente.

—¿Cómo se llama la niña? —preguntó el cura a doña Julia, ignorando a mi madre.

—Se llama María, padre —contestó la futura madrina de mi hermana.

—Señor, acoge a tu nueva hija María en... —continuó con el ritual, para acto seguido verter sobre su cabeza el agua bendecida.

Al terminar el sacramento del bautismo, el cura se dirigió a mí. Sus palabras en tono conciliador no cambiaron mis ideas sobre la Iglesia.

—Habéis hecho bien en bautizarla: todo hijo de Dios tiene que ser ratificado con el bautismo —justificó el cura, al que se notaba satisfecho—. A tu hermana no le podía pasar lo que a tu prima Ana, que murió sin ser hija de Dios... todo por la tozudez de su madre.

Las palabras del cura me enojaron, y no pude reprimir mi indignación. Le contesté sin pararme a pensar en las consecuencias de lo que iba a decirle.

—¿Quién garantiza que no habría muerto?... ¿Por estar bautizada?

El cura me miró sorprendido, no esperaba mi respuesta o tal vez no estaba acostumbrado a que nadie pusiera en duda sus palabras. Mi madre me hizo un gesto para que no siguiera hablando, pero yo no le hice caso.

—El rezar no quita el hambre, Padre.

Doña Julia agachó la cabeza y don Fidel miraba al cura, como si a este le tocara el turno de réplica, pero no la hubo, por lo que yo seguí expresando mi opinión.

—Si hay Dios... no puede permitir tanta injusticia. —El cura marcó la señal de la cruz en su cuerpo—. ¿Acaso es la justicia del hombre la que propicia tanta desigualdad?

Su rostro se encolerizó y parecía que iba a estallar de un momento a otro. Mi madre y los padrinos de mi hermana empezaron a tirar de mí. Esperaban que el cura llamara a los civiles, o lo peor, que avisara a los falangistas.

—¡Fuera de la casa del Señor! ¡Blasfemo! —gritó, con el brazo extendido indicándome la salida de la iglesia.

—Es joven... no sabe lo que dice... perdónele, padre. —Don Fidel trataba de calmar al cura, aunque sabía que no me faltaba razón.

—Bien sabe Dios que todo esto lo hago por usted y su hija... Estos rojos no merecen vivir. ¡Corto se quedó Yagüe! ¡Corto! —El cura, con sus palabras, no tomó en cuenta el quinto mandamiento de la ley de Dios, de su Dios.

Todavía quedaban mujeres en el soportal de la iglesia, que, al vernos, reanudaron los comentarios y las miradas que nos juzgaban por haber bautizado a mi hermana.

Capítulo XIII

El permiso se agotaba, y decidí pasar el último día, antes de la partida, con mi primo Cefe. Pastoreamos el rebaño hasta el nacedero del arroyo chico; tenía que aprovechar y despedirme de Joaquín. Me quedé sentado en un canchal, observando cómo mi primo arreglaba el enramado que custodiaba la tierra donde yacía mi hermano; cuando terminó, se sentó a mi lado. El silencio que nos invadía era adornado por la música que producían las campanillas que colgaban del cuello de las cabras. Tan solo desentonaba el sonido grave de un cencerro que colgaba de una de ellas, el cual me llamó la atención, y rompí el silencio para preguntar a mi primo.

—¿Por qué le has colocado hoy a la tinta un campano de vaca?

Mostró una sonrisa picarona; me desveló que el cencerro tenía un sentido. Pero no me dio ninguna explicación, dejándome con la incógnita.

—*Chacho, la* va a *tronchá* el cuello.

Se repuso el silencio entre nosotros, viendo cómo Cefe mantenía su sonrisa pícara, que la alternaba controlando el rebaño y mirando al monte. Pasado un rato, oímos cómo alguien se acercaba: eran los civiles. Mi primó silbó para que las cabras se agruparan en torno a nosotros y abandonar el nacedero. Al llegar los guardias a nuestra altura, los saludó sin desprenderse de su sonrisa.

—Buenas tardes tengan ustedes.

—¿Qué tal, chaval? —preguntó el sargento que comandaba la cuadrilla—. ¿Este quién es?—. No me conocía; yo tampoco a él.

—Es Tomás, el Jaro, mi sargento —aclaró uno de los guardias que no dio tiempo a que Cefe contestara.

El número de la Guardia Civil se me acercó, y por un momento esperé lo peor, porque mi experiencia con los guardias no era buena. Pero me sorprendieron sus palabras, que distaban mucho de lo que yo esperaba.

—Deja al curita, que luego se pone *cansino* para que te detengamos. —Se reía al darme el consejo—. Si por él fuera, no tendríamos sitio en el calabozo... Primero se *enfurruncha* si los rojos no vais a misa y luego cuando vais os quiere encerrar; no hay quién entienda al *jodío* cura.

Comenzamos a andar, las cabras nos seguían al grito de «chiva, chiva» que vociferábamos los dos a la par. Pero no habíamos caminado unos metros cuando el sargento nos volvió a llamar la atención.

—¡Chaval, procurar no andar por aquí arriba en unos días! ¡*Quitarla* el cencerro a esa cabra, que la vais a *chafar*!

—¡No se preocupe, mi sargento! —contestó, sin dejar de sonreír, lo que a mí me desconcertaba.

—Cefe, ¿por qué no puedes subir en unos días?

—Porque van a batir el monte en busca de los guerrilleros.

La respuesta me descabaló más de lo que ya estaba. No entendía como él, que colaboraba con los del monte tal como me había contado, podía estar tan tranquilo y sonriente, sabiendo que la Guardia Civil iba en su busca. Al llegar a la cerca, y después de encerrar las cabras, le pedí una explicación. El pequeño pastor no me respondió, solo lo hizo cuando ya estaba dentro de la choza y en presencia de su madre. Le mandó una mirada para que la tía Benita le aprobara contestarme. Cuando ella dio su aprobación, con un gesto afirmativo, procedió a complacer mi curiosidad.

—Los del monte ya se han ido —explicó.

—¿Y tú cómo lo sabes?

—Porque les he avisado yo esta mañana.

—Pero... si hemos estado juntos y yo no te he visto hablar con nadie.

La tía Benita se reía de mi ignorancia mientras sacaba dos conejos del morral de Cefe. Debía de ser la recompensa con que le habían gratificado los del monte. Cómo y cuándo le habían dado los conejos era otra incógnita más, porque yo no me había percatado de nada.

—Solo le pongo el cencerro a la tinta cuando hay batida. —La aclaración de Cefe me dejó perplejo—. Ellos lo escuchan y abandonan el monte.

—¿A nadie le llama la atención?... Ver una cabra con cencerro de vaca es raro, primo.

—Pues no... porque en el pueblo se dice que lo hago por llevar la contraria, que soy igual de cabezota que mi padre... Que digan, que digan.

—¿Cómo te enteras de que los guardias van a subir al monte? —La curiosidad, por saber todo el entramado, crecía por momentos.

—Cuando la mujer del sargento compra en la tienda de la Pura un *peazo* tocino, sabemos que es para el almuerzo de varios días de su marido —explicó Cefe con templanza—. La Pura también colabora con ellos, le mataron a su hijo en la guerra.

—Y la mujer del sargento ¿no es discreta para que nadie se entere de que hay batida?

—Al contrario, primo, ella lo hace aposta, sabe que el trozo de tocino es más grande y que la Pura la demasía no se la cobra.

—La necesidad aprieta para todos por igual —apostilló la tía Benita—. El que más y el que menos se busca las mañas para sobrevivir, o ¿tú te crees que el mísero jornal de civil da para mantener una *retahíla* de cuatro muchachos?... Más los suegros, que también viven con ellos.

—Todo vale, primo, con tal de llenar el buche... —Cefe continuaba sereno explicándome, a la vez que sacaba la navaja para desollar los conejos.

Las explicaciones de Cefe y mi tía me sacaron de mi ignorancia. Ya había entendido cuando mi primo recogió los dos conejos, se los habían colocado debajo de las ramas de la tumba de Joaquín. Su sonrisa picarona y constante se debía a la satisfacción de saber que con su astucia los guerrilleros habían vuelto a burlar a los guardias. No me dejaba de sorprender cómo siendo tan joven, apenas trece años poseía ya, se desenvolvía tan bien en una realidad que no era la más propicia para él y sus hermanos.

Volví a Algeciras, con la preocupación de la situación en que dejaba a los míos, en especial a mi padre. Por otro lado, me reconfortaba haber comprobado cómo Cefe se las apañaba para sacar a sus hermanos adelante. La tía Benita iba recobrando la sonrisa, gracias a la confianza que le transmitía el mayor de sus hijos, aunque la pequeña Anita aún estuviera presente en su memoria.

La vida en el cuartel continuaba igual. Demetrio y el tímido Antonio proseguían en sus faenas en el huerto y yo en el patio, *acicalando* los geranios y dando una mano de pintura a las macetas, para que cuando despuntara la primavera estuviera todo en orden. El coronel bajaba de vez en cuando al patio para echar un trago del coñac que escondía en el cuarto de utensilios y alguna parrafada respecto a la situación política, sobre la que yo, como hice desde el primer día que entré a servir de jardinero, me reservaba mi opinión. Doña Amalia continuaba con su obsesión por tener el patio más bonito de Algeciras para seguir siendo admirada por las mujeres de los otros militares, que ya la respetaban por el poder adquirido dentro de las damas de Falange. Carmencita, que ya no se burlaba de los soldados, parecía que había madurado, pero yo aún no le había perdonado el incidente del cumpleaños de su hermana. Teresa estaba en Sevilla, cursando sus estudios de enfermería, y de ella solo tenía las cuatro cartas que me escribió estando de permiso. Las leía y releía, sin importarme sabérmelas de memoria, porque me demostraban que la hija del coronel se había fijado en mí. Yo quería recibir más cartas de ella, al igual que las recibía de mi amigo Juan, pero el temor a que su madre se enterase la obligaba a ser discreta.

El invierno dio paso a la primavera, y con ella, los paseos dominicales por la tarde de los soldados por el puerto o el parque, en busca de entablar amistad con las muchachas, que eran en su mayoría sirvientas. Yo paseaba junto a Demetrio y Antonio. Era frecuente encontrarnos con Carmencita, que siempre iba acompañada de un buen número de amigas. La hija pequeña del coronel cambiaba de acera al vernos, pero yo no era el motivo: rápido me percaté que era por Antonio. El tímido muchacho de grandes orejas enseguida se ruborizaba al ver a la hija pequeña de los coroneles, lo que provocaba la carcajada exagerada de Demetrio.

—Es verla y te pones como un tomate —reía Demetrio—. Dile algo, que lo está deseando.

—Yo... yo... no... no tengo que decir nada. —Antonio, cuando se ponía nervioso, tartamudeaba.

—Ten cuidado con la hija del coronel, que te va a engatusar —trataba de advertirle, y para eso utilizaba las mismas palabras que Rufino empleó conmigo.

Mientras, Carmencita avivaba el paso, y sus compañeras no dejaban de mirar hacia donde nosotros estábamos. Antonio todas las mañanas seguía con la vista el coche donde iba la hija del coronel, y ella hacía lo mismo. Aunque cuando las miradas se paraban una frente a la otra, Carmencita miraba al frente con indiferencia, para crear confusión en el de Toledo. Aquella situación me recordaba a la que yo había vivido con Teresa. Una mañana, cuando el sol ya empezaba a calentar, a pesar de la temprana hora, el coche oficial paró, Carmencita se apeó de él y el rostro de Antonio se enrojeció más de lo habitual. Ella miraba hacia la puerta de la casa, estaba intranquila. Los tres nos quedamos parados, pero se dirigió a mí, para consuelo del soldado de grandes orejas.

—Esto me lo ha mandado mi hermana para ti.

Carmencita no dio tiempo a que yo le preguntara por Teresa: rápidamente se volvió al coche. Mis dos compañeros se quedaron sorprendidos al darse cuenta de que yo tenía relación con la hija mayor del coronel.

—*Ende* luego, cómo te lo tenías *callao* —observó Demetrio, mientras Antonio seguía con su rostro encendido.

—Y espero que vosotros también lo calléis —contesté—, solo es una amiga con la que me carteo.

—Ya, ya... y yo soy el obispo de Toledo —ironizó Demetrio.

Nos separamos en el camino, y cuando me encontré solo desplegué el papel para leerlo. Eran las señas para que la escribiera a Sevilla. Tan solo una premisa: las cartas se las debía dar a su hermana para que me las mandara y así yo no aparecería en el remite. Carmencita también sería la receptora de las cartas de Teresa. Cuando mi jornada terminó, no tardé en ponerme a escribirle. No sabía cómo empezar, y tras un largo dudar me decidí por un «Estimada Teresa...». La carta envolvía un montón de sentimientos que yo no me atrevía a desvelar en aquellas letras por miedo a ser rechazado, porque todavía dudaba de las pretensiones de ella. De lo que no titubeaba era de las emociones que la hija de los coroneles despertaba en mí. Me estaba atrapando.

Capítulo XIV

Las cartas de Juan no eran tranquilizadoras. El problema de mi padre con la bebida se había agravado, lo que provocaba los constantes enfrentamientos con los falangistas. Mi madre, una y otra vez rogaba a doña Julia, para que esta a su vez se lo transmitiera a su marido, de que no hicieran caso a mi padre, que todo era producto de su adicción a la bebida. Mi amigo me contaba que la situación era insostenible, y que tarde o temprano ocurriría una desgracia; a mi padre nadie le tomaba en serio.

Todo era diferente con las que recibía de Teresa: ya no dudaba de que entre nosotros existía algo más que amistad. Estaba deseando volver a verla, para refrendar y comprobar que era cierto lo que me transmitía en sus cartas. Con su hermana ya no había rencores por lo ocurrido. Nos intercambiábamos las cartas clandestinamente en el patio, que ya lucían los geranios y las gitanillas, que colgaban por las paredes encaladas.

—¿Cuando vendrá tu hermana? —le preguntaba clandestinamente.

—Para verano... ¿Por qué siempre me preguntas lo mismo si ya lo sabes?

Y así fue pasando el tiempo, entre cartas de diferente contenido, mi labor como jardinero y mis obligaciones como soldado, que no iban más allá de asistir a misa los domingos. Como de costumbre, los soldados nos colocábamos en las últimas filas. Yo desde allí, domingo tras domingo, miraba a ver si veía a Teresa. Al comprobar que no estaba presente, desaparecía mi interés y solo deseaba que el capellán dijera aquello de «podéis ir en paz». Pero una mañana dominical allí estaba, con una mantilla negra que cubría su pelo, que iba a parar a sus hombros. Me buscó con la mirada, y me regaló una sonrisa, que su madre, que se encontraba a su derecha, la cambió empujándola la cara con los dedos. Doña Amalia, por su rostro serio y enfadado, dejó claro que sabía o sospechaba lo que pasaba. Cuando acabó la misa, me fui al comedor con la esperanza de que Teresa me enviara un mensaje o alguna señal para que nos viéramos por la tarde en el paseo. Antonio se acercó con la timidez que le caracterizaba, me quería decir algo, pero su poca facilidad para expresarse y mi impaciencia por tener noticias de Teresa me hicieron perder los nervios con él.

—¡*Chacho*, desembucha, que me va a dar algo! —La pasividad de Antonio me ponía nervioso.

—Mira que eres *bolo* —afirmó Demetrio, al que también impacientaba.

—No sé qué queréis que os diga —puso cara de sorprendido—. Si pen... pensáis que yo sé algo de las hijas del coronel os... os equivocáis. —Su mirada la perdía en el suelo, en ningún momento la alzaba para mirarnos. Todo era producto de su vergüenza.

Nos sentamos en la larga mesa del comedor a dar cuenta del rancho, que los domingos solía ser un poco mejor. El bullicio de los soldados te obligaba a hablar muy alto. Antonio ahora sí quería decirme algo, y acercó su boca a mi oído para que le escuchara.

—¡Me han dado esto para ti!

Sacó un papel del bolsillo de su camisa. Eran unas señas de una calle de Algeciras. Por un momento pensé que se las había dado Teresa, pero mi deseo se desvaneció al comprobar que no era su letra. También caí en la cuenta de que antes Antoñito me había dicho que no sabía nada de ella.

—¿Quién te lo ha dado? —pregunté con incertidumbre.

—La cocinera de la casa del coronel. —Antonio no tartamudeaba, estaba tranquilo—. Ha dicho que allí te espera Rufino. —Se encogió de hombros.

Lo que menos esperaba es que fuera Rufino, al que desde que se licenció no veía, el que quisiera verme. También me sorprendía que fuera la cocinera la que le había dado el mensaje al tímido chaval de Toledo. Estaba casada y, por lo que yo sabía, tenía tres muchachos, a los que ella misma sacaba adelante, porque al marido le gustaba más el vino que trabajar. Las señas indicaban una casa en uno de los barrios más humildes de Algeciras, y allí me fui, para llegar a la cita a las seis de la tarde, tal como indicaba el papel. En la puerta de la casa estaba esperándome Rufino, junto con la cocinera.

—Buenas, *picha*. Ya *e* hora que *no veamo*. —Rufino me abrazó y seguidamente me presentó a la cocinera—. Esta *e Isabé, sa quedao* viuda... y *no vamo* a *casá*.

Saludé a Isabel, a la que ya conocía pero nunca habíamos cruzado palabra. Los tres muchachos de la cocinera estaban en el patio, asomando sus caras sonrientes por un agujero que había en la espesa enredadera que cubría la verja que rodeaba la casa. Me miraban sonrientes, mi presencia les alegraba, daba la sensación de que para ellos que alguien se acercara por su casa era una novedad.

—¿Por qué quieres verme?

—Tengo una sorpresa para ti. —La mirada de complicidad con la cocinera me causó buena sensación—. Pasa dentro del patio.

Mi intuición me decía que la sorpresa podía ser Teresa; el olor de su perfume, que no se me había olvidado, me lo confirmó. Estaba sentada bajo la tupida parra que apenas dejaba que se filtraran los rayos del sol. Al verme, se levantó de inmediato. Sus ojos negros, que tanto me encandilaban, se clavaron en mí, y yo no pude más que acercarme a ella para agarrarle las manos. Nuestros anfitriones se quedaron mirándonos, aunque Isabel rápido se dio cuenta de que ya habían hecho lo suficiente y se adentraron en la casa, sin antes agrupar a sus tres pequeños y empujarlos al interior. No me salían las palabras, aunque Teresa tomó la iniciativa, tal como siempre había hecho.

—¿Qué tal estás, Tomás? —Su voz, dulce y tranquilizadora, me fascinaba. Creaba en mí una calma que nunca antes había vivido.

—En este momento estoy bien... —contesté, sin soltarle las manos, pero empujándolas hacia abajo para que se sentara—, bastante bien.

No la mentí, en aquel momento me sentía la persona más feliz del mundo. Poder estar mirando su cara y escuchar su voz me hacían refrendar mis sueños que tantas veces había querido borrar de mis pensamientos, por el convencimiento equivocado de que ella no se podía fijar en mí. Querer entablar una conversación dio lugar a que le preguntara por Isabel y Rufino.

—¿Ella no está casada?

—Estaba, porque enviudó, ya va para un año. —Sus ojos hablaban por sí solos—. La Virgen del Carmen escuchó sus rezos.

Teresa tenía una gran amistad con Isabel. Que fuera la cocinera de su casa no le importaba, lo que demostraba que ser la hija de un militar no le hacía engreída y vanidosa. Continuó hablando, contándome la desgraciada vida de su amiga hasta que apareció el bueno de Rufino para rescatarla de la pesadilla que había vivido al lado de su difunto marido. Yo la escuchaba, embelesado, deseando que empezara a contarme cosas de ella. Quería saber de su vida.

—Cuéntame algo de ti.

—¿De mí? —Cerró los ojos por un instante—... No creo que mi vida le importe a nadie... no sé.

Le volví a coger la mano, y entrelazamos nuestros dedos. Mi atrevimiento fue correspondido por su dulce mirada.

—A mí sí me importas. —Mis palabras la ruborizaron.

—Solo importo porque soy la hija de doña Amalia y del coronel.

Mi osadía fue más allá: cuando con mi mano aparté su negro pelo y la fui deslizando hasta tener abrazado su cuello, para atraer su cara y juntar nuestros labios. Sus dedos, que seguían enredados con los míos, fueron perdiendo su fuerza inicial. Abrió los ojos, los tenía húmedos, y a mí me seguían pareciendo los más bonitos del mundo. Teresa estaba entregada, y fue ella la que tomó la iniciativa para volvernos a besar. Sus labios le temblaban. Le mecí el pelo para tranquilizarla. La risa picarona de los tres hijos de Isabel y un golpe de tos de Rufino, para indicarnos que estaban frente a nosotros, nos interrumpió aquel momento tan feliz.

—Os traigo una limonada... —Rufino notó que no era el momento adecuado para traernos el refresco—. Aquí os la dejo... y vosotros tres: entrad dentro de la casa. —Los muchachos obedecieron a su nuevo padre, sin dejar de reír.

—Gracias —dijo Teresa, sin apenas quitar la mirada del suelo; estaba avergonzada.

—¿Por qué te pones *colorá, chacha?*... Perdona, quise decir Teresa. —Pensé por un momento que se iba a levantar enfadada como la otra vez que le dije *chacha,* pero no fue así; esta vez le gustó.

—Me gusta tu acento y la manera de hablar que tienes... y me avergüenzo porque puedas pensar que soy una fresca.

—Yo no he pensado eso. —No dejaba de mirarla—. Que sepas que me gusta todo de ti; es más, debo confesarte que en un principio me equivoqué al juzgarte.

Me miró sonriente, a la vez que desenredaba nuestros dedos. Comprobó la hora en su fino reloj de pulsera, desprendiendo un gesto de resignación, que indicaba que se tenía que marchar. Se levantó y cogió su bolso de mano.

—Me gustaría que nos volviéramos a ver.

Yo también me levanté. La agarré con mis dos manos por su pequeña cintura y la atraje hacia mí.

—Teresa, no se me ha pasado por la cabeza no volver a verte... Es más, lo deseo.

Volví a juntar mis labios con los suyos, pero el beso no se prolongó. El reloj debió de indicarle que tenía que marchar, y en la puerta estaba esperándola Isabel para acompañarla. Que las vieran juntas no levantaba comentarios en aquel barrio humilde. Para aquellas gentes, que las personas de alta clase las visitara y se preocuparan por ellas era un halago. Me quedé mirando desde la puerta de la casa cómo Teresa se alejaba cogida del brazo de la cocinera, con sus andar garboso y señorial. Rufino se puso a mi lado, los tres pequeños frente a nosotros, mirándonos con su sonrisa infantil y pícara.

—Vosotros ¿de qué os reís? —Los tres mal vestidos pequeños salieron corriendo entre risas al ser reprendidos cariñosamente por Rufino—. Ya sabes por qué sabía que Teresa te iba a engatusar. Isabel me lo contaba.

—Sí, pero tú me decías...

—Que tuvieras cuidado... que era una *esaboría*... Me equivoqué, la hija del coronel es buena gente. —Haber conocido a Teresa más de cerca le hizo cambiar de opinión—. Isabel dice que se enamoró de ti nada más verte.

La casa de Isabel, con su acogedor parral, fue el lugar de nuestras citas clandestinas. Teresa y yo deseábamos que llegaran las tardes del domingo para vernos y poder afianzar la atracción que sentíamos mutuamente. Pero debíamos ser cautelosos y que nuestro amor no llegara a oídos de doña Amalia, y para eso nuestro idilio no tendría que salir de aquella casa. Cuando nos cruzábamos en el patio de geranios procurábamos no mirarnos para no despertar sospechas. El verano de 1942 se hizo más llevadero, aunque se truncaba cuando recibía las cartas de mi amigo Juan, que me recordaban que tenía una familia y que seguían pasándolo mal. Mi padre no levantaba cabeza, lo que hacía que mi madre continuara sufriendo. Mis primos y mi tía Benita sobrevivían apartados en su choza de las injusticias implantadas en el pueblo por caciques y falangistas. Todo continuaba igual, y yo desde la distancia me resignaba por no poder hacer nada. Teresa compensaba mis penas.

Capítulo XV

En septiembre el calor veraniego amainó, y el frescor que empezó a aparecer era el anuncio de que el verano tocaba a su fin. Teresa tenía que volver a Sevilla; no sabíamos cuando volveríamos a vernos. Mi permiso también estaba cerca; volvería a mi pueblo a reencontrarme con la situación impuesta. Era una buena manera de digerir, al menos durante ese mes, la marcha de la muchacha que había dado sentido a mi vida.

—¿Me echarás de menos, Tomás? —Su pregunta fue acompañada de un roce de su mano en mi cara.

—No lo dudes. Me gustaría estar siempre a tú lado. —Mi respuesta sincera correspondió a su caricia.

Nos besamos con pasión, dejando a un lado la vergüenza que originan los primeros besos. Llevábamos dos meses demostrándonos nuestro amor, al resguardo de la frondosa parra, de cuyos racimos ya colgaban las apiñadas uvas. Todo era como un sueño, en el que se agolpaban los sentimientos: querer estar con ella siempre y saber que eso era imposible. Me quedaban como mucho seis meses de servicio militar, que me iría con los míos, que la distancia y el tiempo nos harían despertar de nuestra irrealidad.

—Te escribiré allá donde estés. —Apenas separó sus labios de los míos.

—Yo también...

Reiniciamos nuestra apasionada despedida, en la que ya solo hablaron nuestros besos. Teresa me soltó la mano y miró hacia la puerta. Isabel estaba esperando a que termináramos de despedirnos. Se levantó y se echó su chaqueta blanca de punto sobre los hombros. Se agarró del brazo de su amiga la cocinera, y antes de empezar a subir la empinada calle se volvió para mirarme por última vez. Pude ver cómo sus ojos negros lloraban y rompí el silencio para gritar lo que sentía.

—¡Teresa, te quiero!

No pasaron dos días cuando la vi por última vez aquel verano. Me encontraba en el patio, con la pértiga, regando las macetas más altas. Ella subía al coche oficial que la llevaría a Sevilla; la acompañaba su madre. Esta vez Teresa no disimuló, y me miró, no importándole que su madre se percatara de que había algo entre nosotros dos. Doña Amalia clavó su vista en mí, con el instinto protector que muestra una madre que custodia a su hija de cualquier peligro. La osadía de Teresa llegó más lejos, para asombro de la coronela, que pudo comprobar que no era solo yo el culpable. Bajó la ventanilla del vehículo y se despidió.

—¡Adiós, Tomas!

Hice con la mano un tímido gesto de despedida, y pude comprobar la cara de pocos amigos de doña Amalia. El coche salió por el portalón de acceso al patio, tomando el camino de tierra que llevaba hasta Algeciras. Ya en mi soledad, con tan solo el cantar del jilguero, me puse a pensar en el bonito verano que había pasado al lado de ella, y aunque apenas habían sido ocho domingos los que nos vimos en casa de Isabel, fueron suficientes para darme cuenta de que la quería. En ningún momento reparé en las consecuencias que podía ocasionar el atrevimiento, delante de su madre, de Teresa. Porque doña Amalia no iba a dejar pasar por alto lo que observó aquella mañana.

Fui requerido por el sargento Rupérez para darme el permiso veraniego que tanto estaba esperando; su cara indicaba que ocurría algo. Por un momento pensé que la coronela me había vuelto a arrestar. Pero no fue así, salí de dudas cuando abrí el sobre y leí el salvoconducto que me indicaba que podía abandonar el cuartel durante un mes.

—¡No sé qué coño habrás hecho, que doña Amalia me ha dicho que cuando vuelvas te busque otro destino! —Rupérez estaba muy cabreado y a la vez sorprendido por la decisión tajante de doña Amalia; que prescindiera de mis servicios le extrañaba.

Me encogí de hombros, como si no supiera los motivos que habían llevado a la madre de Teresa a tomar aquella decisión. Estaba claro que no me quería cerca de su hija, pero yo tenía la esperanza de que no supiera que nuestra relación era algo más que alguna mirada en el patio de geranios.

Como los viajes anteriores de vuelta con los míos, los momentos vividos me acompañaban y se amontonaban en mi memoria. Pero esta vez Teresa los copaba todos. Ni al llegar a Zafra y sentir la cercanía de mi gente me hizo espantar los recuerdos que me aportaba aquella muchacha, de voz pausada y gratificante; de ojos negros, como su pelo largo; de alta clase, pero que ella, con su sencillez y humildad, había hecho que no me sintiera inferior a su lado.

Aún no era mediodía cuando llegué a la venta. En la puerta estaba mi amigo Juan, sentado, fumando un *caldo gallina*. Se levantó nada mas verme. Sus ojos desprendían algo más que la alegría que le aportaba mi presencia.

—¡Coño, Jaro, qué alegría me das! —Juanillo estaba radiante de felicidad—. Antes de ayer dio a luz Micaela... Ha sido muchacho... y ella se ha empeñado en llamarle Tomás. ¿A ti te importa?

—Pero cómo me va a importar... Al contrario, agradecido.

A la vez que me contaba el parto de su mujer me empujaba hacia dentro de la venta para que viera a su primogénito. Subimos a la parte alta de la casa, donde estaba Micaela, sentada en una mecedora dando de amamantar al bebe. Me esgrimió una sonrisa que expresaba su inmensa felicidad, mientras que el niño atacaba con tesón su pecho.

—¿Has visto qué cosa más bonita? —susurró Micaela sin separar la mirada de su hijo—. Se llama Tomás, como tú.

Le di un beso en la frente, y otro al niño. Abandoné la habitación, dejando a madre e hijo disfrutar de aquel momento tan especial. Juan me acompañó, y al pasar por la barra cogió una frasca de vino y dos vasos. Había que celebrar el nacimiento de su hijo.

—Esto es lo mejor que me ha pasado en la vida. —Levantó el vaso para que brindáramos—. ¡Salud!

—¡Salud y República! —contesté, sabiendo que nos encontrábamos solos en la venta y que nadie me escuchaba.

Juan me imitaba y repetía el brindis exclamando, cada vez que llenaba los vasos, la prohibida frase de «¡Salud y República!», entre carcajadas y risas, no haciendo caso a las advertencias consabidas de que al gobierno anterior no se le podía nombrar ni en broma. Disfrutábamos de la segunda frasca cuando el campanear de un rebaño llamó mi atención, procedía de unos pastos cercanos. Miré a Juan, y este me afirmó con la cabeza de que sí, que era Cefe.

—Ahora en esta época del año viene a estos prados; tienen la frescura que les da el arroyo. —Juan sabía que estaba deseando verle, al igual que a los otros miembros de mi familia—. Corre, está hecho todo un mozo.

Le di un fuerte abrazo al nuevo padre, y con un hasta luego me fui en busca de mi pequeño primo. Siguiendo el ruido que generaban las campanillas de las cabras, vi a lo lejos a Cefe tumbado a la sombra de un alcornoque. Le silbé, produciendo que el pequeño pastor se incorporara y buscara con la mirada la procedencia del silbido que él enseguida había reconocido. Al verme, empezó a correr, con la camisa abierta y gritando: «Primo, primo...». Yo le esperaba con los brazos abiertos, y al llegar a mi altura se abalanzó sobre mí, cayendo los dos en la húmeda hierba y revolcándonos, producto de la alegría que nos daba estar otra vez juntos. Nos levantamos, y al grito de «chiva, chiva»reunimos al rebaño y tomamos camino de la choza, para saludar a la tía Benita y a mis otros primos. Habían plantado un pequeño huerto tras la casa, que les ayudaba a combatir el hambre. Mi tía, que se encontraba arrancando unas patatas, cuando me vio se remangó la falda para sortear unas matas de tomates y poder acercarse para abrazarme.

—Qué alegría poder volver a verte, Tomás. —Se la notaba más feliz—. ¿Has visto ya a tus padres?

—No, aún no. —Su pregunta me hizo sospechar que todo seguía igual—. ¿Cómo están?

Cefe miró a su madre y acto seguido agachó la cabeza, clavando su mirada en el suelo. Su madre exclamó un explícito y casi silencioso «¡ay!», que era el preludio de lo que me tenía que contar.

—Tu padre, Tomás, cada día está peor... y tu madre... tu madre está desesperada. —Cefe alzó la mirada para confirmarme con un movimiento de cabeza que era cierto; la situación estaba peor—. Tienes que hablar con él... Hacerle entender que no puede continuar así...

—¿Mi hermana? —pregunté, tratando de evadirme de lo que me estaba contando. Prefería comprobarlo por mí mismo.

—¡Está para comérsela! —La tía Benita cambió su semblante serio al hablar de María—. Tina, después de ayudarme, va todos los días a jugar con ella, y ya de paso ayuda a tu madre, que buena falta le hace a la *pobrecina*.

Después de hablar un rato, entremezclando las noticias buenas con la malas, decidí que ya era momento de ir a comprobar la situación agridulce que me había descrito la tía Benita.

Al fondo de la cuesta estaba mi casa. El regato no llevaba agua como en el invierno; estaba seco. Lo primero que vi fue a mi padre sentado en su piedra, bajo la gran encina. Su aspecto había cambiado demasiado desde la última vez. Con su espalda apoyada en el árbol, para sostener su desequilibrado cuerpo; la mirada perdida, tal como lo deje allá por enero; la botella de vino tumbada en el suelo y el corcho fuera de su sitio, bañado en el vino derramado, mi padre representaba la desolación. Sus ojos mojados constantemente revelaban que estaba cansado y que no tenía nada por lo que luchar.

—Hola, padre. —Me agaché para alcanzar su mirada perdida, que era cristalina, producto de sus sempiternas lágrimas.

—Eres mi Tomás... —Su rostro y su voz me confirmaron que la tía Benita no exageraba—. ¿Vienes para quedarte?

No contesté, solo le di un beso. No me había incorporado de la posición adoptada para saludar a mi padre cuando sentí que alguien me abrazaba por la espalda. El peso no fue impedimento para que me incorporara. Quien colgaba por mi espalda, agarrada a mi cuello, era mi hermana María, que me rodeaba con sus finos brazos y me lanzaba tímidos besos, tal como le indicaban desde la puerta de la casa mi madre y Tina. Esta última se había convertido en algo más que su prima: eran hermanas. A mi madre la ayudaba mucho, y ya no tenía que llevársela a casa de doña Julia cuando iba a servir.

La situación, tal como me había contado mi tía Benita, y antes Juan en las cartas, no había cambiado, ya no solo la familiar, sino la del pueblo en general. Decidí intentar pasar desapercibido el mes que estuviera de permiso, pero no dependía de mí. Las constates broncas de mi padre con los fascistas, provocadas por su estado ebrio, no facilitaban la situación. A él, ya nadie le tomaba en serio, ni la Guardia Civil, porque aunque le encerraran por escándalo o insultar y faltar al régimen, allí estaba don Fidel para dar la cara por él y avalar en lo que fuera. El afán de venganza de los acusados y agraviados por mi padre tenía un nuevo objetivo, y ese no era más que mi persona. Lo noté nada más pisar la plaza del pueblo al segundo día de mi llegada.

— ¡Jaro! —alguien gritó mi apodo con voz autoritaria—. ¡Tengo que hablar contigo!

La persona que me llamaba era Pepe Gómez, el despechado de mi tía Benita. Lucía la camisa azul de la Falange, con el yugo y las flechas bordadas en rojo en el lado izquierdo. Nunca había hablado con él, tan solo presencié alguna discusión que tuvo con el tío Ceferino antes de la guerra. Siempre a cuenta de los jornales estipulados en un principio que el señorito, al que él representaba, se negaba a pagar. Pero a Gómez lo que más le movía era el amor negado de mi tía.

Me acerqué a la puerta del casino. Allí estaba Pepe Gómez, con un palillo en la boca, apoyado en la ventana, esperando a que yo llegara ante él. Siempre me había parecido un chulo, y que su mayor grandeza estaba en servir fielmente a su dueño, don Nemesio, uno de los más acaudalados y míseros de la comarca.

—Procura sujetar a tu padre. —Su tono fanfarrón, tal como yo lo recordaba, parecía que se había acrecentado con la victoria del franquismo—. Algún día sus insultos le saldrán caros. Andaos con cuidado.

—¿Nos está amenazando?

—Te estoy advirtiendo, chaval. —El palillo se movía acompasado a sus palabras chulescas —. Hay que joderse con el rojillo...

Se dio la vuelta, con la intención de entrar en el local, pero antes de que entrara yo le contesté.

—Me llamo Tomás, y usted no es nadie para advertirme.

—Eso lo veremos... rojillo.

Que me volviera a llamar rojillo no me dolió, me hizo más daño que entrara en el casino riéndose y diciendo algo que yo no llegué a entender, pero que arrancó las carcajadas de los que se encontraban dentro, pendientes de lo que hablábamos. El fanfarrón de Pepe Gómez se jactaba de ser la mano derecha, dentro de la Falange, de don Matías, pero, aunque nadie en el pueblo se atrevía a decirlo, todos sabían que era el lameculos del marido de doña Julia; como también lo era de su patrón, don Nemesio.

Al tercer día de permiso, y después de haber tomado el pulso al pueblo, me acerqué por la venta. Allí era donde encontraba la tranquilidad que necesitaba y de paso comprobaría si tenía carta de Teresa. Juan, al verme entrar, no tardó en ponerme un vaso de vino, y al lado la deseada carta. Teresa la debió de escribir antes de que yo partiera de Algeciras, porque si no, no se entendía tanta rapidez. El ventero apenas me dijo nada. Los cuidados de Micaela para con el bebé le obligaban a multiplicarse en el trabajo. Me senté en una mesa a disfrutar de la lectura de la carta; antes de abrirla la olí. El aroma que desprendía me trasladaba a las tardes de verano pasadas con ella, bajo la parra de la casa de Isabel. La leía y parecía que era ella quién la estaba leyendo. Teresa era para mí una obsesión: no habían pasado cinco días desde que la vi en el patio de geranios, que ya estaba deseando volver a verla. La echaba de menos.

La lectura cesó cuando irrumpieron en la venta Cefe y Miguelín. Los dos pequeños estaban desencajados. Las lágrimas corrían por sus mejillas y el sofoco que les acompañaba no les dejaba articular palabra. Los curtidos pastores lloraban como lo que eran, unos críos.

—¿Qué os pasa? —Traté de tranquilizarlos. Lo mismo hizo Juan, que igual que yo esperaba que se explicaran.

—¡La tinta!... ¡El facha!... —Yo no entendía nada, pero el ventero sí lo entendió.

—Cálmate, Cefe... ¿Qué ha pasado con el facha?

—¡Qué ha matado de un tiro a la cabra! —Mi primo el mayor ya estaba más calmado.

—¡... Ha matado a la tinta porque dice que ha entrado en la finca del Nemesio! —apostilló Miguelín, que se limpiaba las lágrimas con los puños.

Juan, que se había alterado al escuchar lo que contaban mis primos, me explicó que Cefe llamaba «el facha» a Pepe Gómez. Enseguida entendí que las amenazas del día anterior no se habían hecho esperar. No podía dejar que humillaran a los míos y decidí ir en su busca. Juan y Micaela, que había salido de su cuarto al oír llorar a mis primos, intentaban que cambiara de opinión. Era imposible: si el fanfarrón de Pepe Gómez pretendía provocarme, lo había conseguido.

— ¡No cometas una locura, Tomás! —La cara de Micaela era de preocupación.

Emprendí el camino de la finca de Nemesio, empujado por la necesidad de hacer justicia con mis primos. Ellos me seguían, al igual que Juan, al paso acelerado que yo marcaba. No tardamos en llegar, la finca se encontraba cerca de la venta. Al lado de la valla de piedra que delimitaba la finca se encontraba Pepe Gómez. Soportaba la escopeta con la que había matado a la tinta en sus manos, con los brazos caídos: me estaba esperando. A sus pies estaba la cabra muerta, como si fuera un trofeo de caza. Su pose me indignó si cabe más; no recabé en que podía hacer uso de la escopeta en el momento en que me acercara a él. Pero el facha no tuvo el valor de usarla; su cobardía se notaba en su cara de sorpresa cuando le agarré por el cuello con la mano izquierda y con la derecha le lancé mi puño que impactó en su cara, lo que provocó que su cuerpo cayera en redondo en el suelo. En seguida me abalancé sobre él y volví a darle con mis puños en su cara, que era la del pánico, la de un cobarde, que no tenía los arrestos suficientes para defenderse. Noté que alguien me agarraba: era Juan, que suplicaba que me calmara.

—¡Estos animales son tan importantes para mis primos como para ti el respirar! —No le soltaba del cuello, a pesar de los intentos del ventero—. ¡Canalla!

Cuando ya le había dado su merecido, le solté. La escopeta estaba tumbada en unas zarzas, pero el facha no hizo intento por recuperarla cuando se levantó, sacudiéndose el seco polvo que se había impregnado en su ropa.

—Jaro... Esto lo vas a pagar. —Probablemente sería cierto lo que decía, pero sus palabras no me asustaban.

—¡La cabra no ha entrado donde el Nemesio! —Miguelín estaba envalentonado, y se puso enfrente de Pepe Gómez a reprocharle su actitud—. ¡La has matado porque te ha dado la gana!

Juan volvió a tirar de mí, esta vez sí consiguió que le obedeciera, y nos alejamos del lugar. Miguelín se agarró de mi mano, mirándome con cara de satisfacción y orgullo. Cefe se quedó rezagado, viendo cómo la cabra que más leche le daba, yacía en un charco de sangre por el capricho vengativo del lacayo más rastrero de don Nemesio. Pero antes de unirse a nosotros le lanzó una mirada de odio al ejecutor de la tinta, impropia de un muchacho de su edad, acompañada de un insulto que se expandió con fuerza entre los canchales y las encinas de aquel lugar.

—¡Ojala te mueras... cabrón!

Capítulo XVI

El calor, que había calentado la tierra extremeña a lo largo del día, no daba tregua durante la estrellada noche. Mi padre y yo aguardábamos la llegada de los civiles para detenerme, sentados en la piedra, debajo de la encina. No hablábamos, tan solo mirábamos como mi hermana correteaba detrás de dos pollos, jugueteando, ajena a lo que se avecinaba. Mi madre, como siempre, a la puerta de la casa, en esta ocasión esperando la inevitable llegada de los guardias. Los lejanos gruñidos de los perros avisaban de que alguien se movía en las calles del pueblo. Los ladridos anunciadores cada vez se escuchaban más cercanos. Al principio de la cuesta aparecieron cuatro siluetas, que empezaron a descender por la calleja. Los inconfundibles tricornios nos confirmaron que eran ellos. Les mandaba el sargento que hacía las batidas en busca de los maquis, y cuya mujer desvelaba su trabajo por un trozo de tocino en la tienda de la Pura. Tan solo me había bastado verle una vez para darme cuenta de que era buena persona.

—Buenas noches. —Con un pañuelo se apartó el sudor de la frente—. Tomás, tienes que venir con nosotros.

Me levanté, sin intención de poner resistencia. Mi padre me agarró por el brazo y sentí como sus dedos me sujetaban con fuerza: no quería que le obedeciera. Yo le miré para tranquilizarle, y él sucumbió a mi mirada, destensando su mano, a la vez que de sus ojos empezaban a brotar lágrimas de impotencia. Mis padres se abrazaron, mientras mi hermana estaba quieta, mirando sin comprender. Las gallinas, que ya no sufrían el acoso de María, picoteaban el suelo en busca de hormigas.

—¡Llevadme a mí...! —El grito de mi padre era el de la desesperación—. ¡Soltadlo!

—¡No me lo pongas tan difícil, Miguel! —aconsejó el sargento, confirmando mi impresión: era buena gente.

Subí la calle, custodiado por los guardias, y como voz de fondo, los gritos de mi padre, que se habían convertido en insultos, en especial para el sargento, que caminaba a mi derecha con cara de circunstancias. La puerta del cuartelillo estaba llena de gente, lo que provocó que el sargento ordenara parar. Habló con uno de los guardias, no pude escucharlo, y acto seguido se adelantó a nosotros, debiendo obedecer la orden que le había dado el sargento. Este me agarró por el hombro y me llevó a un rincón entre dos viviendas. Parecía como si su actitud hubiera cambiado, estaba más agresivo conmigo, creándome desconcierto. No sabía cuáles eran sus intenciones, pero enseguida lo iba a averiguar.

—¡Lo siento, chaval! —Se disculpó, antes de darme con la mano abierta en mi cara.

El golpe no fue muy fuerte, pero lo suficiente para que yo empezara a sangrar por mi maltrecha nariz. Enseguida me agarraron dos de los guardias, me llevaron arrastrando hasta el cuartel, mientras que el sargento y el otro guardia, que en un principio se adelantó por orden de su superior, sujetaban a la gente que se acercaban con la intención de lincharme. Pude distinguir entre el gentío al cura, a Pepe Gómez y a don Matías: estos dos me miraban con deseos de venganza. Lo del sirviente de don Nemesio lo podía entender, pero lo del marido de doña Julia me era inexplicable. No comprendía por qué tenía tanto afán por hacer daño a los míos.

—¡Dejadle!... ¡Ya le hemos dado su merecido.! —El sargento no quería que la gente se tomara la justicia por su mano—. ¡Apartad!

La puerta del cuartel se cerró de un fuerte portazo cuando entró el sargento, impidiendo que nadie se colara en el interior. Me bajaron rápidamente al húmedo y maloliente calabozo, y allí, en la oscura soledad, comencé a llorar. Mi llanto se interrumpió cuando se abrió la puerta, y por la escalera bajó el sargento. Traía en sus manos un cántaro de agua y un trapo.

—Toma... Bebe y después te lavas. —Puso el cántaro encima de la mesa—. Siento haberte dado el golpe; si no lo hago... te matan.

Bebí un trago, y cuando sacié mi sed, mojé el trapo para limpiarme la sangre. La hemorragia no cesaba, y entonces pensé que lo mejor era poner el trapo mojado en la nariz y sujetarlo fuertemente, con la cabeza mirando al negro techo.

—Cuando se te haya pasado, te tumbas —señaló el camastro, sobre el que había una fina y sucia colchoneta—. Mañana espero que estén más calmados y que don Fidel tome cartas en el asunto por tu bien... Estos no llaman al cura para darte una simple paliza.

El sargento se retiró, y me quedé allí, con la mano sujetando el pañuelo, pensando en las últimas palabras del guardia. Gracias a él no me habían fusilado. Al abrir los ojos por la mañana lo primero que vi fue una rata que olisqueaba el pañuelo que estaba en el suelo lleno de sangre. La aparté de un manotazo, y el roedor corrió apresurado pegado a la pared, en busca de su escondrijo. Volvía a tener la nariz inflamada, al igual que cuando me la partieron; apenas podía respirar.

Se empezaron a escuchar voces en la parte de arriba. Una era la voz grave y ronca de don Fidel, las otras no las conocía, pero había más de dos personas. No tardó en abrirse la puerta del calabozo. Uno de los guardias desde arriba, sin bajar la escalera, me indicó que subiera. Me puso unos grilletes en las muñecas y me llevó ante la plana mayor de mi pueblo para que escuchara lo que habían decidido sobre mi futuro. Don Fidel, don Nemesio, don Matías, Pepe Gómez, el sargento, dos guardias civiles, un falangista, al que era la primera vez que veía, y el alcalde, del que no sabía su nombre, pero sí sabía que lo que él dijera no servía para nada, discutían acaloradamente sobre lo que debían hacer conmigo.

—¿Tiene algo que decir? —La pregunta del falangista daba a entender que todo estaba decidido.

Antes de responder miré a don Fidel. Este me hizo un gesto que yo enseguida entendí de que debía estar callado. No contesté al falangista, lo que no gustó a don Matías, que al instante me lo reprochó.

—¿No sabes contestar por ti mismo, que tienes que mirar a mi suegro? —Don Matías había sacado su chulería a paseo—. Todos los de tu familia sois iguales... Os refugiáis en los demás.

—Ya he dicho que el Jaro y su familia no han hecho nada, sois vosotros los que no les dejáis vivir en paz. —Don Fidel intentaba defenderme de las acusaciones de don Matías.

—Fidel, no se puede consentir que los rebaños entren en las fincas nuestras y se coman los pastos... y todo lo que pillen. —Las palabras inciertas de don Nemesio me hicieron hablar.

—La cabra no entró en su finca —se sorprendieron al oírme—. Mis primos volvían con el rebaño hacia su cerca y las cabras se acercaron a comer las moras del zarzal que hay pegado a su tapia. —Miré a Pepe Gómez, que se sentía seguro ante tanto señorito—. Mataste a la tinta porque sabías que era la mejor que tenían. Lo hiciste aposta para provocarme.

—¡La cabra entró en la finca! —recalcó Pepe Gómez, que estaba seguro de que su palabra valía más que la mía y que nadie me iba a creer.

—¡Hagamos justicia! —gritó efusivamente el falangista—. No podemos escuchar las mentiras de un rojo.

—¿A qué estamos esperando?... ¡Terminemos lo que teníamos que haber hecho anoche! —Un crecido Pepe Gómez quería tapar la verdad con mi fusilamiento y ya de paso demostrar a los caciques del pueblo que seguía rindiéndoles fidelidad.

—La cabra no entró en la finca... —interrumpió el sargento para desmentir las palabras de Pepe Gómez; rápido fue rebatido por don Nemesio.

—¡Eso no es cierto! —replicó—. ¿Tú también te pones a favor del hijo de Miguelón?

—En cuanto me enteré, fui a ver lo que había pasado —el sargento no se alteró en su respuesta—, como es mi obligación. La cabra estaba en el camino... no en su finca.

—Pero tú me dijiste... —Nemesio se dirigió a su lacayo con cara de sorprendido.

—¡La cabra la maté dentro de la finca! —gritó Pepe Gómez, que se puso nervioso ante las palabras verdaderas del guardia.

Comenzó un cruce de palabras y acusaciones entre don Nemesio y don Fidel; por otro lado también discutían el sargento, Pepe Gómez y el falangista; el alcalde hacía lo de siempre desde que era alcalde, no opinaba, al igual que don Matías, que en su rostro se entremezclaban el odio y la resignación al ver que yo, otra vez, se le escapaba.

—¡Silencio! —ordenó el sargento—. En este momento yo soy la máxima autoridad y yo digo que Pepe mató a la cabra en el camino. ¡Guardia, suéltalo!

Los presentes se quedaron pasmados, mirándose los unos a los otros, no dando crédito a la decisión del sargento. Los había traicionado, excepto a don Fidel, que ayudaba al guardia a quitarme los grilletes y miraba con satisfacción a los que habían querido ejecutarme. En especial a su yerno, don Matías.

—Fidel, esto algún día te saldrá caro. —Don Nemesio estaba indignado.

Don Fidel no contestó, y me indicó que saliera de aquel lugar. Pero, no conforme, se volvió y se dirigió a Pepe Gómez.

—Y ahora... ¿quién le devuelve la cabra a los muchachos? —El sirviente no contestó, agachó la cabeza porque sabía que había perdido su credibilidad.

En la calle nos esperaban mi madre, mi hermana y mis cuatro primos. Solo faltaban mi padre, por recomendación de don Fidel, y mi tía Benita, que desde que mataron a su marido no había vuelto a pisar la plaza. Nos abrazamos, demostrando el cariño que nos teníamos, ante la mirada juiciosa de las chismosas del pueblo, que comentaban con desazón el veredicto. Otra vez el aval de don Fidel había tenido el peso suficiente para desmontar la justicia partidista y sin escrúpulos de los caciques del pueblo. Don Matías, por más que lo intentaba, no podía desbancar a su suegro. La coherencia y la justicia eran las principales armas del padre de doña Julia, y esta se debatía entre el cariño y respeto que tenía a su padre y el amor ciego no correspondido hacia su marido.

La cara de felicidad del pequeño Miguelín era la misma que tenía el día anterior, cuando me vio descargar mi ira sobre Pepe Gómez. Me hizo agacharme para decirme algo al oído.

—Primo, estoy seguro de que lo de la nariz no es nada... comparado con lo que tú les has atizado a ellos.

Le guiñé un ojo, no quería que se desvaneciera su fantasía. Mis primos se pusieron a mi lado, caminando con la cabeza erguida, orgullosos, no haciendo caso a las miradas y comentarios de la gente. Para ellos era la primera victoria, habían vencido a la injusticia que sufrían desde que murió su padre. Se sentían satisfechos, pero ellos no sabían que a quien había que estar agradecido, sobre todo yo, era al sargento. Aquel buen hombre, que se escondía bajo un tricornio para dar de comer a su familia, me había salvado del paredón. Más tarde me enteré, por boca de don Fidel, que el sargento estaba cansado de estar al capricho y ser el brazo ejecutor de los amos y falangistas del pueblo. Haber hecho justicia, poniéndose de mi lado, le costó el traslado.

Capítulo XVII

Todos los días, después de ayudar a Cefe con el rebaño, me acercaba por la venta. Solo me hacía falta ver la cara de Micaela para saber si había recibido carta de Teresa. Si la había, la rellena mujer de mi amigo la escondía tras su espalda con la mano. Me la iba mostrando poco a poco, como los magos sacan las palomas de sus mangas o el conejo de la chistera. La cogía con la punta de los dedos, y antes de dármela cerraba los ojos y la olía. Le encantaba hacer ese ritual, y oler el aroma con que Teresa impregnaba las cartas.

Me quedaban pocos días para acabar el permiso cuando Micaela me dio la que probablemente sería la última que recibiera en esos días. El sobre contenía alguna cuartilla que era más dura de lo normal, lo noté al primer tacto.

—¿No la abres, Jaro? —Se quedó extrañada al ver que no me sentaba en la mesa como solía hacer.

—Hoy no, Micaela, tengo que ir a casa. —La mujer del ventero quedó desilusionada por mi respuesta, le gustaba ver la cara de alegría que ponía mientras leía las cartas—. Pero no te preocupes, que algo te comentaré de su contenido. —Le gustaba que le dijera cómo era la hija del coronel.

Quería pasar el mayor tiempo posible, del último día de permiso, con mis padres y mi hermana. También observar cómo mi padre, después del altercado con Pepe Gómez, se estaba alejando de la bebida. Todo estaba cambiando, ya no discutían, lo que provocaba que todo fuera normal.

—Hoy no ha bebido nada. —Fue lo primero que me dijo mi madre al verme llegar—. Tu padre está mejor.

Se encontraba sentado bajo la encina, en su piedra, sin la mirada perdida, sin botellas a su alrededor; tan solo estaba esperando a que me acercara a darle las buenas tardes.

—Buenas tardes, padre. —Su mirada ya no expresaba tanta tristeza.

—¿Cómo va el rebaño del *arriscao* de tu primo? —Que mi padre se volviera a preocupar por los demás me sorprendió gratamente.

—Cefe es un buen chico... y *mu espabilaíno pa* la edad que tiene el *jodío*. —Mis palabras le arrancaron una carcajada que hacía tiempo que yo no le escuchaba.

Me senté a la puerta de la casa, con María a mi lado, provocándome con sus risas y sus medias palabras para que jugase con ella. Pero no podía atender a mi hermana; en el bolsillo de mi pantalón me esperaba la carta de Teresa para ser leída. La abrí con ansia, esperando encontrar entre sus letras el consuelo y la tranquilidad que solo ella me proporcionaba. La rigidez de la carta se la daba una foto que estaba en medio de la cuartilla doblada. La belleza de Teresa se plasmaba en aquel retrato, que yo sostenía en mi mano derecha; y en la palma de la mano izquierda, la carta. Era como tenerlo todo, su presencia y sus palabras. Volvía a no dejarme indiferente, a maravillarme con las cosas que me decía, a sentirme querido y valorado.

—Es muy guapa. —Mi madre me sorprendió, seguramente que la belleza de Teresa le hizo no ser discreta.

—Es de Algeciras... Nos carteamos.

—Se ve que es de buena cuna.

A mi madre, haber estado sirviendo desde muy temprana edad le daba la sabiduría de saber distinguir entre ricos y pobres con solo ver un rostro.

—Es la hija de un coronel —aclaré, esperando que dijera algo.

—¿Te gusta?

No contesté de palabra, pero hice un movimiento afirmativo con la cabeza. Me puso su mano en mi mejilla, haciéndome sentir con su caricia maternal la aprobación a mi relación con Teresa. Cogió de la mano a la juguetona de María y se fue junto a mi padre. Me dejaron solo para que pudiera leer la carta, y entré en su lectura, con la tranquilidad que me daba saber que todo a mi alrededor estaba cambiando para bien.

Al día siguiente, después de despedirme de mis padres y de mi hermana, fui en busca de Cefe. Por la hora que era, antes de mediodía, sabía dónde se encontraba pastoreando. El nacedero del arroyo chico era el lugar escogido por mi primo antes de recoger el rebaño y llevarlo a la cerca para que Miguelín y Tina las ordeñaran. Se encontraba como siempre, sentado en el canchal, desde donde controlaba a las cabras y veía la tumba de Joaquín; me senté a su lado.

—Me voy a Algeciras...

—No quiero que te vayas. —La tristeza por mi marcha se reflejaba en su rostro—. ¿Volverás pronto?

—Ya queda menos, primo. —Le puse la mano en la cabeza y le removí su mal peinado pelo.

Me dirigí a donde se encontraba mi hermano, y, como siempre que me acercaba por el nacedero, puse las manos en la tierra; Cefe me imitó. Era la manera que teníamos de sentirle, de estar más cerca de él. Nos consolaba y hacía que nos sintiéramos bien.

—¿Nos está viendo?

—Pues claro, Cefe... Pues claro.

Cogí mi petate, mi primo, su morral de pastor, y nos alejamos del nacedero, del lugar donde estaba enterrado nuestro gran secreto.

El viaje de vuelta para cumplir con la patria se hizo más llevadero que las veces anteriores. La única preocupación que tenía en aquel momento era saber dónde me había colocado el sargento Rupérez para continuar desempeñado mi función como soldado. Ya no volvería por el patio de geranios, no tendría la oportunidad de cruzarme con Teresa e intercambiar miradas furtivas. Doña Amalia quería poner tierra de por medio entre su hija y un soldado con pasado rojo. Pero Teresa, en sus cartas, me dejaba claro que quería estar conmigo, a pesar de la oposición de su madre.

Lo primero que hice al llegar al cuartel fue ir a ver al sargento. Lo encontré en el cuerpo de guardia, dando voces y órdenes a todo soldado novato que se le cruzaba en su camino. Con los veteranos era diferente, sobre todo con los que llevábamos casi tres años. Al verme, trató de meterse en su papel, pero el aprecio que me tenía se lo impedía.

—Buenos días, mi sargento. —Mi saludo fue de manera amistosa, saltándome todos los formalismos militares.

—No me toques los cojones, soldado —arrimó su cara a la mía, intentaba impresionarme—, que soy tu superior.

Le saludé de manera militar, para dejarle satisfecho. Entonces al ver que cambié de actitud, el hizo lo mismo, y empezó a tratarme de manera más cercana.

—¿Qué tal estás, Tomás?

—Bien, mi sargento.

—Conque bien. —Movía la cabeza, dando a entender que sabía por qué la coronela ya no me quería de jardinero—. A nadie se le ocurre tontear con la hija de doña Amalia.

—Yo ... —No sabía qué contestar, y el sargento volvió a cambiar su actitud.

—¡La mujer del coronel puede hacer que vuelvas a los campos de trabajo! —Hizo una pausa antes de decirme cuál era mi nuevo destino—. ¡A partir de mañana te quedarás en el cuartel, barriendo el patio de armas!

Rupérez hablaba de la coronela como si hablara del mismísimo Franco. Él pensaba que yo había tenido el descaro de molestar a Teresa, y por eso doña Amalia me había destituido como jardinero del patio. Para su parecer, la bondad de la coronela me había librado de un mal mayor. Le hice el saludo militar y me fui en busca de la escoba y un carretón de madera. A partir de entonces serían los dos únicos utensilios que me acompañarían, si no cambiaban las cosas, hasta el final de mi vida como soldado. Mejor que todo fuera así, y que nuestro idilio continuara por carta, esperando a que volviera de Sevilla, y demostrarnos lo que sentíamos el uno por el otro bajo la parra de la casa de Isabel.

Doña Amalia creía que con su decisión se acababa el problema con su hija, pero se equivocaba, porque Teresa seguiría viéndome. Por otro lado, la elección de mi sustituto no parecía ser la adecuada. Según dijo el sargento Rupérez, el elegido era Antoñito, el de Toledo. Seguramente que la única que se alegraría del cambio iba a ser Carmencita. La coronela no se había deshecho del problema.

Pero todo transcurría con normalidad, yo con mi carretón, recogiendo las hojas que el otoño posaba en el suelo; pendiente de la correspondencia, tanto de la que recibía de Teresa como de la que me mandaban mis padres. Juan ya solo me mandaba cartas a título personal: mis primos habían progresado tanto en la escritura que ya no les hacía falta que el ventero se las redactara; excepto el pequeño Benito, que se negaba a todo lo que fuera aprender. Él, a sus ocho años, nada más que quería estar con su hermano Miguelín, ordeñando las cabras. Las de mis padres me aliviaban al poder leer que mi padre seguía igual: ya no bebía; de vez en cuando realizaba alguna peonada para don Fidel. Ya no era solo mi madre la que corría con el sustento de la casa.

Teresa me anunció que el primer domingo de noviembre volvería por Algeciras. Que era tanto el deseo que tenía por volver a verme que contaba los días y las horas que quedaban para abrazarnos. Mis pensamientos en todo momento, desde que recibí la carta, fueron acaparados por ella. No podía dejar de pensar en la mirada tan cautivadora que lanzaban sus ojos negros; en su manera tan dulce de hablar; en su largo pelo negro que reposaba en su espalda; en su andar esbelto y elegante, que anunciaba que estaba segura de lo que quería. Teresa me había cautivado, y solo deseaba que el inestable mes de octubre pasara lo más rápido posible.

Tumbado en mi camastro, esperaba que llegara el fin de semana; ya era noviembre. Se acercaron Antoñito y Demetrio; los dos mostraban una sonrisa. Al primero era raro verle sonreír, tanto como no verle con sus orejas coloradas. Quería comunicarme algo, pero su tartamudez le impedía entrelazar las palabras con soltura.

—Me... me... ha di.. dicho la co... co... cine... ra...

—Mira que eres *bolo*, Antonio. —A Demetrio le ponía nervioso—. ¿Quieres acabar de una vez?

—Que... que el sába... do, te... te... esperan en su... su... casa.

Antoñito terminó más colorado que nunca, y a mí me había dado una gran alegría. El sábado acabaría mi espera.

—Gracias, amigo. —Sabía que para él había sido un gran esfuerzo—. Por cierto, ¿qué tal está el patio de geranios?

—A este se lo carga la coronela, te lo digo yo —aseguró Demetrio, mientras que Antonio miraba al suelo y no decía nada—. Se pasa todo el día de risitas con la pequeña del coronel.

—Ándate con *cuidao*, que Carmencita te engatusa. —Emulé a mi amigo Rufino, no pudiendo contenerme la risa, al igual que mis dos amigos.

La tarde del sábado salí del cuartel con el entusiasmo de encontrarme con la persona que había cambiado mi vida. Caminé hasta la casa de Isabel, pensando solo en el encuentro, sin recabar en el fuerte viento que soplaba del estrecho. El deseo de verla se transformaba en una especie de hormigueo que me subía de los pies a la cabeza, realizando parada en mi estómago. Los nervios iban en aumento a medida que me acercaba a la casa de la cocinera, el lugar donde había pasado los momentos más íntimos con Teresa. Rufino estaba en la puerta, fumando bajo la parra, que ya había perdido la mayoría de sus hojas. Al verme, tiró el cigarrillo al suelo, lo pisó e hizo un medio giro con el zapato. Tenía cara de pocos amigos.

—¿Qué tal, Rufino? —No quería saber su estado, la pregunta era para saber qué pasaba.

—¿Que qué tal? —Volvió a encenderse otro cigarro—. La coronela, que ha montado una merendola esta tarde, y a Isabel la ha tocado trabajar... —El humo salía de su boca entremezclado con sus palabras, demostrando su cabreo—. Y si esperabas ver a Teresa, olvídate.

Todas las ilusiones que se habían fraguado en mi cabeza se desvanecieron. Me senté en el mismo lugar que había estado con ella, desilusionado, con la sospecha de que la merienda había sido una escusa por parte de doña Amalia para que no se encontrara conmigo. Rufino se sentó a mi lado, echándome su brazo por mi hombro. Quería decirme algo.

—Estás por ella hasta las *trancas*, Tomás.

—Teresa es lo único bueno que me ha pasado en mucho tiempo. —Le miré a los ojos para que notara mi sinceridad—. Que ella se haya fijado en mí me hace olvidar todo lo que he pasado desde que comenzó la guerra.

—La guerra ya acabó, tienes que olvidarte...

—No, amigo, la guerra continúa —interrumpí sus palabras, lo que aprovechó Rufino para encenderse otro cigarro y darme uno a mí—. Los vencedores no quieren que acabe.

—Ya, pero hay que olvidarse —insistía el gaditano—. No se puede vivir toda la vida en el rencor.

—Rencor dices... —Callé por un instante, y expulsé el humo del cigarro antes de continuar—. Cuando se tiene a un hermano enterrado en el monte de tu propio pueblo por capricho de los que han ganado esta maldita guerra... mi rencor, te aseguro, Rufino, que yo no lo he creado.

Me dio una palmada en la espalda. Se compadecía de mí, pero en su rostro se notaba que lo que había contado no era un caso aislado. La guerra había dejado muchas atrocidades por los dos bandos, pero a partir del 1 de abril de 1939 las represalias solo iban en una dirección.

Al día siguiente, asistí a la obligada misa dominical. Era la única posibilidad que tenía de ver a Teresa. Apenas veía la mantilla negra que cubría su cabeza. Estaba al final del banco; sus padres, que estaban delante, me impedían verla. A mi derecha estaban Antoñito y Demetrio. El primero no dejaba de cruzar miradas con Carmencita, y yo estaba sorprendido del descaro que mostraban los dos y que doña Amalia no lo impidiera, porque estaba más pendiente de su hija mayor. La larga misa acabó y no pude captar su mirada. Ni tan siquiera la vi salir, por lo que mi ilusión de pasar aunque fuera un minuto con ella, o de tan solo cruzar una fugaz mirada, se desvaneció.

Por la tarde salí solo a pasear, a pesar de la invitación de los dos de Toledo, que insistieron en que los acompañara a una taberna en el puerto, donde nos juntábamos los soldados. Prefería andar por el parque de María Cristina, notar cómo el aire tocaba mi cara, sentirme libre en mi soledad, con mis pensamientos, mis ilusiones, que estaban empezando a florecer, gracias a Teresa y también a la proximidad del final de mi periodo militar. Me senté en el mismo banco de aquella tarde en que se levantó como un resorte cuando la llamé *chacha*. Recordar ese momento me provocó una carcajada, que se interrumpió al oler el perfume que la distinguía. Me giré contrariado, buscando impaciente la procedencia del aroma. Era ella, estaba detrás de mí, con un chaquetón gris abierto que le llegaba por debajo de su cintura y que dejaba asomar una camisa blanca estampada en flores, y una falda negra que le cubría hasta las rodillas. Estaba preciosa, y yo no salía de mi estupor al verla. Pensé que todo era un sueño.

—Hola, Tomás.

La sonrisa que me habían provocado sus recuerdos se agrandó, y se la regalé a ella, que me miraba con sus negros ojos humedecidos por las lágrimas. Me levanté y agarré su mano. Mi traje militar, que era la ropa obligada para el paseo, contrastaba con su elegancia. Ya no le importaba que la vieran con un soldado, o al menos en aquel momento.

—Te esperé ayer toda la tarde...

—Conozco a mi madre, y sé que no quiere que nos veamos. —Sabía lo que estaba diciéndome—. En estos días he preferido hacerle creer que ya no me importas.

—Espero tus cartas todas las semanas.... y al verte ahora...
—Yo también te echo de menos, Tomás.
Apreté su mano y la atraje hacía mi. Volví a sentir sus labios, y aquella sensación me reconfortaba tanto como su mirada. Estaba a su lado, viendo cómo me hablaba, cómo ponía atención a lo que le contaba y cómo el trato que me daba era el que no había recibido jamás.
—¿Tu familia? —Estaba en su derecho de hacerme esa pregunta; en las cartas poco le había contado de los míos—. Porque tienes familia...
—Pues claro que tengo. —Desabroché mi guerrera antes de continuar con la respuesta—. Mis padres viven en el pueblo, junto a mi hermana, que tiene dos añitos.
—¿Cómo se llama?
—María, como mi madre. —Antes de continuar la mire, quería ver su reacción—. También tengo un hermano, Joaquín: lo mataron al acabar la guerra.
—Lo siento. —Pasó su mano por mi cara para secarme una lágrima que brotó al nombrarle.
—Solo mi primo y yo sabemos donde está enterrado. —Le conté el secreto que tenía con Cefe—. Mis padres piensan que está enterrado en Badajoz, porque eso fue lo que les dijeron. Pero mi primo vio cómo lo mataron de un tiro, en un lugar a las afueras del pueblo. Esa era la paz honrosa que predicó Franco al terminar la guerra.
Sus ojos brillantes indicaron que mi pena era su pena. Entonces fue ella la que apretó mi mano con fuerza para mostrarme sus labios y que la besara tras un seto, al resguardo de las miradas de los escasos paseantes en aquel día frío. Su boca, temblorosa y húmeda, se separaba de la mía para volver a repetir con más pasión. Aquella tarde no era como lo había soñado: fue mucho mejor. Su fino reloj de pulsera, en el que las horas las marcaban diminutos números romanos, anunciaban que la tarde tocaba a su fin, y que Teresa debía regresar a su casa del patio de geranios. Se levantó, colocándose el bolso tal como lo llevaba cuando me sorprendió con su presencia; sujeto con las dos manos. Me puse frente a ella, abrochándome la guerrera con celeridad, para despedirnos como ella quisiera. No hubo beso, tal como yo esperaba, y me quedé observando su andar estilado y elegante. Cuando ya nos habíamos separado quince metros se volvió para despedirse.
—Adiós, *chacho...*
Su despedida reafirmó las palabras de mi buen amigo Rufino: estaba «por ella hasta las *trancas*».

Capítulo XVIII

Apenas quedaban dos meses para la Navidad de 1942. Seguramente sería mi último invierno en Algeciras. Para el comienzo de la primavera se cumplirían los tres años de servicio a la patria, por lo que sería el final de mi condena. Estaba deseando que llegara el permiso: vería a Teresa y después a los míos; el tema de la licencia no quería pensarlo. Los deseos se encontraban: por un lado deseaba que se terminara todo, pero ese final supondría que ya no vería más a la muchacha que me había cautivado. Tenía miedo a que la distancia lo borrara todo, y de que Teresa se olvidara de mí.

Las cartas seguían llegando, pero ya no me producía miedo abrirlas y encontrarme con malas noticias referentes a mi padre y su adicción a la bebida. Todo iba mejor, y así me lo hacían saber ellos en sus cartas. Teresa no dejaba de escribirme; podía recibir hasta tres cartas de ella de una sola vez. El contenido no difería mucho una de otra, pero para mí eran diferentes. El soldado encargado de la correspondencia me decía que era de los que más cartas recibía de todo el cuartel. Cuando me veía con mi carretón por el patio, se ponía la palma de la mano a escasa distancia de sus ojos, y yo ya sabía que tenía correspondencia. Me acercaba con premura a la estafeta para recoger las cartas que me levantaban el ánimo.

—Hoy tienes más de lo normal. —El cartero me acercó un taco con nueve cartas.

Quedé sorprendido por el exceso de correspondencia y salí del edificio, mirando los remites. Tan solo había dos sobres que no lo tenían; eran los de Teresa. Los otros eran de Cefe, de Juan, de Miguelín y de Tina. Todos me escribían dos, excepto mi amigo el ventero, que escribió una; me sorprendía que no hubiera ninguna de mi padre. Me senté en la cama y escogí una al azar: Era de Miguelín. Me reservé, como solía hacer siempre, las de Teresa para el final. El querido primo fue seguido de un sinfín de rodeos para decirme que tenía que volver. La carta no me aclaraba nada, y abrí otro sobre para deshacer la incertidumbre que me había creado la primera. Era de Cefe, y más escueta que la de su hermano: tan solo me decía que volviera al pueblo. Las de Tina eran iguales. Ya solo me quedaba la de mi amigo el ventero. Me volvió el miedo de abrirla y encontrarme, otra vez, malas noticias. Sabía que Juan, fuera lo que fuera lo que estuviera pasando, me lo contaría. Abrí la carta, con la sospecha de que algo grave ocurría. Juan no dio rodeos como mis primos, para darme la peor noticia que podía recibir y que no esperaba: mi padre había muerto. Empecé a llorar como un niño, no entendiendo qué podía haber pasado, porque Juan, aunque había sido directo en comunicarme la trágica noticia, tampoco dio explicaciones de lo ocurrido. Esta vez no releí las cartas, tan solo me había valido una vez, para saber que todo se había vuelto a derrumbar a mi alrededor, y que la pena y la tristeza volvían a ser mis compañeras. El sonido de la retreta al toque de corneta, que indicaba que había que formar para ir a comer, no cambió mi posición en la cama, con la cabeza hundida en la almohada. Tampoco el aviso de mis compañeros.

—Vamos, extremeño —me avisó Demetrio, antes de percatarse de que estaba llorando—.¿Qué pasa, Tomás?

—Mi padre... ha muerto. —El Toledano me abrazó.

Aquel triste día lo pasé en la cama, ahogándome en mis lágrimas, sin saber qué hacer. Con la impotencia que me daba la lejanía. Mi madre, mi hermana, ¿cómo lo estarían pasando? No me las podía quitar de la cabeza. Mi desgracia se fue propagando entre los soldados, que a medida que se enteraban, se acercaban para darme el pésame. Los toques de corneta se iban sucediendo, uno tras otro, y yo seguía tumbado en la cama. El toque de silencio fue el último, anunciándome que me esperaba una larga noche, porque no sabía si sería capaz de dormir. Mis pensamientos y la pena se comieron el tiempo, y el toque de diana vino rápido, como si aquella noche no hubiera existido, a pesar de mi desvelo. Al levantar la cabeza de la almohada, al primero que vi fue a Antoñito, con sus grandes orejas, coloradas como de costumbre.

—¿Quieres que hable con el sargento? —Antonio quería ayudarme, pero eso era cosa mía.

—Gracias, te lo agradezco, pero iré yo. —Se fue rápido al comedor, la retreta del desayuno ya hacía unos minutos que había sonado.

Fui a los lavabos, me lavé la cara, y al ver mi rostro en el espejo pude comprobar que estaba demacrado: las ojeras rodeaban mis ojos envueltos en lágrimas, tenía barba de dos días, pero no me importaba. Mi preocupación ahora era conseguir un permiso para ir a mi pueblo, para estar con los míos y averiguar cómo había muerto mi padre. Me presenté en el cuerpo de guardia. Rupérez ya estaba al corriente de lo que me había ocurrido. Antes de que le saludara, me tendió la mano para darme el pésame. No me dijo nada por mi aspecto desaliñado, que vulneraba todas las normas del aseo militar.

—Lo siento, Tomás.

—Mi sargento, quería solicitar permiso para poder estar con los míos.

—Veremos lo que se puede hacer. —Sus palabras no invitaban al optimismo—. No te garantizo nada. Tu condición de excombatiente republicano lo complica.

—Pero apenas me quedan cinco meses para cumplir la pena...

—No depende de mí. —No quería darme esperanzas—. Hablaré con mis superiores. Vete tranquilo, Tomás.

Volví al pabellón de soldados para seguir sumergido en mi tristeza y buscar el motivo de la muerte de mi padre. El cuartelero había pasado por alto el desorden que reinaba encima de mi cama deshecha, con las cartas fuera de los sobres, excepto dos, las de Teresa. Decidí abrirlas, pero la ilusión no era la misma. Las cartas de los míos habían empañado todo lo que ella me contaba, que como siempre era grato. Me hablaba de nuestro amor, de la necesidad que tenía de volver a verme y estar conmigo, y también de sus estudios de enfermería. Pero todas aquellas cosas que me decía, que otras veces tanto me gustaba leer, no impedían que me adentrara en la desolación que me había producido la noticia de la muerte de mi padre. Incluso llegué a pensar que lo nuestro no podía llegar a buen fin, que todo terminaría cuando yo tomara camino de mi tierra, y que Teresa había sido un bonito sueño, pero que la realidad me decía que no podía estar a mi alcance. Todo lo relacionado con Teresa comencé a verlo con pesimismo.

Las horas tumbado en la cama se acumulaban, y solo los soldados que se arrimaban para darme ánimos me hacían cambiar de posición.

—Tomás, el sargento me ha dicho que quiere verte. —El aviso me lo dio el permisivo cuartelero.

Me fui al lavabo; esta vez tenía que arreglarme. El sargento tendría que darme la decisión adoptada por los superiores, y para ello mejor presentarme en perfecto estado de revista. Crucé el patio del cuartel, que se encontraba lleno de hojas: nadie las había recogido. Al entrar en el cuerpo de guardia, lo primero que me dijo el sargento era que el coronel quería verme. Me echó un vistazo de arriba abajo, quería comprobar que mi estado de revista era el adecuado para presentarme ante un superior de tan alto rango. Cuando visualizó que todo estaba correcto, mandó al asistente a que me acompañara al despacho del coronel. Me condujo por un largo pasillo, que desembocaba en una puerta de doble hoja. El joven soldado me miraba con respeto; además de que le superaba en edad, había algo que nos distinguía: él sabía que yo era un excombatiente republicano.

—Quédate aquí, que voy a avisar que ya has llegado.

Entró en el despacho y comunicó mi presencia. Desde el interior se escuchó la voz ronca de don Teófilo, que decía: «Que pase, que pase».

—Ya puedes entrar.

Antes de irse, el asistente me hizo el saludo militar; yo se lo devolví. Crucé la puerta para encontrarme con el padre de Teresa. De él dependía que fuera a mi pueblo para estar con los míos en tan duros momentos. Estaba de pie esperándome, y empezó a hacer aspavientos con las manos al ver que me disponía a saludarle como correspondía.

—Déjate de formalismos. —Estrechó mi mano y me dio sus más sentidas condolencias—. Lo siento, Tomás. Ya me ha contado el sargento que ha sido inesperado. —La sencillez del coronel me hacía sentirme cómodo—. Tú me dirás qué puedo hacer por ti.

—Mi coronel, quiero un permiso para ir con los míos —expliqué sin titubear.

Se sentó tras la mesa y buscó algo en uno de sus cajones. Sacó un escrito, y sin leerlo lo firmó, estampando un sello que sonó fuerte y preciso entre las cuatro paredes del despacho. Me lo extendió con decisión.

—Ya lo tenía redactado. Son solo siete días. —Su gesto me dio a entender que no podían ser más—. Cuando vengas ya veremos qué se puede hacer.

—Gracias, mi coronel.

—No me tienes que dar las gracias; esto te corresponde.

Salí del despacho a toda prisa, tenía que llegar cuanto antes a la estación. El escaso tiempo del que disponía para estar con los míos no lo podía desaprovechar en el viaje, ni en despedidas. Debía ser lo más rápido posible.

Capítulo XIX

En Zafra, el frío y el cansancio acumulado del viaje no impedían mis ansias por estar con mi familia en tan duros momentos. Esta vez no atroché por los montes, me fui directo a la carretera en busca de algún medio de transporte que me ayudara a llegar al pueblo. No se hizo esperar, una camioneta paró al ver que hacía gestos con la mano para que se detuviera. El conductor indicó que subiera, su acompañante me abrió la puerta e hizo un hueco para que me acomodara a su lado. Los dos me miraban, parecía que me conocían, en especial el conductor, que no tardó en preguntarme sobre mi identidad.

—¿Eres el hijo de la portuguesa? —Los dos esperaban mi afirmativa respuesta.

—Sí, soy Tomás, quiero ir a la venta de Juan.

—Siento mucho lo de tú padre... Miguelón era buena gente. —El conductor me estrechó su mano derecha, sin quitar la vista de la bacheada carretera.

—¿Le conocía? —mi pregunta fue acompañada del ofrecimiento de un cigarro.

—Pues claro... Los dos estuvimos juntos en el monte cuando la guerra. —Encendió el cigarro que le ofrecí y continuó hablando—. Lo que pasó fue que al ganar los nacionales a tú padre lo encerraron y a mí no.

—¿Por qué?

—Eso pregúntaselo a los que ganaron. —El conductor en ese momento paró la camioneta indicándome que habíamos llegado—. Aquí está la venta.

Me bajé, dando las gracias por el favor que me habían hecho. Pero el conductor, antes de emprender la marcha se dispuso a decirme algo. Me indicó que me acercara a él para que ni su acompañante le oyera.

—A tú padre alguien se la tenía jurada... Suerte.

Sus palabras me crearon más dudas, y me quedé pensativo, viendo cómo la camioneta se alejaba entre las encinas. Me acerqué a la venta, la puerta estaba abierta. Detrás de la barra, atendiendo a unos clientes, estaba Juan, que al verme salió y me abrazó. Los hombres que estaban en la barra comentaban entre ellos mi presencia, sabían quién era.

—Lo siento, Tomás. En cuanto nos enteramos te escribí. —Nos sentamos en una mesa, Micaela salió de la cocina y también me abrazó. Los de la barra miraban con cara de circunstancias; ya no hablaban—. Ha sido una desgracia.

—¿Que ha pasado? —Los gestos y las miradas entre ellos me crearon más confusión—. ¿Alguien me lo quiere explicar?

—Tu padre... Fue Tina quien se lo encontró. —Micaela y Juan callaron por un momento, sus gestos eran de duda, no querían contarme lo ocurrido—. Jaro... tu padre se ha suicidado... Se ha colgado del árbol que hay al pie de la casa.

Me quedé quieto. No sabía reaccionar a lo que había oído. Nadie hablaba, y los clientes abandonaron la venta murmurando. Micaela lloraba, al contrario que yo: las lágrimas no me brotaban, el asombro no me dejaba desahogarme.

—No entiendo qué ha podido pasar... Últimamente estaba bien —aclaró Juan.

—¿Mi madre y mi hermana?

—Tu hermana está bien, tu madre... te puedes imaginar. —Micaela se limpiaba las lágrimas con el delantal.

—María, tu madre, está como ida. —El ventero trataba de explicarme la situación como podía, estaba pasando un mal rato—. Está mal, Tomás...

Las palabras de Juan sobre mi madre fueron las que me sacaron de mi estupor. Tenía que ir a verla; ahora ella era lo importante. Mi padre ya estaba muerto, ya no se podía hacer nada por él. Dejé a mis dos amigos en su casa, compungidos, porque mi dolor era el suyo.

El regato no estaba seco como en verano; aunque aquel triste día no había llovido, llevaba el agua que bajaba del monte. El tímido sol, que apenas asomaba por las nubes que se lo impedían, intentaba dar claridad a la tarde. Al llegar a la casa, no pude evitar mirar la encina. A sus pies todavía estaba la soga, enroscada sin orden, como utensilio ejecutor que ya no servía. La puerta estaba entreabierta, crucé, y la figura de mi madre con mi hermana en brazos era desoladora. Peinaba a María pausadamente, con su mirada perdida, mientras tarareaba una canción en portugués. La besé a la vez que mi hermana me tendía sus brazos para que la cogiera. Buscaba el cariño que mi madre había dejado de darle.

—Madre, soy Tomás. —Mis palabras provocaron que me mirara con unos ojos que ya estaban secos de lágrimas.

No conseguí respuesta, tan solo una mirada apenada, que le brotaba de lo más hondo, y que acompasaba a la canción que no dejaba de cantar. El castañetear de dientes de mi hermana María me alertó de que la lumbre estaba apagada. Busqué leña en el cobertizo de la entrada, rápido encendí el fuego, tenía que lograr que las dos entraran en calor. Al rato, cuando ya había conseguido que la sala se caldeara, rebusqué en la alacena algo de comida. Tan solo encontré un mendrugo de pan, y con un poco de leche que había en un cántaro preparé unas sopas. La pequeña María las devoró, se impregnó los labios de blanco, que resaltaba con el moreno de su piel. Sonreía, volvía a encontrar la alegría que últimamente le faltaba. Mi madre seguía con su canturreo, con los ojos más alegres, pero su mirada continuaba perdida. No quería comer, mis palabras de ánimo no le hicieron reaccionar.

—Madre, tiene que comer.

Me volvió a mirar, esgrimía una sonrisa forzada, para luego volver a fijar sus ojos en la nada. Pensé que no me había reconocido y la tristeza me inundó. ¿Cómo podía ser que mi madre, que había sido la que intentaba levantar siempre a mi padre, estuviera en esta situación? La niña dormía, las sopas de leche le habían sentado bien, apenas debió de comer desde la muerte de nuestro padre. Seguramente que había estado a merced de los cuidados de Tina, porque mi madre no estaba en sus cabales. La acosté, y su cara de inocencia fue lo único que me sacó una sonrisa en aquella situación tan dura. Me senté frente a mi madre. Mis intentos con la cuchara para que comiera fueron en vano y desistí. La noche se echó encima y mi cansancio se transformó en un sueño tan profundo que me trajeron las imágenes de mi padre y mi hermano Joaquín. En mis sueños los vi juntos, felices, con la sonrisa que nos imperaba antes de la guerra, y que desde entonces no había vuelto a ver. Al despertar, vi a mi madre con la cabeza apoyada en sus brazos sobre la mesa; estaba dormida. Procuré levantarme sin hacer ruido, para no despertarlas, y reavivar la lumbre. El chascar de las finas ramas al calentarse y el silencio de la madrugada me devolvieron a la realidad y me alejaron de mi confortable sueño.

—Tomás... ¿ha vuelto tú padre? —Mi madre se despertó, pero seguía sumergida en su irrealidad.

—Madre, padre ya no está con nosotros.

Volvieron las lágrimas a sus ojos: mi respuesta la devolvió a la realidad. Una realidad que no quería ver, que era tan cierta como su dolor, y tan verdadera como mi preocupación por el futuro de ella y mi hermana, porque yo en breve tendría que volver a Algeciras.

—Hijo... no puedo con tanto sufrimiento. —Su lucidez apareció en su mirada, que ya no era perdida.

La abracé y le mesé el pelo que en otro tiempo había sido negro. No me atreví a preguntarle qué es lo que había pasado. Prefería que llegara el día y acercarme por la choza de mi tía Benita para que fuera ella quien me contara lo ocurrido.

Crucé el pueblo, no pasando inadvertido a mis paisanos, que me miraban y a su vez comentaban mi presencia. Llamé a la puerta, que abrió Benito. Su sonrisa se engrandeció al verme, y se volvió para avisar a su madre y hermanos de que había llegado.

—¡Es el primo!

Los pequeños se abalanzaron sobre mí para agasajarme con sus abrazos y besos. La tía, cuando ya me había desembarazado de mis primos, abrió sus brazos para recibirme. Tenía muchas cosas que contarme.

—Todo ha sido tan extraño... Nadie nos lo esperábamos. —Se sentó, y me ofreció una silla para que yo hiciera lo mismo—. Ahora se encontraba bien... ¿por qué?

—Mi madre está mal, yo me tengo que ir... —mi preocupación había pasado a ser mi madre y mi hermana—. Ayúdales hasta que yo venga.

—No te preocupes, nosotros estamos para lo que haga falta. —Miró a sus pequeños, que afirmaron con la cabeza, en especial Tina, que estaba muy comprometida con María.

Conforme con la promesa de la tía Benita de que ella y los suyos ayudarían a mi madre hasta que yo volviera, me fui con Cefe a sacar el rebaño a pastorear. No había mejor excusa, antes de subir al monte, para que el pequeño cabrero me llevara al cementerio y me dijera dónde estaba enterrado mi padre. No hizo falta decirle lo que yo esperaba de él y tomó camino del campo santo con la seguridad que yo le aportaba. Me señaló dónde estaba mi padre. La tierra removida recientemente contrastaba con la pequeña tumba de Anita. Estaban juntos, pegados a la tapia, en el rincón donde se enterraban a los despreciados del pueblo, al otro lado, donde se encontraban las fosas con los rojos fusilados al acabar la guerra. Una piedra con su nombre —Miguel Martín— escrito con tiza, con la letra inconfundible de Miguelín, indicaba que ese era el lugar donde iba a reposar para siempre. Me arrodillé para coger un puñado de la tierra que le daba sepultura y meterla en el zurrón, que Cefe me abrió con complicidad, porque sabía mis intenciones, esparcirla en la tumba secreta de mi hermano Joaquín. Sin decir nada, sin lágrimas, sin maldecir nuestra suerte y con paso firme, perseguidos por el rebaño, que con sus campanillas adornaban nuestro propósito, fuimos camino del nacedero del arroyo chico. Al llegar, con la mirada expectante de mi primo para imitarme en lo que yo hiciera, aparté las ramas y a continuación cogí dos puñados de arena del zurrón. Clavé mis puños en la tierra, como solía hacer, y abrí mis dedos como pude, para depositar la tierra lo más cerca del cuerpo de Joaquín. Cefe hizo lo mismo. Nos miramos y, entonces sí, lloramos y maldecimos nuestra suerte.

Capítulo XX

Los pocos pero intensos días que pasé con los míos me transmitieron la necesidad de volver cuanto antes. No podía dejarlas solas, porque mi madre empeoraba por momentos; se le estaba yendo la cabeza. Mi tía hacía lo que podía, pero ella ya tenía bastante con mantener a los suyos; aunque Tina se encargara de mi hermana María, no era suficiente. Las cartas seguían llegando, y con ellas las malas noticias. Las cartas de Teresa era lo único que me levantaba el ánimo, aunque yo en mis respuestas no le había contado toda la verdad sobre la muerte de mi padre; le dije que había sido de manera natural. La hija del coronel estaba por llegar en breve para pasar las navidades con los suyos, y eso me alegraba. Quería contarle mis penas y desahogarme con ella.

Mi monótono trabajo, en el que un carretón, una pala y una escoba, eran mis tres únicos compañeros, se vio alterado cuando estando quemando la basura en el vertedero vi subir un coche oficial hacía la casa del coronel. Tuve la sensación cierta de que en ese coche llegaba Teresa. La noticia se hizo esperar hasta mediodía, cuando me encontré con Demetrio y Antoñito en el comedor.

—Alegra esa cara —el grandullón de Toledo me dio una fuerte palmada en la espalda—, que ya ha llegado la cosa más bonita de Algeciras.

—Me.. .me ha di... dicho, que... que... te diga que vayas a casa de la... la... co... co... cinera. —Antoñito no podía evitar atascarse al hablar, lo que provocaba que en su esfuerzo se pusiera colorado como un tomate.

—¿A qué hora? —Tuve que alzar la voz, porque el jaleo en el comedor iba creciendo a medida que los soldados entraban.

Marcó con sus dedos el número seis para evitar el tener que decírmelo y volver a ponerse nervioso. También eludía que Demetrio se burlara de él cuando tartamudeaba y se le encendían las orejas.

Llegué a la casa de Isabel a las seis en punto, no dejando pasar ni un solo minuto del que pudiera estar con ella. En la puerta, bajo el parral pelado de hojas, estaban los tres hijos de la cocinera. Jugaban a la peonza, y al verme se acercaron a saludarme. Sus vestimentas no eran las adecuadas para evitar el frío aire que soplaba del estrecho. De sus narices colgaban dos velas que paraban en sus labios y que cuando sorbían, subían, para después ir bajando poco a poco.

—¡Te está esperando la señora militar! —anunció el mayor de los tres.

En la sala estaba Teresa, junto a la anfitriona de la casa. Las dos se calentaban bajo una mesa camilla que albergaba un brasero de picón. Isabel se levantó al verme, para darme el pésame y dejarme la silla que estaba al lado de Teresa.

—¿Te apetece una *mizquina* de café? —me ofreció Isabel.

—Sí, gracias —contesté, a la vez que miré a Teresa; ella me devolvió la mirada con una sonrisa—. Rufino... ¿dónde está?

—Ha salido a la mar —contestó Isabel desde la cocina—. Esta noche no vendrá.

—¿Qué tal estás? —preguntó Teresa, que deslizó su mano por el tapete de la mesa para coger la mía.

—Bien, quien me preocupa es mi madre. —Mi respuesta generó un gesto de extrañeza en su rostro.

—¿Qué la pasa?

—Se le está yendo la cabeza.

Teresa estaba atenta, se notaba que se preocupaba por lo que me pasaba. Isabel traía una bandeja con tres tazas humeantes que desprendían un aroma a café como nunca antes yo había olido.

—Lo ha traído la señorita, porque estos lujos aquí no nos los podemos permitir. Ya es bastante comer todos los días —dijo Isabel aclarándome que sus limitaciones económicas no habían cambiado.

—Por favor, Isabel, llámame Teresa. —No le gustaba que la trataran como si fuera superior a los demás.

—Perdona, es la costumbre, ya sabes que tu madre no quiere que os tuteemos —objetó, mientras servía la leche, percatándose de que nuestros rostros estaban serios—. Pero bueno, estas caras... ¿a qué vienen?

—La madre de Tomás... —Teresa calló para que fuera yo quién le explicara a Isabel lo que había ocurrido.

Empecé a desahogarme, a narrar lo sucedido, sintiéndome complacido por cómo aquellas dos mujeres escuchaban mis penas, sin interrumpirme. Mis lágrimas se hicieron también de Teresa, cuando aclaré que la muerte de mi padre no había sido de forma natural, sino que se había suicidado. Qué algo le atormentaba en su cabeza para que hubiera tomado aquella trágica determinación. Dejé ver que mi estancia en Algeciras no se podía prolongar por mucho tiempo: mi madre y mi hermana me necesitaban.

—¿Dime qué puedo hacer por ti? —Teresa no dudó en ofrecerme su ayuda, aun sabiendo que si me ayudaba me podría perder.

Callamos por un momento, cruzamos nuestras miradas, los tres sabíamos la respuesta.

—Habla con tu padre.

Isabel se levantó, llamando a sus hijos, atrayéndoles con el señuelo de unos caramelos que había traído Teresa para ellos. No se hicieron esperar, llevándoles Isabel dentro de una habitación, y quedándose ella allí, con sus tres pequeños, provocando que Teresa y yo nos quedáramos solos.

—Se que es mucho lo que te estoy pidiendo, pero tengo que ayudarlas.

—Sus lágrimas no cesaban.

—Mi padre es una persona sensata y sabrá entenderlo.

Aparté su largo pelo, que se había pegado en su rostro con las lagrimas. No pude reprimir mi deseo de besarla y noté cómo ella también me deseaba, como si fuera la última vez que iba a sentir mis labios. La mesa camilla no impidió que juntáramos las sillas y sintiéramos nuestros cuerpos cerca. La hora que estuvimos al calor del brasero, demostrándonos nuestro amor, fue fugaz. Teresa miró su fino reloj de pulsera, hizo un gesto de disconformidad, como siempre que estaba conmigo, y veía que el tiempo se consumía de una manera efímera.

—Tomás, tengo que irme, te prometo que se lo diré al coronel. —Teresa se refería a su padre con su rango militar cuando se trataba de un asunto en el que tenía que demostrar su cargo.

—¿Te puedo acompañar? —Quería apurar todo el tiempo posible con ella.

—Sí, pero solo hasta el paseo.

Nos despedimos de Isabel y de los pequeños. La cocinera, apoyada en el quicio de la puerta de entrada, nos observaba satisfecha por ser ella la anfitriona de nuestro amor; de un amor que en un principio se presentaba imposible.

Sin decir nada, nos dimos la mano y caminamos por las calles sin iluminación del humilde barrio pesquero, recreándonos en el paseo como si fuera cualquier tarde de primavera, sin dar importancia al aire que no amainaba, regalándonos miradas cómplices, que Teresa envolvía con su sonrisa. Yo, cada dos, tres pasos, la miraba y me sentía un hombre afortunado por tenerla a mi lado, olvidando por un instante todos los problemas que me acuciaban. Aminoramos el paso, ya estábamos cerca del paseo, donde las farolas alumbraban la noche y donde nuestras figuras se harían visibles a los transeúntes. Nos quedamos quietos, el uno frente al otro, sujetándonos por las manos, esperando quién daba el primer paso de la despedida.

—¿Cuándo te volveré a ver? —Solté sus manos para cogerla por la cintura; ella puso su cabeza en mi pecho.

—No lo sé... —Calló por un momento—. Me gustaría estar siempre contigo... pero no puede ser.

—No pienses en eso... Yo te quiero, y...

Teresa no me dejó terminar. Extendió sus brazos y me abrazó por el cuello para besarme. Sin separar nuestros labios, la conduje a un callejón cercano, donde la oscuridad fue la única testigo de nuestra pasión desatada.

Aquella noche no pude dormir, pensando en que el destino había puesto en mi camino a la persona que había dado sentido a mi vida y que, sin embargo, era la única que me podía ayudar para que yo estuviera con mi madre, a cambio de perderme. Tenía veintidós años, había sobrevivido a una guerra que me había dejado consecuencias imborrables, como la muerte de las personas que más quería. También veía sufrir a los míos, levantarse como podían de las injusticias aplicadas con los perdedores. Todo eso comenzó a sanar gracias a Teresa; ella era el bálsamo que curaba mis heridas, y ahora dependía de que su padre, el coronel, me avalara para que me conmutaran la pena.

Los siguientes días transcurrieron sin noticias de Teresa. Esperaba que Antoñito, al término de su jornada de jardinero, me trajera algún recado. Pero eso no ocurría: el toledano, cuando me veía, tan solo me saludaba con un gesto con la cabeza que me alertaba de que aún no había noticias de Teresa.

La última carta de Juan apremiaba mi necesidad de que el coronel interviniera: mi madre había ingresado en el hospital de Badajoz. La pequeña María, de momento, estaba con la tía Benita, pero el ventero me contaba que el auxilio social y los miembros del movimiento, con don Matías a la cabeza, andaban con la intención de llevarla a un orfanato. Las fechas navideñas se acercaban, y al menos tendría el permiso navideño para comprobar por mí mismo lo que estaba sucediendo.

El 20 de diciembre de 1942, el sargento Rupérez se acercó por el patio donde yo me encontraba desempeñando mi tarea, aunque a estas alturas del año, más que recoger hojas, lo que recogía del suelo eran las colillas que los soldados tiraban. Raro era no ver al sargento con cara de pocos amigos. Pero esta vez la sonrisa que se escondía detrás de su poblado mostacho indicaba que había dejado aparcado su serio semblante castrense.

—Buenos días, extremeño.

—Igualmente tenga usted, mi sargento. —Me cuadré, y con ironía me llevé la palma de la mano a la sien; con la otra sujetaba la escoba como si fuera un fusil.

—¡Descansa! —ordenó, a la vez que echaba un vistazo dentro del carretón—. Pocas hojas has recogido hoy.

Se paseó a mi alrededor, con las manos atrás, sin desprenderse de la sonrisa que raras veces lucía. Me tenía intrigado, porque no terminaba de decir lo que quería.

—Y ahora, ¿qué has hecho? —decidió hablar—. Es muy raro que el coronel quiera hablar contigo.

No contesté, al menos ya sabía que Teresa había cumplido su promesa.

—Anda, sube a su despacho, que te está esperando. —El sargento no entendía lo que pasaba, aunque por su sonrisa sospechaba que era bueno—. Lávate un poco antes de subir a verle, que estás hecho un Adán.

No había terminado de levantar la palma de mi mano para dar por acatada la orden cuando ya estaba corriendo hacia el despacho de don Teófilo; no hice caso a la advertencia del sargento de que me aseara. A la puerta, su asistente, un cabo espigado de labio inferior caído, que me miró solo un instante tras sus gafas redondas. El soldado pensaba que me había despistado y que estaba perdido.

—Este no es el pabellón de tropa. —No levantó la mirada del periódico que tenía extendido en su mesa.

—El coronel quiere verme —apoyé mis manos en la mesa, mirando su cara de asombro.

—¿Cómo te llamas?

—Soldado Tomás Martín da Silva.

El espigado cabo cerró el periódico y se levantó, entrando en el despacho de don Teófilo sin quitarme la vista de encima. No había transcurrido medio minuto cuando salió para darme permiso para que entrara. El coronel estaba de pie, al lado de la bandera de España; en la pared, un crucifijo; los retratos de José Antonio y Franco no colgaban por ningún lado. No me extrañó.

—Pasa, Tomás, y ahórrate el saludo. —El coronel fue directo. Teresa le habría informado de la importancia de que yo volviera con mi madre—. Este sobre es para ti.

Lo abrí, ante su atenta mirada. En su interior estaba mi licencia: se daba por concluido mi servicio militar, que se acortaba en cuatro meses, por buen comportamiento y arrepentimiento declarado de haber servido a la República. Resumido, eso era lo que ponía en una cuartilla oficial, sellada con el símbolo franquista y firmada por don Teófilo. La alegría me embargó, y no pude contener mis lágrimas. Por fin me iba a desembarazar del lastre de cumplir el servicio militar que me tenía apartado de los míos y de sus problemas. El coronel me miraba satisfecho de haber cumplido con el deseo de su hija. No sabía si darle las gracias, hacerle el saludo militar o salir de allí corriendo.

—Espero que puedas ayudar a tu madre.

Con su comentario dejó claro que su hija le había puesto al corriente de mi situación.

—Gracias, mi coronel. —Estreché su mano, dejando a un lado los formalismos militares—. Necesito volver con mi gente... Me necesitan.

—Desde este momento eres un civil más, puedes ir a la furrielería, entrega la ropa y tus pertenencias militares. —Don Teófilo me miraba con cara bondadosa—. ¡Ah!, no se te olvide ir esta tarde a despedirte de tus amistades, porque estoy seguro de que las tienes.

Entonces fue cuando me cuadré, me llevé la punta de los dedos a la sien, miré al techo del despacho y coloqué mis pies, dando un taconazo como nunca antes lo había hecho. El padre de Teresa se lo merecía. Salí al patio, coloqué la escoba dentro del carretón y lo llevé a toda prisa al cuarto de basuras, ante la mirada de los soldados que andaban por el cuartel. Me miraban extrañados por mi alegría, porque sabían que en aquellos momentos no tenía motivos. Las órdenes que me dio el coronel aquella mañana son las que mejor acaté desde febrero de 1938, cuando pasé a formar parte del ejército de la República.

Me quité la ropa militar, tal como me había ordenado el coronel, y me vestí con la misma vestimenta que me acompañaba desde que salí de El Mogote; lo único que tenía distinto era la chaqueta de mi hermano Joaquín. Escasa y vieja indumentaria para ir a despedirme de las amistades, tal como me había ordenado el coronel. Pero daba igual la vestimenta, sabía que el coronel me quiso decir que su hija estaría en casa de Isabel esperándome, y eso era lo que quería y esperaba desde hacía días. Los soldados, al verme vestido de paisano, se acercaban a despedirse; Antoñito y Demetrio fueron los primeros.

—¿Pero tú no te licenciabas en primavera? —indagó Demetrio, abriendo sus grandes brazos para apretujarme contra su pecho—. Cómo se nota que tienes enchufe.

—Me me... ale... le... gro por ti, To... to... más. —El chaval de las grandes orejas también me dio la enhorabuena y algo más—. A las se... se... is. —Marcó sus dedos y se echó a reír a la vez que su paisano.

Al bajar por el paseo, en busca de la cita en casa de Isabel, me paré ante el banco donde había estado sentado con Teresa la primera vez que nos hablamos. Los recuerdos se me agolparon y me sacaron una sonrisa. ¿Cómo se me había ocurrido llamarla *chacha*?, pensé. La tarde era mejor que la última vez que la vi, pero solo por el hecho de que el aire no soplaba, porque el frío en el invierno gaditano continuaba. Llegué a las primeras viviendas del barrio pesquero, y al doblar la primera esquina, para enfilar hacia la casa de Isabel, me encontré a Teresa. Estaba esperándome; me había vuelto a sorprender. Su elegancia realzaba su belleza. Los dos acortamos la escasa distancia que nos separaba, para juntarnos en mitad de la calle. Nos miramos, sabíamos que probablemente sería la última vez que nos viéramos. La cogí de la mano y empezamos a caminar. Pasaron varios minutos hasta que fue ella la que rompió el silencio.

—Sabía que mi padre lo entendería.

—¿Y tú? ¿Tú lo entiendes? —Paré, esperando una respuesta.

—Tomás, tarde o temprano te tendrás que marchar, y mejor que sea ahora que tu madre te necesita.

—Pero tú... nosotros... —Me atormentaba la idea de no volverla a ver—. Me gustaría estar siempre a tu lado, Teresa.

—Te seguiré escribiendo, y el tiempo... Dios dirá.

Continuamos andando, a la vez que creamos otro vacío sin decir nada.

Pasamos delante de la casa de Isabel. No entramos. Decidimos estar solos, y no abusar de la hospitalidad de la cocinera. Continuamos nuestro paseo por el barrio pesquero, donde las miradas de los lugareños eran discretas y la gente no reparaba en los transeúntes, aunque era bastante difícil pasar inadvertidos, paseando de la mano de Teresa.

—Mi madre está peor. —Fui yo quien rompió el silencio—. Está en el hospital de Badajoz.

—Seguro que pronto se pondrá bien. —Con su voz suave trataba de tranquilizarme.

—No, mi madre no podrá superar la muerte de mi padre, de Joaquín...

Teresa me miró con sus ojos más tranquilizadores, se llevó el dedo índice a sus labios, para que callara. Nos besamos, y sentí que volvía a ser el hombre más afortunado del mundo por tenerla.

—Vete a cuidar de tu madre. —Apenas separó sus labios de los míos—. Yo te esperaré.

Capítulo XXI

El momento de la despedida me acompañó durante todo el viaje. La hija del coronel me había regalado los mejores momentos de mi vida y no podía quitármela de la cabeza. Tan solo la preocupación que me generaba mi madre iba entrando en mi mente poco a poco, para ir pugnando con los recuerdos tan placenteros que me había dejado Teresa. Entre las encinas y alcornoques, vi el humo de la venta; ya estaba en mi pueblo, y esta vez era para quedarme, para no volver más por Algeciras y probablemente no volver a ver a Teresa.

La puerta estaba cerrada. Golpeé la aldaba una vez, y al no encontrar respuesta di dos golpes seguidos. El, «*¡ya va, ya va!*» de Micaela no se hizo esperar. La gruesa mujer de Juan, al verme, se abalanzó sobre mí para rodearme con sus carnosos brazos.

—¡Juan, es Tomás! —gritaba loca de contenta—. ¡Y viene para quedarse!

Entramos en la venta, agarrados. El ventero estaba acarreando leña, que la amontonaba con orden, apoyándola en la pared, al lado de la chimenea. Soltó los tarugos para recibirme con la misma alegría que había mostrado siempre que yo volvía. Pero aquella vez era diferente, no hacía falta que Micaela le dijera que ya había acabado el servicio militar: él sabía que al no ir vestido de soldado ya me había licenciado, lo que le alegró más si cabe.

—¡*Chacho*, que alegría me da verte!

Los kilos que había ganado su mujer los había perdido él: estaba más delgado.

—Yo también me alegro de veros. —Solté un pequeño hatillo donde llevaba mis escasas pertenencias y abracé a mi amigo—. Estás más *chupaíno*. ¿No comes o qué?

—*Pos* cómo no voy a *comé*. Lo que pasa es que estoy *tol* día *paí*, trabajando como un mulo. La venta no da *pa* mucho... Apenas entra gente...

La amena conversación, con la frasca de vino y los vasos, que la ventera nos había servido, esta vez acompañados de unas aceitunas que ella misma había preparado, y que me ofreció con orgullo, no enmascaraban mis propósitos de saber cuál era la situación de mi madre y mi hermana.

—¿Te gustan las olivas? —Micaela se deshacía en atenciones; se notaba que quería complacerme antes de que Juan me contara lo que estaba pasando—. Son de verdeo, yo misma las he *machao*.

—¿Qué ha pasado con mi madre? —Solté el humo de mi primera calada del cigarro que acababa de encenderme. Juan esgrimió una leve sonrisa; esperaba mi pregunta.

—Tomás... qué quieres que te diga. —El ventero dudaba en contarme lo sucedido—. Se le fue la cabeza... Está en el psiquiátrico de Badajoz. La muerte de tu padre la ha arrastrado a esta situación.

Micaela aprovechó que el pequeño Tomasín lloraba para dejarnos solos y que fuera su marido el encargado de contarme lo sucedido con mi madre. Yo conocía a Juan, y sabía que no me había contado toda la verdad en las cartas. Él siempre, como ya había ocurrido con la muerte de mi padre, me contaba las verdades a medias.

—¿Mi hermana?

—En un principio estuvo con tu tía, pero luego intervino doña Julia y la convenció para que la llevaran a un orfanato, también en Badajoz.

Juan me miraba esperando mi reacción ante la nueva situación que se me presentaba. Yo no sabía cómo digerir lo que acontecía, y trataba de agarrarme a los recuerdos de lo vivido con Teresa. Pero tan bonitos momentos eran pasado. Otra vez todo volvía a derrumbarse a mi alrededor, y el momento tan esperado de estar con los míos no solamente iba a ser para ayudarlos, sino también para recuperar una familia que las injustas y trágicas circunstancias habían roto. Necesitaba ir a ver a la tía Benita, a Cefe; ellos podrían aclararme más lo que pasaba. Salí de la venta, con el ofrecimiento de mis amigos, de que allí tenía un lugar donde vivir hasta que yo pudiera reanudar mi vida, una vida que tendría que volver a reconstruir.

Era mediodía, la víspera de navidad de 1942, cuando llegué a la choza de la tía Benita. Se encontraba fregando los cacharros; acababan de comer y Tina la ayudaba. Las dos soltaron lo que estaban haciendo para venir a agarrarme. Esta vez no hubo alegría en el recibimiento, pero sí los besos cariñosos y reconfortantes de la tía, que entre lágrimas y sollozos me expresaba la situación por la que estaban pasando. Tina estaba triste, sus ojos brillantes así lo declaraban. Se había quedado sin su prima, sin su hermana; ya no tenía que ir a cuidar de María.

—¿Los demás?

—Cuidando las cabras los dos mayores, y Benito ha ido al pueblo de al lado a llevar unos quesos. —La tía Benita, al hablar de sus hijos, por un momento mostró una sonrisa; estaba orgullosa de que la ayudaran, tal como le hubiera gustado a su padre.

—Cuéntame qué ha pasado con mi madre y mi hermana.

Empezó a narrarme cómo mi madre había sido trasladada al psiquiátrico, sin oposición alguna. No estaba en condiciones de oponerse a las decisiones de los demás, porque los momentos de lucidez ya no existían para ella. Fue doña Julia, junto con su padre, los que se encargaron de hablar con un médico conocido suyo para que la viera y decidiera lo que se podía hacer. El propio médico, requerido el favor por don Fidel, la trasladó en su coche al hospital. No sabía en qué mundo vivía: había perdido la noción del tiempo. Tan solo hablaba en portugués y de vez en cuando preguntaba que cuándo iba a venir Miguelón, mi padre. La tía Benita estaba desconsolada, tenía la impotencia de no haber podido ayudar a su cuñada, la que tanto la consoló cuando perdió a su marido, mi tío Ceferino. Todo lo acontecido desembocó en que mi hermana se quedara sola, aunque mi tía quisiera quedarse con ella. Pero otra vez doña Julia, esta vez extrañamente apoyada por su marido don Matías, fue la que puso en conocimiento del auxilio social la orfandad de la pequeña.

—María no me soltaba cuando vinieron aquellas dos mujeres tan *estirás* a por ella. Las acompañaba don Matías —intervino Tina para explicar cuando se la llevaron—. ¡*Tata, tata*, no dejes que me lleven, yo no quiero ir! Chillaba, sin dejar de llorar, mientras la introducían en el coche de don Matías.

—¿Don Matías? —pregunté, mientras mi prima se encogía de hombros y miraba a su madre.

—¡Valiente canalla! —apostilló la tía Benita, poniendo los brazos en jarras, para desatar por su boca todo el odio que le tenía—. ¡Si me valiera... ese cabrón se iba a enterar!

Tía Benita no podía disimular el odio que tenía a don Matías, y a todos los que le rodeaban, en especial al facha: Pepe Gómez. Aquella misma tarde, contagiado por el rencor de mi tía y por la necesidad de averiguar las intenciones de don Matías por ayudar a mi hermana, fui a la finca de El Canchalejo. Las últimas lluvias habían barrido el camino y lo hacían intransitable, tan solo las rodadas de coche marcaban la senda para llegar a la casona. En la puerta estaba el Hispano-Suiza del marido de doña Julia, lo que indicaba que era probable que él también estuviera. Hacia mí vino como la otra vez el guardés. El hombre enseguida me reconoció, no me preguntó qué quería, me invitó a subir las escaleras que daban a la puerta de acceso a la casa.

—Don Fidel me dijo que usted siempre es bien recibido en esta casa. —El guardés dobló su sombrero de ala en sus manos—. Para mí lo que diga el señor son órdenes.

—Gracias.

El hombre se colocó el sombrero, que al desdoblarse surgió la pluma de faisán como si tuviera un muelle. Me quedé observándolo por un instante, viendo cómo bajaba las escaleras, y antes de golpear la aldaba le requerí: tenía que hacerle una pregunta.

—¡Perdóneme!

Se giró, con la actitud de un buen sirviente.

—Dígame usted.

—Don Matías... ¿también dice que soy bien recibido? —El guardés calló, miró al suelo, pensando la respuesta adecuada para no poner en peligro su trabajo. Levantó la cabeza y mostró una sonrisa servil, antes de contestar, que dejaba al descubierto sus escasos dientes.

—El señorito... Bueno, eso es harina de otro costal... Buenas tardes tenga usted.

Se fue con paso apresurado, huyendo de mi pregunta comprometida, por el camino que llevaba a la entrada.

Tras el golpeo a la puerta, esta se abrió. Me recibió una muchacha menuda, ataviada con un uniforme azul marino, con un delantal blanco ceñido a su pequeña cintura, tocada con una cofia del mismo color. No debía de tener más de trece años.

—¿Qué deseaba? —preguntó con voz aniñada, que estaba en consonancia con su corta edad.

—Vengo a ver a don Fidel —informé, mientras se escuchaban los pasos de alguien que se acercaba.

—Ya me encargo yo. Te puedes retirar. —Los pasos que escuché eran los de don Matías—. Pero si es Tomás. ¿Qué querías? —Su manera hipócrita de hablar era la misma, no había cambiado.

—Ver a don Fidel.

—Escúchame, ya te dije una vez que no quiero verte por aquí. Siento mucho lo de tu familia, pero ya está... Bastante hemos hecho. —Intentó cerrar la puerta, pero yo se lo impedí, poniendo el pie entre la hoja y el marco. Se sorprendió—. ¿Cómo te atreves?

—He venido a dar las gracias a don Fidel y a su hija. —Nos separaba la abertura que yo provocaba con mi zapato. Nunca había tenido su cara tan cerca; nos echábamos el aliento—. Solo quiero saber donde están mi madre y mi hermana; creo que tengo derecho a saberlo.

El ruido del bastón de don Fidel indicó su llegada. Don Matías se giró, y al ver que estaba su suegro tras él, abrió la puerta.

—Pasa, pasa, Jaro. —Su tono amable y campechano no había cambiado. Don Matías soltó la puerta y se fue, sin cruzar palabra con su suegro. La relación entre los dos estaba igual, era nula—. Me imagino que vienes a preguntar por tu madre y tu hermana.

—Así es, don Fidel. —La pequeña criada estaba a mi lado, tendiendo las manos para que me despojara de mi abrigo y llevarlo a la percha—. ¿Su hija?

—En las cocinas, supervisando los preparativos de la cena de Navidad. —Me echó el brazo por encima; aunque por afecto, también porque su edad le hacía estar torpe y necesitaba apoyarse—. Avisa a la señora de que está aquí el hijo de María —ordenó a la criada.

Entramos en el salón, en el que destacaban sus muebles isabelinos que a mí tanto me gustaban y que no hacía mucho mi madre limpiaba. Don Fidel, con exquisita educación, me invitó a sentarme. Don Matías estaba en un rincón del amplio salón. Se encendía un cigarrillo, que lo sostenía con los labios a través de una larga boquilla, queriendo pasar desapercibido, pero controlando nuestra situación por el espejo del aparador que tenía enfrente.

—No te preocupes por tu madre, está en buenas manos. —Trataba de tranquilizarme—. Hicimos lo mejor para ella, no podía estar sola... en aquella casa... todo el día pensando en tu padre.

—¿Se pondrá bien? —De vez en cuando, miraba a don Matías, que seguía atento a nuestra conversación.

—Mi amigo el doctor Marín dice que es una enajenación mental transitoria —señaló con la mano hacia el largo pasillo, indicando que venía su hija—. Asegura que con cuidados y tratamiento se curará, y no me cabe duda, es un buen doctor.

Me levanté para saludar a doña Julia. Ella sugirió que no me levantara, dándome dos besos, que me cogieron entre mi asiento y la posición de rígido. Continuaba siendo la mujer poco agraciada de cara y de físico. Por mucho que se cuidara, y que intentara realzarse con pinturas y cremas, estaba claro que su belleza física no estaba a la altura de su bondad y su corazón.

—¿Has terminado el servicio militar? —preguntó la mujer de don Matías. Este continuaba apurando su cigarro frente al aparador—. Ya te habrá contado mi padre lo de tu madre... una pena.

—Yo quisiera saber por qué mi hermana ha sido ingresada en un orfanato. —Don Matías, ante mi pregunta, se revolvió, dejando de mirarnos a través del espejo—. Podía quedarse con mi tía; ella así lo quería.

—Fue cosa del auxilio social, Tomás, estaba desamparada. —Doña Julia miró a su padre, que movió la cabeza en un gesto de desacuerdo con su hija—. Benita bastante tiene con los suyos.

—Mi hermana es parte de los suyos.

La contestación que di a doña Julia no debió de gustar a su marido, que abandonó el aparador, para acercarse con pasos pausados, sosteniendo la larga pipa entre la punta de sus dedos anular e índice y con el brazo izquierdo pegado al lateral de su cuerpo. Mirándonos a su mujer y a mí, pero ignorando a su suegro.

—Enteraros de que en la España de Franco se da auxilio a cualquiera que lo necesite. —El tono de voz de don Matías aumentaba por momentos—. Que no se va a permitir que nadie pase hambre o que tenga que mendigar. Que esto no es esa mierda del auxilio rojo que inventó la República para beneficiar solo a los suyos. —Su rostro estaba desencajado, con los ojos fuera de órbita—. ¡No permitiremos que en España vuelva a mandar la chusma!

—No me importa su España, ni la República, ni los auxilios que solo valen para justificar las injusticias que cometen los gobiernos de turno. —Mis palabras le encorajinaron aún más, su rostro continuaba desfigurado—. Yo solo quiero recuperar lo que queda de mi familia. —Me levanté para irme, satisfecho de expresar lo que pensaba—. Ustedes no tenían que haber decidido lo que era mejor para mi hermana. Eso lo decido yo.

La pequeña criada trajo mi chaquetón, lo sostenía en sus brazos temblorosos, estaba asustada.

—Te lo dije, no le tenías que haber hecho caso —manifestó don Fidel a su hija, refiriéndose a su marido.

La mirada que lanzó don Fidel a su yerno fue acusadora. Doña Julia miraba a los dos con cara de pánico; le atormentaba que su padre y su marido discutieran.

—¡Estos son igual que usted, unos desagradecidos! —Don Matías miró por primera vez a su suegro desde que llegué, para reprocharle el trato que nos dispensaba.

—Yo a ti no te tengo que agradecer nada —respondió don Fidel—. ¡Tú a mí bastante!

—¡Le limpié la finca de vagos y rojos! ¿Ese es su agradecimiento?

—¡Vagos!... ¿Dices vagos? —Don Fidel estaba fuera de sitio, y sacudió con su bastón la mesa, provocando que se tumbaran varios retratos que la adornaban—. Cómo te atreves a llamar vagos a los jornaleros... ¡Tú, el mayor holgazán que he conocido!

Doña Julia continuaba horrorizada por las acusaciones que se estaban lanzando el uno contra el otro. No se hablaban, pero cuando lo hacían era para discutir. Ella sufría, sabía que su padre tenía razón. Don Fidel la había enseñado desde pequeña la manera de tratar a los jornaleros, y así le iba bien, haciendo de El Canchalejo una de las mejores fincas de la comarca. Todo el mundo quería trabajar en aquella finca: el trato que se les daba era diferente, aunque con la presencia de don Matías solo la necesidad no les alejaba de allí. Los métodos que usaba distaban de ser los de su suegro. Estaba seguro de que la cena de Navidad, en casa de don Fidel, no iba a ser de lo más amena. Yo había dicho lo que pensaba, y tenía la gratificante sensación de haber empezado a defender lo mío. Cuando me disponía a cruzar la puerta de la finca, el guardés me llamó. Traía un saco.

—Esto me lo han dado los señores para usted. —El guardés estaba sofocado por el esfuerzo realizado por darme alcance con el saco a la espalda—. Me han dicho que le diga que lo disfrute con sus primos. —En el interior del saco había un enorme pavo—. ¡Ah!, y que le dé este papel.

El gentil sirviente se alejó, no sin antes desearme feliz Navidad. Desdoblé el papel: eran las señas del convento de monjas donde estaba internada María. Me eché el saco a la espalda y cogí el camino que me llevara a la choza de la tía Benita. No iba a dar tiempo de comerlo aquella noche, pero solo con ver las caras de alegría que pondrían mis primos merecía la pena. Y así fue, cuando entré por la puerta se arremolinaron alrededor del saco, que no tardaron en desatar para averiguar lo que había en su interior. Cefe introdujo la mano, y solamente con tocarlo con sus dedos sabía lo que era. Lo cogió del pescuezo, para dejarlo expuesto ante sus hermanos, que miraban al degollado animal con los ojos vivos que proporciona el hambre. Tina lo puso encima de la mesa y empezó a quitarle las plumas. No había pasado media hora cuando el pavo ya estaba colgado cabeza abajo del techo, oreándose, saliendo la sangre que brotaba del tajo que tenía en el cuello, que corría lentamente por su largo pescuezo para terminar en el pico y que fuera este el que la distribuyera gota a gota para ir a estamparse en el suelo. Mi tía me miraba agradecida: ver a sus hijos contentos la satisfacía. La poca cena de Nochebuena dio paso al festín que nos dimos los seis al día siguiente. En aquel año de 1942 la Navidad no pasó de largo por la choza de la tía Benita.

Al día siguiente fui a Badajoz. Tenía la obligada necesidad de saber cómo se encontraba mi madre. No fue difícil encontrar el hospital: estaba en un pinar, en las inmediaciones de la ciudad. La dejadez de los jardines de la entrada le daban al edificio la apariencia, que era la misma que yo tenía en mi mente, de un lugar siniestro. Llamé a la puerta, tardó en abrirse, estaba encajada en el gran portón de la entrada, que solo debería abrirse para la entrada de carruajes. Un hombre bajito, enfundado en una bata blanca, me preguntó qué quería.

—Quisiera ver a mi madre, está ingresada aquí.

Fue a una mesa que había en una caseta de entrada y se sentó en la silla, se colocó las gafas que colgaban de un cordón que rodeaba su cuello y abrió un libro grueso.

—¿Cómo se llama?

—¿Yo?

—No, hombre... su madre —contestó impaciente.

Buscó en el libro, era el de registro de pacientes, el nombre de mi madre. Yo no podía ver lo que ponía, pero él se quedó un momento leyendo algo que debió de llamarle la atención; acto seguido lo cerró y se levantó.

—Espere aquí. —Abandonó la caseta con paso acelerado y se adentró en el edificio principal.

No había nadie en las inmediaciones del edificio y tuve la intención, por un momento, de abrir el libro para ver lo que él había leído con tanto interés. Pero desistí, y preferí esperar pacientemente a aquel hombre que me había dejado allí solo, que ni siquiera me había dicho si mi madre estaba allí ingresada. Al rato se abrió la puerta del edificio, el hombre bajito dio paso a un acompañante, que no era mucho más alto que él y a quien le resaltaba la barba blanca de varios días, con su pelo negro mal peinado.

—Buenos días, soy el doctor Marín. —Extendió su mano. Era el amigo de don Fidel—. Me comenta mi compañero que quisiera ver a su madre...

—¿Cómo se encuentra?

—Su estado emocional no ha variado mucho desde que está aquí. —Sus palabras acompañadas de una sonrisa me creaban desconfianza—. Pero ya verá cómo mejora. —Caminamos hasta la entrada principal; el hombre que me había recibido sacó un manojo de llaves de su bolsillo para abrir la puerta—. Debo comunicarle que hoy no es día de visita —precisó, sin dejar de sonreír, mostrando sus dientes amarillos por la nicotina del tabaco—, pero tratándose de alguien recomendado por mi buen amigo Fidel, haremos una excepción.

El ovalado *hall* de entrada estaba repleto en sus paredes de cuadros con retratos de santos. Sobresalía uno de la Inmaculada Concepción, que era igual al que había en la iglesia de mi pueblo. En el centro, y rompiendo la uniformidad del oval, una verja que daba acceso a un pabellón. Me recordó a las rejas de los varios presidios que había recorrido. La sonrisa del doctor seguía sin gustarme, aunque él se empeñara en comportarse lo más amable posible.

—Por aquí, por favor —indicó al entrar en el pabellón, que estaba iluminado en la pared del fondo por una cristalera de colores, en la que predominaba el azul.

Le seguí, viendo cómo nuestra silueta se estiraba reflejada en el reluciente suelo. Un grito a mi espalda me sobresaltó, y continuó con una risa que procedía de un lugar diferente del pabellón. El doctor se paró ante una de las puertas y sacó otro manojo de llaves. Abrió, y me indicó, con un gesto, que entraba él primero.

—María, tienes visita.

Su posición no se alteró por nuestra presencia, mi madre estaba impasible, frente a la ventana. El doctor, antes de retirarse y dejarnos a solas, dijo que si se ponía nerviosa, le avisara. Me arrimé, sin tocarla, descubriendo, a cada corto paso que daba, su rostro. Quedé arrodillado frente a ella, y pude ver el sufrimiento reflejado en su cara. Las ojeras entristecían sus ojos y las canas se habían apoderado de su pelo, que antes había sido negro.

—Madre, soy Tomás. —Agarré sus manos, que estaban frías como el hielo—. Soy Tomás—. Volví a repetir con desesperación, queriendo encontrar respuesta, pero continuaba con su mirada perdida.

Apoyé mi cabeza en sus piernas y comencé a llorar como un niño. Enseguida noté cómo me tocaba el pelo, a la vez que comenzaba a cantar una nana en portugués. No quise moverme: sentir el movimiento de sus manos me consolaba. Calló por un momento, y me giré, sin separarme de su regazo. Sus ojos tristes me miraron, y de su boca salió la misma pregunta de la última vez que me habló, pero esta vez en su idioma natal:

—*Quando vem teu pai?*

Las lágrimas volvieron a fluir con más fuerza, y mi lamento inundó la fría habitación.

Me fui, dejándola en el mismo sitio que la había encontrado, como si nadie hubiera ido a visitarla, como si no hubiera pasado nada. Crucé el largo corredor del pabellón, en busca de la reja que separaba a los enfermos del mundo cabal. El doctor Marín estaba en el *hall*, con su sonrisa perpetua, esperando que me dirigiera a él para pedirle el diagnóstico. No me paré, le dejé con la palabra en la boca. Salí de aquel horrendo lugar, jurándome a mí mismo que iba a sacar a mi madre de allí. Caminé por las calles de Badajoz, atormentado, por ver a la persona que me había dado vida en aquella triste situación. Pero tenía que ser fuerte, y mi próxima finalidad debía ser encontrar a mi hermana.

Me dirigí a las señas que me dio don Fidel, que me llevaron a las afueras de Badajoz. Pasé cerca de la plaza de toros, viniéndome a la cabeza mi compañero y amigo del campo de concentración de El Mogote, Gregorio. En aquella fatídica plaza, me contó, mataron a su mujer.

Sin dejar de caminar, dejé atrás las últimas y pequeñas casas de la ciudad para divisar en una vaguada la cruz de un campanario. A medida que avanzaba, iba apareciendo ante mi vista el convento donde estaba mi hermana María, un edificio de ladrillo en el que destacaba su gran cúpula central, copada de deshabitados nidos de cigüeña. No había nadie en sus alrededores, tan solo un lugareño que pastoreaba dos vacas retintas en los pastos cercanos. Antes de llamar a la puerta preferí preguntar al pastor si era aquel el orfanato de niñas. Me contestó con amabilidad aborregada, que demostraba el adoctrinamiento al que estaban siendo sometidos los pacenses en aquellos tiempos de represión.

—Sí, es aquí —contestó, despojándose de su vieja boina—. Las monjitas las tratan muy bien, diga usted que sí... que tienen su tarea con ellas... Yo no sé las que habrá...

—¿Me puede decir si se las puede visitar? —le interrumpí en su exaltación del convento.

—Eso ya sí que no se lo puedo decir... —Quedó pensando por un momento—. La verdad es que no viene mucha gente a verlas, como son huérfanas...

Decidí que tenía que averiguar si se las podía visitar, y me fui hacia el convento. El pastor me llamó: tenía algo que decirme.

—¿Qué hora es? —preguntó, a la vez que se colocaba la boina en la cabeza—. Porque a las dos y media las hermanas las sacan después de comer a esta explanada, a que jueguen un *ratino* hasta las tres.

Miré mi reloj, eran las dos y cuarto. Decidí esperarme para poder ver a María, que ya tenía tres años; esperaba que me reconociera. Me senté en una piedra, junto al pastor, charlando sobre el frío invierno que llevábamos y sus dos vacas, porque las conversaciones no podían ir más allá de lo intrascendente. La escasa conversación se interrumpió cuando a las dos y media exactas se abrió la puerta del convento. Un nutrido grupo de niñas, todas ellas uniformadas con un traje gris y un abrigo azul oscuro, iba tomando posiciones en el solar de la entrada. Las monjas se colocaban estratégicamente alrededor para que ninguna se saliera del contorno.

—Mírelas... qué *salaínas toas* vestiditas igual. —El pastor me confesó que le gustaba verlas jugar.

Subí encima de la piedra para ver si podía divisar a mi hermana. Se hacía difícil porque iban todas uniformadas y no dejaban de correr de un lado para otro. Que las niñas se agruparan por edades para jugar me lo facilitó. Busqué entre las pequeñas, pero no la veía. Llegué a pensar que no estaba allí, que don Matías la hubiera llevado a otro convento, a espaldas de su mujer. La media hora de recreo se acabó, cuando la madre superiora dio tres palmadas y las hermanas agruparon a las niñas en fila de a dos. Una monja cerraba la doble fila cuando empezó a andar y sujetaba a una de las más pequeñas por su brazo. Me pareció reconocer a mi hermana en aquella niña, que se resistía a entrar en el convento. Bajé de la piedra y me acerqué para cerciorarme de que era María.

—¡A las monjitas no les gusta que nadie se arrime a las niñas! —advirtió el pastor.

No le hice caso y me arrimé lo suficiente como para verla y comprobar que era mi hermana.

—¡María! —grité, con la esperanza de que ella me reconociera.

Miró a su derecha, y al verme se deshizo de la mano que la agarraba para salir corriendo hacia donde yo me encontraba.

—*Tate... tate...* —Se desgañitaba gritando en su carrera, hasta que se echó en mis brazos.

—Tranquila, María, no llores, que ya estás conmigo—. Temblaba, estaba viviendo una pesadilla.

La monja la llamaba, pero no por su nombre, se lo habían cambiado. Como era de origen portugués, le habían puesto Lourdes. Se acercó la monja que la vigilaba y la madre superiora. Las demás niñas estaban en la entrada del convento, mirando, sin hacer caso a las demás hermanas, que las ordenaban que entraran.

—Lourdes, vuelva con la hermana Sol. —María se aferró a mi cuello con sus manos, que ya no temblaban; negó con la cabeza—. ¡Obedezca!

—Se llama María, y yo soy su hermano. —La monja me miró extrañada. Yo no era una niña a la que se pudiera dar órdenes sin explicación alguna.

—La niña está a cargo de esta congregación y nos pertenece. —La explicación de la madre superiora no me convenció. La hermana Sol, que era más joven y que tras el hábito había una bella muchacha, se ruborizó al cruzar su mirada por un instante con la mía. Agachó la cabeza y miró al suelo.

—Solo quiero estar un momento a solas con mi hermana. —Las miré con nitidez, para crear en las monjas confianza—. Por favor, déjenme hablar con María.

La madre superiora, que no había cambiado el rictus serio, miró a la hermana Sol, y esta no hizo ningún gesto, seguramente porque la posición social dentro de la congregación no se lo permitía, pero su bella cara confirmaba de que estaba de acuerdo en que tuviéramos un momento a solas.

—Está bien, pero solo cinco minutos. —Se giró hacia la puerta donde estaban todavía las niñas mirando, y con dos palmadas fuertes consiguió que se disolviera el grupo y que entraran dentro del convento.

Cogí a María y me la llevé a la piedra. El pastor se apartó para dejarnos solos. Las monjas continuaron en pie, observando el reencuentro. La alcé con las manos y la senté encima de la piedra. Saqué un pañuelo de mi bolsillo y le sequé las lágrimas. La cara de susto tardó en quitársele.

—¿Estás bien? —Negó con la cabeza—. ¿Se te ha olvidado hablar? —Me miró con sus ojos negros llenos de luz y sonrió.

—¿Mamá? —Por un momento no supe qué contestarle—. Quiero ir con mamá.

—Mamá está malita, pero cuando se ponga buena, vendremos a buscarte y nos iremos a casa. —Le hablé con mimo para tratar de convencerla de que de momento tendría que estar allí.

—No quiero estar aquí... Aquella señora me chilla. —Señaló con el dedo a la madre superiora, que seguía vigilante junto a la hermana.

—Te prometo que vendré a verte, pero ahora pórtate bien y vete con las monjas.

La promesa de que la visitaría la convenció, o al menos eso parecía.

La llevé junto a las monjas, le di un beso y la solté. Enseguida la niña, eludiendo a la madre superiora, se agarró de la mano a la hermana Sol. Esta le acarició el pelo y María alzó su cabeza para regalarle una sonrisa.

—¿Cuándo puedo visitarla? —Ante mi pregunta volvieron a mirarse. Las niñas debían de recibir pocas visitas, tal como me había comentado el pastor.

—Los domingos después de misa —contestó la hermana Sol, dejando a la Madre superiora con la respuesta en la boca. Por la cara que puso, que se saltara el escalafón y contestara por ella no debió de gustarle.

—Gracias por dejarme estar un rato con ella... Y se llama María.

—El hombre que la trajo nos dijo que...

—Quien la trajo sabe muy bien cómo se llama... María, como nuestra madre.

Volví a darle otro beso, y sentí que ya no estaba asustada. Las tres se alejaron hacia el convento mientras María me decía adiós con la mano. La hermana Sol la soltó, y pude escuchar cómo le decía: «María, ve con las otras niñas». Mi hermana obedeció y salió corriendo en busca de sus compañeras.

Sabía que el viaje de Badajoz al pueblo lo tendría que realizar muy a menudo en lo sucesivo. Había comenzado una nueva etapa, tendría que buscarme un trabajo, y serían los domingos cuando las visitara. Aprovecharía el ofrecimiento de Juan y Micaela, y me quedaría con ellos hasta que me asentara. No quería ser una carga más para mi tía. Tampoco quería estar solo en la casa donde vivieron mis padres. Aquella casa era de doña Julia. No quería estar viviendo de la caridad, ni tampoco vivir rodeado de recuerdos.

Era de noche cuando llegué a la venta. La puerta estaba abierta. No había nadie en la barra del bar. Juan y Micaela estaban recogiendo. Al verme se miraron y sonrieron.

—¿Vienes para quedarte? —preguntó Juan, señalando con un gesto la escalera que conducía a las habitaciones.

—Sí.

—Ya sabía yo que te quedarías. —A Micaela se le notaba que estaba feliz por mi decisión—. Menos mal que he preparado la habitación... Me lo estaba oliendo.

Hablamos, mientras cenamos, de mi madre y mi hermana, de cómo se encontraban y de la nueva vida que se abría para mí. La tertulia tan agradable que creamos los tres fue el preámbulo para irme a dormir: estaba cansado.

Abrí la cama que me había preparado Micaela. Hundí mi cabeza en la almohada; el olor a membrillo que desprendían las sábanas me recordó a mi madre. Ella también solía ponerlos en los cajones para que la ropa se impregnara del fantástico aroma que desprendía aquel fruto. Las lágrimas se volvieron a apoderar de mí, hasta que el sueño me venció.

Capítulo XXII

El tiempo iba pasando y yo era esclavo de mi pasado rojo; nadie se atrevía a darme una peonada. La única oportunidad que tenía era ir a ver a don Fidel y que me contratara en el Canchalejo o en algunas de las fincas que se decía que tenía por Extremadura. Pero yo no quería estar expuesto a las rivalidades entre suegro y yerno. Ayudaba a Juan en lo que podía, la vendimia, las aceitunas, los higos... Por el contrario, veía cómo mi primo Cefe aumentaba el rebaño de cabras poco a poco, para alegría y orgullo de la tía Benita, que sacaba a sus cuatro hijos adelante. Seguía aferrada en su choza, como una ermitaña, sin pisar las calles del pueblo que tanto le había quitado. Tina, Benito y Miguelín se multiplicaban en ayudar en la casa tal como había querido su padre. Mi madre continuaba sin la lucidez suficiente como para saber, al menos, quién era yo. El doctor Marín se empeñaba en explicarme que estaba mejorando, pero no era cierto. La cura que tenía mi madre se fue una mañana colgado de una encina. María estaba más contenta, era la niña preferida de su tutora, la hermana Sol. La monja seguía ruborizándose cuando me veía y tenía que dejarme a mi hermana en las visitas de los domingos, a las que yo no faltaba.

—Hermana Sol, siéntate con nosotros —decía María, cuando venía a traerla en la visitas.

—No puedo, María... Tengo que ir con las otras niñas.

—Hermana, ¿quiere un dulce? —Le ofrecí una pasta de almendras que Micaela preparaba para María.

Mi hermana se le acercó, a los escasos cinco metros que siempre se quedaba de nosotros, para darle la pasta que yo le había ofrecido. Se sentía incómoda; miraba hacia la puerta del convento por si alguien la veía cruzar no más de dos palabras conmigo.

—No puedo aceptarlas, María. Dile a tu hermano que gracias —la susurró al oído.

—¡Tate, dice la hermana que gracias!... ¡Que no las puede aceptar!

La hermana Sol se sonrojó por la indiscreción de la niña. Su hábito ondeaba al contacto con el aire en su acelerado paso en dirección al convento. Yo no paraba de reírme, a la vez que María no entendía el porqué de mis risas.

—Tate, ¿por qué te ríes?

Cuando había carta de Teresa enseguida lo notaba, solo con ver la sonrisa de Micaela. La olía, para absorber con su nariz las fragancias con que su remitente las impregnaba, para continuar con sus juegos de manos con el sobre, que escondía y me volvía a enseñar, para desesperación mía y de su marido, que siempre terminábamos suplicándole que dejara de jugar. Me sentaba en una mesa, abría el sobre, sacaba la foto de Teresa de la cartera, la ponía frente a mí y me transportaba a Algeciras. Imaginaba las tardes con ella, bajo la parra, en la casa de Isabel, el paseo, el parque de María Cristina, las miradas furtivas en el patio de geranios... y sus besos. Todos sus recuerdos me creaban un deseo, que no era otro que estar con ella. Pero la realidad me decía que era difícil que volviéramos a vernos.

Continuaba en mi intento de conseguir ser contratado para alguna peonada. No quedaba finca en toda la comarca en la que me hubiera ofrecido para trabajar, pero en todas encontraba una negativa. Todas solían contratar jornaleros, según temporada, pero nunca era elegido. Tenía la sospecha de que la mano de don Matías influía en las negativas que todos los capataces me reiteraban. Así me lo hizo saber un primo de Micaela, al que, recomendado por ella, fui a ver para que me admitiera en unas cuadrillas de jornaleros que él mandaba.

—Jaro, lo siento, no tengo sitio para ti —argumentó el pelirrojo y grueso primo, después de haber contratado a una familia de seis miembros para vendimiar—. Otra vez será.

—Pero tu prima me ha dicho que estabas contratando jornaleros, ¿cómo puede ser? —Estaba desesperado, y más cuando veía delante de mis narices que la gente que contrataba era mucho mayor que yo, e incluso niños—. Yo te puedo dar más rendimiento que toda esa familia entera.

El pariente de Micaela se quedó mirándome, ya no podía ponerme más escusas. Sabía que mis protestas estaban llenas de verdad.

—Tomás, no sé cómo decirte que lo siento. —Miró al suelo, para luego levantar la cabeza y llevarse las manos a su poblado pelo de color anaranjado—. Tienes razón, tú vales más que muchos a los que contrato... pero todos vienen avalados, y no me queda más remedio que darles la peonada.

—Pero yo soy amigo de Juan y Micaela... qué más aval qué ese.

Volvió a agachar la cabeza, que solo levantó para mirarme y decirme con sinceridad lo que ocurría.

—Sé lo que te aprecian esos dos, pero no es suficiente, porque esta gente va a vendimiar las fincas de don Nemesio. —Encendió un cigarro y me ofreció uno, echándome su brazo por mi cuello; quería aclararme lo que estaba ocurriendo—. El otro día vino Pepe Gómez: me dijo que si te contrataba que me olvidara de volver por la finca.

—Ese es un resentido y... un rastrero...

—Vete fuera de Extremadura, Jaro, aquí nadie te dará trabajo. —Su recomendación tenía su fundamento—. El problema no es Pepe Gómez, ni el Nemesio, ni los demás falangistas, que se creen alguien obedeciendo a los señoritos a cambio de nada. El problema se llama don Matías. No sé qué tiene contra tú familia...

Sus palabras me hicieron reflexionar, tenía que tomar una determinación. No podía seguir viviendo de la caridad de los venteros. Tampoco podía irme de Extremadura, abandonando a mi madre y a mi hermana. La tía Benita bastante tenía con sacar para medio comer todos los días. Tan solo había una salida, pero bastante arriesgada, que daría los motivos suficientes a don Matías para mover todos sus hilos de rencor y venganza contra mí: unirme a los del monte. La idea siempre sobrevolaba mi cabeza, más aún cuando las cosas me iban mal y la desesperación aparecía para hacerme ver que solo me quedaba esa opción.

Cefe continuaba con sus cabras, realizando desde bien temprano su labor. Llevando su rebaño con puntual celeridad a los pastos y lugares que él tenía organizado para el bien de sus animales. Por su metódica manera de hacer las cosas, no era difícil de localizar. Al mediodía siempre estaba en las inmediaciones del nacedero del arroyo chico. Por un momento se olvidaba de las cabras y se acercaba a la tumba de Joaquín, y con las manos, tal como me había visto hacer, tocaba la tierra que cubría a mi hermano y a su camarada. Decía que se sentía bien cuando lo hacía, que le venían a su memoria los recuerdos que tenía de su padre.

—El calor ya aprieta. —Se giró al escucharme. Estaba sentado en el canchal, desde donde oteaba todo lo que le interesaba: las cabras y la tumba de Joaquín. No dijo nada. Por su rostro percibí que estaba triste—. ¿Qué te pasa? —Había estado llorando.

—Nada, primo. —Ya no era aquel niño que vi cuando regresé de la guerra. Habían pasado cuatro años y a Cefe la vida le había obligado a crecer muy deprisa—. Cuando vengo aquí, me acuerdo de Joaquín..., de mi padre..., de Anita..., también echo de menos a María y a tu madre. —Pasó los puños por sus ojos, que se habían vuelto a inundar de lágrimas—. ¿Por qué hay algo que impide que podamos ser felices?

Era la misma pregunta que yo me había hecho muchas veces, y a la que tampoco encontraba la respuesta. Las palabras de Cefe habían provocado que se me escapara un detalle, y solo cuando mi primo dejó de hablar me di cuenta. El macho del rebaño llevaba colgado el cencerro de vaca.

—¿Hay batida de los civiles? —Mi pregunta fue confirmada con un guiño de ojo y con la sonrisa pícara que ratificaba lo que decía mi padre de él: «Es muy *arriscao*»—. ¿Cómo lo sabes?

—Pues porque la Pura he vendido hoy un buen trozo de tocino y una cuelga de morcilla de patata.

—Y ahora ¿dónde están?

—Escondidos en el monte, pero mañana, para cuando quieran subir a buscarlos, ya se habrán ido.

Cefe no dejaba de sorprenderme, no se comportaba como un chaval de catorce años, y para demostrarlo sacó un paquete de tabaco y me ofreció un cigarro.

No le reproché que fumara tan joven. Entendí que si se comportaba y actuaba como una persona mayor, que fumara no tenía importancia.

—¿Sabes una cosa, Cefe? —revelé, antes de dar mi primera calada al cigarro que me había dado—. Que estoy pensando unirme a ellos...

—¿A ellos?... —Quedó pasmado, empezando a toser el humo. Se puso colorado.

—Sí, a los maquis.

Al escuchar el cencerro, se despertó en mi cabeza lo que afloraba cuando estaba alicaído. Mi primo no me contestó. Se levantó, y con un silbido prolongado, agrupó a su rebaño. Yo le seguí, como si formara parte del rebaño, esperando algún comentario. Al llegar a la cerca donde las encerraba, Cefe se decidió a hablar.

—¿Serías capaz?

Su pregunta me sonó como un reto, y yo no podía defraudarle.

—Pues claro que sí.

Le volvió a surgir aquella sonrisa picarona de niño.

Pasé todo el día pensando en lo mismo. Si se iban a la mañana siguiente, me quedaba poco tiempo para unirme a ellos. Pero ¿cómo?. Que yo supiera, solo mi primo tenía contacto con los del monte. No dejé de darle vueltas, era una opción, volvería a luchar por algo, como hizo mi hermano, mi tío Ceferino, los brigadistas... El rumor de que cuando acabara la guerra en Europa se acabaría con Franco cada vez tomaba más fuerza en algunos sectores. Pero a fin de cuentas era un rumor, y, como me decía don Teófilo, en aquellas parrafadas que soltaba animado por el coñac, «este país no importa a nadie».

Volví temprano a la venta, quería charlar con Juan y saber su parecer sobre lo que me tenía intranquilo todo el día. Todo estaba muy cerrado: ventanas, puertas... Llamé con fuerza, pero Micaela no contestaba. Insistí varias veces, hasta que por fin me abrió lo justo para comprobar quién era. Al verme, sin alzar la voz me dijo que pasara, parecía que ocurría algo.

—¿Qué pasa, *chacha*?

Hizo un gesto para que entrara en el bar, pero me quedé más tranquilo al ver que sonreía.

Sentado en una mesa estaban Cefe y Juan; Micaela se sentó con ellos.

—¿Qué haces aquí? —pregunté a mi primo. Todo era muy extraño.

Los tres miraron a la cocina, yo también, y vi a dos hombres. Uno de ellos era de mediana estatura, fuerte, su frente estaba surcada por profundas arrugas. El otro era alto, no tenía más de cuarenta años. Su cabeza estaba cubierta con una gorra con visera, que en el frente llevaba una estrella de tres puntas, que me era fácil de reconocer; era el símbolo de las Brigadas Internacionales. Juan, sin moverse de su asiento, me los presentó, y Cefe volvió a lucir su sonrisa pícara.

—Este es Pepe, pero todos le conocen como el Ruso —señaló al más joven y alto—. Es el comandante de la agrupación guerrillera de esta zona. Este es Vicente, pero le llaman el Salmantino, está claro por qué.

Sostenía en sus brazos un subfusil naranjero. Su rostro era el mismo que vi en los veteranos cuando llegué al Ebro con diecisiete años recién cumplidos. Un luchador hasta el final con sus ideas, de los que llevaban como máxima «mejor morir de pie que vivir de rodillas».

—¿Tú eres hermano de Joaquín el Portugués? —preguntó el Ruso, a la vez que el salmantino se ponía al lado de la ventana—. Estuvo con nosotros en la lucha... era muy valiente. ¿Es verdad que quieres unirte a nosotros?

—Sí... bueno, no lo sé aún. Nadie me da trabajo. —Se sentó a mi lado, lucía una chaqueta de tanquista ruso, que tuvo que ahuecar para que la pistola que escondía no le molestara. Me escuchaba con atención—. Lo pienso muchas veces, pero mi madre, mi...

—No me cuentes, ya me ha puesto al día el camarada Cefe.

A mi primo que le tratara de camarada, como si fuera uno de ellos, le gustó. Se movió orgulloso, con las manos entre sus muslos y el culo de la silla.

—Somos nosotros y siete más —prosiguió. Su manera de hablar y sus manos no curtidas decían que no era del campo, más bien que había pasado mucho tiempo entre libros—. Ahora están vigilando ahí fuera. No hace mucho éramos unos treinta, pero entre bajas y algunos que se han ido a Francia... —calló por un momento, para continuar explicando lo que me esperaba si tomaba la decisión de unirme a la guerrilla—. La vida en el monte es dura. Hoy aquí, mañana allí... de un lado para otro, para no ser localizados. Alguna vez tenemos que hacer nuestras escaramuzas, ayudar a la gente humilde, hasta que regrese la normalidad y nos devuelvan lo que nos han quitado... aunque los muertos nunca volverán. —Ninguno decíamos nada, simplemente escuchábamos al Ruso—. La decisión es tuya, pero que sepas que si te unes a nosotros, no solo te van a perseguir a ti, también a tus allegados y familiares. —La mirada la trasladó a Cefe y a los venteros para aclararles que ellos serían los que sufrirían las consecuencias de mi decisión—. Pasarán por todos los sufrimientos que no podrán utilizar contigo. Serán el señuelo para atraerte...

Los argumentos de Pepe el Ruso calaron de distinta manera en nosotros. Cefe le escuchaba fascinado, sus ojos vivarachos se encendían, más si cabía, ante las palabras sabias y medidas del guerrillero. No parecía importarle el sufrimiento que le pudiera acarrear mi decisión; las penas siempre le habían acompañado desde que nació. Micaela y Juan corroboraban con sus miradas las explicaciones del maqui. Sabían que si me unía a los del monte, la venta sería el primer lugar donde irían a buscarme; a nadie escapaba la amistad que nos unía. Yo me encontraba entre la espada y la pared. Las palabras tan claras de Pepe me hicieron ver la realidad que me esperaba. ¿Valdría la pena arriesgar mi vida y la de la gente que quería por un futuro incierto? Las dudas aparecieron para confundirme.

—Luché con las Brigadas. —Miré la estrella de su gorra, que la tenía en la mesa. Él le pasó el dedo corazón, marcando las tres puntas sin dejar de mirarme—. Aprendí mucho con los internacionales, pero por encima de todo me enseñaron a no rendirme.

—Yo luché con los polacos. Fui tanquista con los T-26. ¿Y tú?

—Estuve con los Lincoln... en el Ebro.

Su cara fue de agrado al oír que había estado con los americanos; todos los brigadistas admiraban a los Lincoln, por su fama de aguerridos.

—Ya es la hora, tenemos que irnos —alertó Vicente, colgándose el naranjero en el hombro.

El Ruso se levantó, me puso la mano en el hombro y me miró fijamente. Tan solo me dijo cuándo y de dónde partirían por si me quería unir a la lucha contra el fascismo; tenía toda la noche para meditar.

—Cuando despunten los primeros rayos de sol en el nacedero.

Los dos siguieron a Juan hasta la puerta. Este salió, alzó la mano para que le vieran los demás guerrilleros que hacían guardia. Un silbido que procedía de entre las encinas les avisó: ya podían salir. Cefe y yo mirábamos desde una de las ventanas de la venta cómo sus siluetas desparecían en la oscuridad de la noche. La guerra continuaba para ellos, sus ideales no la daban por terminada y yo tenía la ocasión de unirme, de luchar por mi libertad, por la de mis primos, por la de mi madre y mi hermana... Me fui a dormir, Cefe se quedó en la venta, ya era tarde para volver a la choza. Juan y Micaela no me preguntaron cuáles eran mis intenciones, se despidieron con un «hasta mañana, que descanses».

La noche la pasé en vela. Los deseos de empezar una nueva vida se encontraban con las consecuencias que me aportaría si me unía a los del monte, tal como me había dicho sin tapujos Pepe el Ruso.

Al final de la escalera, sujeto a la barandilla de hierro, estaba esperándome Cefe para acompañarme al encuentro con los maquis. Sus ojos delataban que, al igual que yo, no había dormido. El frío de la madrugada obligó a que nos abrigáramos y a que nuestro paso fuera ligero, para que en un cuarto de hora llegáramos al nacedero. No había nadie, tan solo se oía el ruido del agua. Mi primo ahuecó sus dos manos y se las llevó a la boca para imitar el ruido de algún ave de la noche. Al oír el sonido, los guerrilleros no tardaron en salir de entre los alcornoques y los canchales. Los nueve estaban frente a nosotros, con sus fusiles y naranjeros colgando de sus hombros; con las mantas enrolladas a la espalda y sus mochilas repletas. Eran todos los medios de los que disponían, junto con sus ideales, para dar batalla a una situación que les querían imponer y contra la que se revelaban. Se acercó Pepe a nosotros, enseguida se percató de que yo no iba provisto de algo que indicara que me iba a unir a ellos.

—Que te vaya bien. —Sonrió y me tendió la mano—. Algún día nos volveremos a encontrar.

—Quería despedirme de vosotros y deciros que vuestra lucha es mi lucha. —El cabrero, que estaba ilusionado con tener un primo maqui, me miró contrariado—. No puedo unirme a vosotros, las consecuencias serían peor y tengo que ayudar a mi familia. —Cefe, al oír lo que le dije al comandante de los maquis, cambió su rostro de contrariedad por el de satisfacción—. Salud, camarada. —Levanté el brazo con el puño cerrado, él hizo lo mismo; el pastor nos imitó.

El jefe de los guerrilleros se dio media vuelta y se unió al grupo para emprender la huida ante la inminente batida de los guardias civiles. Vicente el Salmantino se volvió; su rostro arrugado denotaba impaciencia por decirme algo.

—Camaradas, no dejéis que manchen sus memorias —señaló con el dedo la tumba de mi hermano y su compañero—. El que está enterrado con el Portugués... es mi hermano. —Apretó su puño con fuerza y, sin llegar a levantarlo, gritó—: ¡Salud!

Vicente emprendió la marcha para unirse a sus compañeros, con la misma rabia que había cerrado el puño. Cefe debía de saber que quien estaba enterrado con Joaquín era el hermano del Salmantino. Su mirada delatora me lo confirmó. Nos dirigimos al pueblo a recoger el rebaño, nadie nos podía ver por el monte para no levantar sospechas, aunque todo el mundo sabía que cuando había más civiles de lo habitual era porque buscaban maquis. Al llegar a las primeras casas oímos cascos de caballo. Intentamos cambiar de trayectoria para no cruzarnos con los guardias, pero uno de ellos al vernos se nos acercó. Desde la altura de su caballo, que no dejaba de moverse provocado por la pureza de su raza, preguntó de dónde veníamos. Mi primo no tardó en contestarle, acompañando su respuesta con su sonrisa pícara.

—De buscar una chiva... que la tarde de ayer se me perdió. —La naturalidad con que contestaba no levantaba sospecha—. Bonito caballo... ¡Está entero!

—¿La cabra dónde está? —Volvió a insistir el guardia, quitando su mirada de mi primo para dirigirse a mí.

—Si no se une ahora cuando oiga a sus hermanas, se la habrán comido las alimañas.

Nuestras explicaciones no le convencían, seguía mirándonos con desconfianza. Cefe tendió su mano al caballo, para que se la lamiera; no dejaba de decirle cosas con el propósito de despistar de la conversación al guardia.

—¡Chaval, deja al animal, que lo estás poniendo nervioso! —No era cierto, el que se estaba poniendo nervioso era él, por las artimañas utilizadas por el cabrero—. ¡Largaos con vuestras cabras!

El caballo estaba quieto, amansado, moviendo su morro en la mano de Cefe mientras este le pasaba la otra mano por su careto blanco, que contrastaba con el marrón del resto de su cuerpo.

Tiré de mi primo para irnos, que alargaba la mano al igual que el caballo alargaba el cuello. El guardia retenía al animal, tirando de las riendas para que no siguiera la mano del cabrero. Cuando doblamos la esquina, Cefe empezó a reír, mientras que a mí todavía no se me había quitado el susto del cuerpo.

—¿Has visto cómo el caballo se ha tranquilizado? —Quería que yo le preguntara cómo lo había hecho para demostrarme todo lo que sabía.

—¿Cómo...?

El miedo, que no me había desaparecido, y la sorpresa que me provocaba la granujería de mi primo no me dejaban articular palabra alguna.

—Prueba.

Me arrimó el dedo a la boca, que antes había introducido en su zurrón. Era miel, que ni el civil ni yo, nos habíamos percatado de cómo se había untado la palma de su mano.

—¿Crees que los darán alcance? Llevan monturas. —La distancia del pueblo al nacedero no era mucha.

—Los caballos no trepan por los canchales y las peñas... Los guerrilleros sí. —Volvió a lucir su sonrisa picarona, porque Cefe tenía una respuesta para todo lo que yo le preguntaba—. En el monte nunca los apresarán, a no ser que les tiendan una trampa, como a Joaquín y al hermano del Salmantino... Eso por desgracia ocurrió una vez, ya no volverá a suceder.

Llegamos a la cerca, el rebaño estaba impaciente esperando a su pastor. Corrió la puerta, y las cabras, con el chivo a la cabeza, que ya no portaba el cencerro de vaca, comenzaron a copar la calleja que las conducía a los pastos, que estaban en dirección contraria al monte por donde habían subido los guardias en busca de la partida de guerrilleros del Ruso. Cefe miró al monte y luego a mí. Sacó su paquete de tabaco y me ofreció un cigarro. Eran portugueses.

—¿De dónde los sacas? —Encendí el cigarro, esperando una respuesta que me volviera a sorprender.

—Ven, primo. —Subió por un camino que se perdía entre jarales; en un principio me quedé quieto—, ¿Quieres venir?—. Le seguí ante su insistencia.

Las cabras quedaron solas, mientras que nosotros caminamos durante unos minutos para dejar los jarales y entrar en un bosque de castaños. Mi primo me llevó a una casa, de cuyo interior salían voces y relinches de animal. Él no me decía qué quería que viera, ni a quién.

—¡Paco! —gritó varias veces—. ¡Soy Cefe! —insistía.

—¡Ya te he oído! —contestó alguien desde el interior de la cuadra—. ¡Te van a escuchar los civiles!

—¡Hoy están de batida en el monte!

Mi cuerpo pegó un vuelco al ver salir de la casa a un guardia civil bajito, que manejaba una fusta y que una pronunciada cojera le hacía arrastrar de un lado el capote que portaba, que no era el apropiado para la época del año en la que estábamos. Me quedé perplejo, no sabía qué decir. Volví a mirar a mi primo, que estaba sonriente, que siempre se empeñaba en sorprenderme y que lo conseguía sin mucho esfuerzo.

—¿Este quién es? —preguntó el mal vestido guardia—. Te tengo dicho que no traigas a nadie por aquí.

—Es mi primo el Jaro, necesita ganar unas perras. —Cefe le tuteaba, y yo seguía sin comprender nada, porque mi relación con la Guardia Civil siempre había acabado mal para mí—. Domina el portugués...

—¿Me quieres explicar qué pasa? —pregunté en voz baja cuando el presunto guardia se fue a despojar del mugriento capote y del opaco tricornio.

—Es Paco el Cojo, se dedica al contrabando.

Un guardia civil que se dedicaba al contrabando... Seguía sin entender nada.

—Pero... ¿si es un guardia?

Cefe y el supuesto civil se reían de mi cara de asombro.

Sin el uniforme parecía mucho más pequeño, y no imponía tanto. Nos invitó a sentarnos en una mesa de piedra, sacó una bota de vino y se la ofreció a Cefe primero. Este la levantó con maestría y el fino chorro entró en su boca, sin derramarse ni una sola gota. Me la pasó a mí, e hice lo mismo. Yo estaba esperando que entre los dos me aclararan la situación que tanta confusión me estaba causando. Pero la aclaración era tan sorprendente que continuaba sin salir de mi asombro. Paco se dedicaba al contrabando desde Portugal. Traía productos que en la España de Franco escaseaban y que estaban al alcance de muy pocos. Tenía que sortear a los guardias portugueses y a la Guardia Civil. Para aquellos largos trayectos utilizaba mulas, que estaban bien adiestradas.

—¿Adiestradas? —pregunté extrañado.

—Eso se supone, porque a una mula sin domar no hay quien se acerque —aclaró mi primo—. Paco le enseña a distinguir a los guardias.

Paco el Cojo rápido me sacó de dudas. Como él bien dijo, adiestradas, ¿para qué? Pues para que cuando el animal viera a un guardia civil, saliera corriendo. La manera de adiestrarlas era a base de palos, vestido de guardia civil. Era ver un traje verde y la mula no paraba hasta la cuadra, con lo que salvaba la mercancía que transportaba en sus lomos. Los guardias no podían hacer nada, porque nunca llegaban a ver lo que llevaba cargado. Después de todas las explicaciones, por parte del Cojo, que mi primo escuchaba con fervor, porque así era como aprendía a desenvolverse en este mundo que le había tocado vivir, el estraperlista me volvió a mirar y también a Cefe.

—Entonces... ¿dices que tú primo sabe portugués?

—Mi madre me lo enseñó —contesté, no dejando que respondiera mi primo—. Si me uno a usted, cuáles son las condiciones.

—No vayas tan rápido, chaval. —Al Cojo le extrañó que fuera tan directo—. ¿Quién me dice a mí que en cuanto veas a los guardias... no vas a salir corriendo?

—El Jaro no es de esos. —A Cefe no le agradó que el Cojo dudara de mí. A mí me daba igual, yo sabía hasta dónde llegaba—. A este no le dan miedo los caciques, y si no te lo crees, se lo preguntas al facha de Pepe Gómez. ¿A qué sí, primo? —Me guiñó un ojo, yo le respondí pasando la mano por su cabeza.

—No se hable más, te doy una quinta parte de lo que gane. —Cefe se apresuró a negar con la cabeza, le parecía poco—. Joder, cabrero, mira que eres *jodío*.

—Y tú un tacaño, que sabes que vas a ganar el doble y solo le ofreces una miseria. —Yo solo escuchaba, porque no hacía falta que interviniera, mi primo se bastaba para regatear con el Cojo y pedirle lo que a él le parecía justo—. Si es así, nos vamos. —Cefe, antes de irnos, volvió a beber de la bota de vino. Yo le seguía; él sabía cómo tratar este tema.

No habíamos andado diez pasos cuando el Cojo nos volvió a llamar.

—Venga, te doy un tercio y no se hable más. —Sin volvernos, miré a Cefe; este me mostró su sonrisa de pillo: sabía que había ganado el pulso a Paco el Cojo—. Pero a partes iguales si nos cogen los guardias.

—De partes iguales nada —contestó mi primo sin girarse—. Él, un tercio, que es lo que iba a ganar.

—Tú ganas... *jodío* crío.

Cerramos el trato dándonos la mano, con Cefe como testigo. Así fue como pasé a formar parte del negocio de estraperlo de Paco el Cojo. No me paré a pensar en si me interesaba o no, porque había sido decisión de mi primo, y yo confiaba en él, que me llevó a ver a Paco, sin consultarme, sin preguntarme qué quería hacer después de no unirme al maquis. Pero me daba igual, ya no tenía opciones de que alguien me contratara y esto me podía reportar algún dinero. No quería estar viviendo de la caridad de los venteros, ni mendigar una peonada para que me humillaran con la negativa que había impuesto don Matías a todas las cuadrillas de jornaleros. Cefe, consciente de la situación, que era la misma que tuvo mi padre, me llevó a ver al estraperlista. Él había aprendido de su madre que no hacía falta estar sometido para sobrevivir.

Capítulo XXIII

Mi vida se fue organizando. Ya no dependía tanto de Juan y Micaela. Me pasaba muchos días sin ir por la venta, tan solo de vez en cuando, para asearme, obsequiar a mis amigos con algo de estraperlo y recoger las cartas que Teresa me seguía mandando. Las leía con la misma pasión que la primera vez que nos carteamos. Me contaba cómo le iba, que se acordaba de mí y que deseaba volver a verme. Yo le contestaba que mis deseos eran los mismos.

Las visitas a mi madre eran frustrantes, al comprobar, domingo tras domingo, visita tras visita, que ella continuaba igual. El doctor Marín se empeñaba en decirme, en sus empachosas y pesadas consultas, que mi madre estaba mejorando. Su diagnostico se basaba en el simple hecho de que mi madre ya no pasaba tanto tiempo sentada en la silla mirando por el ventanal que daba luz a la triste habitación del psiquiátrico de Badajoz. Había cambiado su ubicación, ahora se sentaba a los pies de la cama. La mirada que despedían sus ojos tristes continuaba perdida, y seguía haciendo la misma pregunta que confirmaba que seguía igual, que no había mejorado, y que no era la misma: «*¿Quando vem teu pai?*». Al despedirme, mi pena se expresaba en lágrimas, le daba un beso prolongado en la frente, apartándole de la cara el pelo, del que apenas quedaban restos de su negra brillantez. Abandonaba la habitación, y en mi cabeza solo se escuchaba el sonido acompasado de mis zapatos al contacto con el resplandeciente suelo, que retumbaba armonioso, y se mezclaba con los gemidos, risas y lamentos, que salían de aquellas paredes, recordándome la promesa que me había hecho a mí mismo de sacarla de aquel horrendo lugar. El sonido que producía la puerta al cerrarse a mi espalda, cuando salía del psiquiátrico, era como el despertar de una pesadilla que volvería a repetirse al siguiente domingo.

Toda mi tristeza desaparecía, transformándose en alegría, cuando después iba a visitar a mi hermana. La pequeña María salía corriendo del convento, y a medida que se acercaba, iba abriendo los brazos. Yo la esperaba en cuclillas y ella me abrazaba, mostrándome su inocente felicidad infantil. La hermana Sol ya no se acercaba a dejármela, se quedaba a medio camino, para hacer un tímido saludo con la mano, y se volvía al convento con las demás niñas. María sacaba alguna hoja de su bolsillo, mostrándome con entusiasmo los dibujos y enseñanzas que aprendía con las monjas. El rato que pasaba con ella era volver a recargar el baúl de las ilusiones, que dos horas antes se había vaciado en el manicomio. Las despedidas no eran iguales, María me comía a besos, me prometía que seguiría portándose bien y que me esperaba el próximo domingo. Se iba con la hermana Sol, que la esperaba con las manos juntas, escondidas bajo las mangas de su túnica, justo en el mismo lugar que media hora antes me la había entregado, procurando no cruzar su mirada con la mía, hasta que la niña llegaba a su lado. Cuando María ya estaba con ella, se despedía con un hasta el próximo domingo, lanzándome una fugaz mirada, a la vez que ponía la mano en el cuello de mi hermana para empujarla cariñosamente en dirección al convento. Hasta que María no se giraba para despedirse, moviendo la mano antes de cruzar la puerta, yo no me iba.

La vida de estraperlista, junto a Paco el Cojo, me apartaba mucho tiempo del pueblo, lo que hizo levantar sospechas a los falangistas; así me lo hizo saber Juan un día que fui a llevarles un saco de café, procedente del último contrabando.

—Tomás, te tienes que dejar caer más a menudo por el pueblo.

—¿Por qué? —Apuraba un vaso de café del bueno, que Micaela me había servido, dándome también dos cartas de Teresa—. Antes me decías que no me acercara mucho... y ahora que me acerque...

—Haz caso a Juan, que tiene sus razones —apostilló Micaela, que acunaba a Tomasín contra su pecho.

—Don Matías anda preguntando por ahí que a qué te dedicas. —El marido de doña Julia tenía controlado los movimientos de todos los lugareños, y si alguno se le perdía de vista, ya tenía él a su gente para informarle—. Al parecer preguntaron el otro día a tu primo Miguelín que dónde estabas. —Juan sonrió antes de contarme lo que les había contestado—. El *mu jodío* se llevó el *deo* a la nariz y les dijo...: «Aquí». —Los tres reíamos de la ocurrencia de mi primo.

—Pero si todo el mundo sabe a lo que se dedica el Cojo. —Con el estraperlo se hacía la vista gorda, porque, ante la escasez de productos de primera necesidad que estaban racionados, era la única manera de conseguirlos—. Ellos son quienes los pueden pagar; los pobres nos tenemos que conformar con lo poco que nos dan en las cartillas.

—Tienes razón, Tomás. —Mi amigo movió la cabeza e hizo un gesto de resignación—. Pero basta que seas tú para que mande detenerte.

Aquella misma tarde, siguiendo los consejos de Juan, crucé la plaza del pueblo antes de irme a la casa de Paco el Cojo. En la puerta del casino estaban dos falangistas, que al verme entraron dentro. Debieron de avisar a don Matías, porque este salió enseguida.

—¿Qué tal estas, Jaro? —Sacó a relucir su sonrisa de hipócrita que a mí tan poco me gustaba y que me hacía aflorar el odio que tenía hacia él—. Últimamente no se te ve. ¿A qué te dedicas?

Le miré de arriba abajo, no le gustó, quitándose el cigarro de la boca, y tirándolo al suelo con fuerza para espachurrarlo con la suela de su zapato. Dio un paso adelante, con chulería, en un intento de demostrar que era él quien mandaba y que yo no podía, ni debía, ponerme a su altura. No me amilané, y decidí contestarle lo primero que se me ocurrió, aunque ya sabía que andaba metido en los negocios del Cojo.

—Ayudo a mi amigo Juan en lo que él me precisa. —Era mejor decirle que le ayudaba a decirle que me tenía a jornal; que aunque no era el caso, si mi amigo me contrataba, ya se encargaría de mandar a alguien para que le amenazara—. Estamos apañando para recoger los higos.

—Muy pronto empezáis, ¿no te parece? —Si él no me decía lo que ya sabía, yo no se lo iba a contar—. Procura que no te pille en ningún renuncio...

Enfilé la calle arriba, dejando a don Matías con su discurso lleno de amenazas a medias. A la puerta del casino sus esbirros, esperando como perros de caza que su amo les diera la orden para ensañarse con su presa. Me adentré en el monte, en busca de la casa de Paco el Cojo. Allí estaba, ataviando a las dos mulas que nos iban a acompañar en nuestro siguiente viaje a tierras de Portugal.

—Llegas tarde... —refunfuñó, sin dejar de apretar las cinchas por debajo de la panza de uno de los animales.

—Me entretuvo el cacique de don Matías. —Enseguida cogí los arreos de la otra mula y comencé a colocárselos.

—¿Qué quería?

—Pues tocarme *lo güevo* un *ratino*.

—Ese es mala gente, y nos puede joder el negocio. —Se puso serio para advertirme de lo que podía pasar. A nadie escapaba, aunque fueran forasteros como Paco, el poder que tenía el marido de doña Julia—. Ya me han informado de la ojeriza que tiene a los tuyos... —Calló por un momento, meditando lo siguiente que iba a decir—. Se dice, aunque nadie lo asegura, que tuvo que ver algo en la muerte de tú hermano...

—¿Quién te ha contado eso? —Dejé lo que estaba haciendo y miré al cojo; su rostro expresaba cara de arrepentimiento por lo que había dicho.

—Habladurías... Venga, que se nos hace tarde. —Quería zanjar la conversación; sabía que no había estado acertado en su comentario—. La gente habla, habla...

—Si eso que dice la gente es verdad... ya me encargaré yo de averiguarlo.

Continué colocando los aparejos. Tan solo Cefe y yo sabíamos dónde estaba enterrado mi hermano, y tan solo nosotros sabíamos que el coche del canalla de don Matías estuvo allí. Pudiera ser que lo supiera más gente en el pueblo, pero nadie se atrevía a decirlo, por miedo a las represalias. Antes de emprender la marcha del largo camino que nos esperaba hasta tierras portuguesas, Paco partió un trozo de queso y un pedazo de pan. Me invitó a que me sentara a su lado, había que coger fuerzas para el largo viaje y apartarnos del comprometido comentario que había hecho.

—¿Tú sabes por qué me llaman el Cojo? —La fina hoja de su navaja entraba en el queso, yo esperaba que terminara para hacer lo mismo; mientras, daba un trago de vino—. Esto no es de nacimiento...

—¿Cómo te lo hiciste? —Nos intercambiamos los utensilios; el bebía, yo cortaba— ¿En la guerra?

—Yo no fui al frente, me lo hicieron al acabar la guerra. —Escuchaba con atención a Paco, que se tocaba su pierna maltrecha—. Un día fueron los falangistas, junto con la Guardia Civil, por mi pueblo; ya hacía tres meses que había terminado la guerra. Nos juntaron a todos los habitantes en la plaza. Querían saber si alguno era partidario de los rojos. —Estaba emocionado al recordar lo ocurrido—. Nos dijeron que si éramos partidarios de la República, o dábamos cobijo a alguien contrario a los vencedores, nos tratarían igual que a ellos. Uno de los guardias, mandado por un falangista y el alcalde, se acercó a mí y me preguntó cómo me llamaba. Al oír mi nombre me pegó con la culata de su carabina en el empeine. Sentí el chasquido de los huesos, como si fueran ramas secas. Me retorcía de dolor, me había partido los huesos del pie; el alcalde y el falangista no dejaban de reírse...

—Pero... tú te llamas Paco. ¿Qué hay de malo?

—Mi nombre es Francisco Franco. —El cojo sonreía, al ver la cara de asombro que puse al escuchar su verdadero nombre—. El guardia no puso la cara de pasmado que has puesto tú al saber mi nombre. El creía que me estaba cachondeando, y no dudó en darme un golpe que recordaré toda mi vida.

—¿Pero el alcalde debería de saber tu nombre? —Esperaba que me aclarara lo que ocurrió, mientras que dábamos cuenta del queso y del vino.

—Le mandó él, lo hizo aposta. Me la tenía jurada desde antes de la guerra, por la linde de una tierra que me correspondía. —La emoción que demostró cuando comenzó a narrarme cómo nació su apodo desapareció para dar paso a la normalidad que proporcionaba la resignación de vivir con ello—. Me quedé sin tierra, y de un culatazo me cambiaron el nombre y el apellido. Desde aquel día pasé a llamarme Paco el Cojo. Lo único que decidí yo fue abandonar el pueblo. No quería ser humillado de por vida en mi tierra. Allí dejé a mi gente, mis aperos... y a una novieta con la que me iba a casar.

—¿Por qué no os casasteis?

—Sus padres no quisieron que se casara con un lisiado... y encima sin tierras que aportar.

Paco apuró el vino, agarró las riendas de la mula y comenzó a caminar. Le seguí por el estrecho sendero, flanqueado de helechos a ambos lados, que nos adentraba en el monte, camino de tierras portuguesas. Nos esperaba un largo trayecto, que yo consumía pensando en mi madre, mi hermana, mis primos, mi tía Benita, en Juan y Micaela, y también en Teresa. Quería zambullirme en todo lo que me reconfortaba, y no en lo malo que me había ocurrido desde que comenzó la guerra.

Imaginaba a mi madre, sentada a mi lado al pie de la chimenea, contándome cosas de su Portugal, y a María jugando alrededor nuestro; a mis primos cuidando el rebaño de cabras más grande de la comarca; a mi tía paseándose por el pueblo, sin rencor; a Juan y Micaela prosperando en su negocio, y a Teresa... Saltaba de un recuerdo a otro, ilusionado con los míos, con la gente a la que quería. Pero también, aunque intentaba que no vinieran a truncar mi imaginación, me acordaba de mi hermano, mi padre y mi tío. No me quería resignar a que todo siguiera igual, y creaba sueños, que cuando escapaba de ellos, me daba cuenta de que era casi imposible que se transformaran en ciertos.

El viaje transcurrió sin ningún problema. Tan solo el regateo de los portugueses con los precios, en el que yo intervenía con el portugués que mi madre me había enseñado, provocaba el cabreo de Paco. La vuelta, cargados de estraperlo, siempre procurábamos hacerla por la tarde noche, a la luz de la luna veraniega. El Cojo seguía marcando el camino, con su andar desigual y su constante fumar; desde mi posición a su espalda yo veía cómo salía el humo de su cabeza. Paramos a descansar cuando el sol comenzó a aparecer frente a nosotros. Atamos a las bestias y nos tumbamos al cobijo de unas rocas que cortaban los tímidos rayos de sol. No había cogido el sueño cuando el relinchar de las mulas me despertó. Vi cómo los dos animales arrancaban las cinchas y salían corriendo despavoridas con la carga, que no habíamos descargado. Paco las arreaba para que corrieran a toda prisa, y yo miraba para todos los lados en busca de los guardias. Eran dos parejas, que se acercaban dispersados hacia nosotros, con su mosquetón en mano. La cuadrilla la mandaba un nuevo sargento —al que me había dado el golpe en la nariz le habían dado un nuevo destino; todo por haber hecho justicia conmigo—. Levantamos las manos para demostrarles que no íbamos a oponer resistencia.

—¿Qué portaban las mulas? —preguntó el guardia al llegar a nuestra altura.

—Traemos unos encargos, ya sabe usted para quién... no creo que haga falta que se lo diga. —Toda la comarca sabía que Paco traía estraperlo para los pudientes.

—Pues esta vez te lo tengo que decomisar. —Paco no se lo podía creer, cuando otras veces les daba parte de lo transportado y los guardias hacían la vista gorda—. Venga, vayamos en busca de las mulas.

El Cojo no dijo nada. Me hizo una seña para que obedeciera y lleváramos a los guardias hasta el caserío. Andados unos pasos, se me acercó para hablarme en voz baja para que no nos escucharan.

—No me extrañaría que esto fuera cosa del Matías ese. —Seguía contrariado, pero su afán era llegar al pueblo e ir a buscar al mayor receptor de la carga para que interviniera—. No se saldrán con la suya.

Al llegar a la casa, el sargento mandó colocarse a los guardias estratégicamente para cortar el paso a los animales si volvían a salir espantados. El Cojo le dijo que se esperara, que era probable que si le veían, se podrían volver a asustar. La cara de Paco al abrir la puerta de la cuadra se transformó. Miró hacia nosotros, se encogió de hombros, haciendo un gesto que denotaba extrañeza. El sargento y yo nos miramos, no entendíamos lo que pasaba.

—¡Paco! —gritó el guardia, ansioso de saber lo que había visto dentro de la cuadra—. ¿Qué coño pasa?

—¡Asomaos por el ventanuco... pero quítese el tricornio! —El guardia no hizo caso de la advertencia del Cojo, y tuve que ser yo, que sabía lo que podía pasar si las mulas veían un tricornio, quién le convenciera para que se descubriera.

Nuestro asombro fue el mismo que el de Paco, al ver que las mulas comían tranquilamente del pesebre, y que sobre sus lomos tan solo reposaban las mantas. Alguien había cogido la carga. El sargento se quedó pensativo, ahora no había motivos para detenernos, porque no había estraperlo que requisar.

—Nosotros nos vamos. —Estaba contrariado; seguramente no sabría dar explicación de lo ocurrido a quien le hubiera mandado—. Tendrás que ir por el cuartel a dar cuenta de lo acontecido...

Llamó a los otros guardias y se fueron camino de la comandancia. Paco miraba y buscaba por todos lados de la casona. Empezó a sospechar que se lo podían haber robado. Yo le ayudaba en un intento desesperado por encontrar la mercancía cuando escuché que se acercaba alguien. Era mi primo Cefe, que lucía su sonrisa picarona.

—¿Tú has visto a alguien por aquí? —preguntó el Cojo, que le corrían chorretones de sudor por su cara de la desesperación que tenía al ver que el contrabando no aparecía—. ¡Nos han robado, Tomás!

—Cefe, tú no... —La cara de niño travieso que desprendía el pequeño pastor me alertó de que sabía lo que había pasado—. *¡La mare* que te ha *parío!* No me digas que...

—He visto a las mulas bajar solas por la cuesta, y he supuesto que los guardias estaban con vosotros. —No dejaba de sorprenderme, siempre se adelantaba a los acontecimientos—. Cojo, me debes unas cajetillas de tabaco.

Entró en la casa y levantó una puerta que estaba encastrada en el suelo, y que daba acceso a una cueva que había cavada en la misma roca que cimentaba la vivienda. Paco miraba anonadado al pastor, porque pensaba que solo él sabía de la existencia de aquel escondrijo. Allí estaba todo el contrabando, que gracias a la astucia de Cefe no había caído en manos de la Guardia Civil. Los tres nos miramos, rompimos en una carcajada, mientras Paco rompía uno de los fardos y sacaba unos paquetes de tabaco y se los daba al astuto de mi primo; todo había salido bien.

Llegado el domingo, me dirigí a Badajoz a ver a mi madre y a mi hermana. Cuando llegaba al manicomio, la pena me invadía, y el sonido de las puertas que se abrían y cerraban a mi paso retumbaban dentro de mí, como el estallido de las primeras bombas que escuché en el frente del Ebro. Pensé que nunca más iba a tener aquella sensación, que con el transcurso de la guerra llegué a acostumbrarme, pero ahora había vuelto y me tocaba en lo que más quería: mi madre. Pena, miedo, tristeza, desolación y sufrimiento se agolpaban en mí cuando abría la puerta y la veía sentada a los pies de la cama, con sus manos recogidas entre sus piernas. La cabeza erguida, con sus ojos clavados en el ventanal por el que entraban los rayos de luz que los barrotes de la reja fraccionaban y dibujaban en el suelo de la habitación.

—Madre, soy yo, Tomás. —Quitó la vista de la ventana, y dibujó una leve sonrisa, que expresaba que me había conocido—. ¿Cómo está? —Movió la cabeza afirmativamente. Su sonrisa se fue agrandando para recordarme a la madre que estaba echando de menos—. Me alegro de que esté mejor.

La abracé, y sentí cómo ella extendía sus brazos lentamente. Apenas tenía fuerza para sujetarlos en mi espalda, e intentaba acariciarme al notar que rompí a llorar. Aquella sí se parecía a mi madre, la que siempre había demostrado su instinto maternal con nosotros. La hablé de María, de mis primos, de la tía Benita... Ella no decía nada, pero se notaba en sus ojos llorosos que estaba reaccionando a lo que le contaba. Los gritos, llantos y lamentos que desprendían aquellas paredes aquel día no me hicieron tanto daño como las visitas anteriores. Mi madre había mejorado, y que no me preguntara que si había venido mi padre me lo confirmó. Ya solo me quedaba ver a mi hermana, abrazarla, decirle que madre ya no estaba malita, y que cuando pudiera me las llevaría a las dos al pueblo.

Llegué a la explanada que había delante del convento y me senté en la piedra como solía hacer siempre, a esperar que saliera mi hermana. La puerta se retrasó en abrirse, y cuando se abrió, solo salió la madre superiora. Se quedó en la puerta, esperando que yo me acercara. Me sorprendió que no estuviera María con ella, pero pensé que la habrían castigado.

—Buenos días. —Estaba impaciente, quería que me explicara por qué mi hermana no había salido—. ¿María...?

—Su hermana ya no está aquí —contestó con frialdad, sin mostrar ningún sentimiento. Se dio la vuelta, para entrar en el convento sin darme ninguna explicación. La agarré de la manga de la túnica. La madre superiora endureció su seriedad al ver que la sujetaba— ¿Qué hace?... ¡Suélteme!

—Solo quiero que me diga dónde está mi hermana... Tengo derecho...

—Con mi acto, conseguí que al menos se detuviera a escucharme, aunque me apartó con la mano de su camino, sin decirme dónde habían llevado a María.

La alegría que me había llevado al ver a mi madre se desvaneció con el traslado de María. La monja no había querido decirme dónde la habían llevado, pero yo tenía que averiguarlo. María me contó que los domingos por la tarde las sacaban de paseo por las inmediaciones de Badajoz y decidí esperar sentado en la piedra. La hermana Sol me lo tenía que decir, ella lo debía de saber. La espera fue un tormento, donde la desolación y la impotencia se reñían con la ira que me creaba las injusticias que estaban sufriendo los míos. Cuando parecía que todo se podría arreglar, con la recuperación de mi madre, la desaparición de mi hermana volvía a poner otra piedra en el camino. ¿Por qué?, volví a preguntarme, sin encontrar respuesta alguna. El quién lo sabía: don Matías. Pero el por qué... se repetía en mi cabeza una y mil veces, sin encontrar respuesta. Desde que regresé al pueblo la primera vez tuve la sensación de que algo se ocultaba, e incluso las cartas que recibía envolvían un secretismo que creó en mí una sospecha que con el paso del tiempo se adormeció, pero que florecía cuando algún acontecimiento contra los míos se desencadenaba.

A las seis de la tarde se abrieron las puertas. Las niñas salieron ordenadamente, una monja encabezaba la larga fila y las otras iban a ambos lados. La hermana Sol la cerraba, junto a las niñas pequeñas. La madre superiora no estaba.

—¡Hermana! —El bullicio que creaban las niñas me obligó a gritar. La hermana Sol se giró, y al ver que era yo volvió a mirar al frente. Extendió sus brazos para que las niñas que se habían vuelto al escucharme continuaran caminando y aligeraran su paso, tal como ella había hecho—. Por favor, hermana... ¿Dónde está María? —Los nervios y, por otro lado, el sofoco que me había producido la carrera hasta llegar a ella no me dejaban articular palabra.

Continuó andando, con la mirada puesta en la hilera de niñas que le precedía. Me puse a su par, tratando de encontrar alguna explicación a lo sucedido con mi hermana. Mis súplicas encontraron respuesta cuando la monja se paró y me miró a la cara.

—Yo no debería hablar con usted. —Calló por un momento, miró para todos lados para comprobar que nadie la observaba, entonces alzó la vista al cielo, que aquel día era tan azul como sus ojos, e hizo la señal de la cruz en su pecho—. Yo no sé dónde está María, me gustaría ayudarte. —La hermana Sol había dejado aparcados sus votos de monja y empezó a tutearme—. Lo siento, Tomás.

—Algo debes de saber...

Ella comenzó a andar, pero enseguida paró, y atendió mis ruegos.

—Un día antes de de la marcha de María vinieron dos hombres... Uno de ellos era el mismo que la trajo. —Su rostro delataba el deseo de ayudarme a encontrar a mi hermana—. No sé nada más. Ahora, si me lo permites, tengo que ir con las niñas.

Nos despedimos con una mirada mutua, que envolvía algo más que el agradecimiento por decirme lo sucedido con mi hermana; porque la hermana Sol, antes que monja era mujer. Corrió apresurada para alcanzar la fila, y ya no se volvió a girar. Yo comencé a andar en dirección contraria a las niñas, olvidándome de aquellos ojos azules para adentrarme otra vez en averiguar dónde estaba mi hermana. No me cabía duda de que uno de aquellos hombres que estuvieron el día antes de la marcha de María era don Matías. Siempre era partícipe de todo lo que nos hacía daño. ¿Por qué?, me volví a preguntar. Decidí que para averiguarlo debería ir al Canchalejo y preguntárselo a él en persona.

Ya había anochecido cuando llegué al pueblo, y no podía dejar que se enfriara mi intención de hablar con don Matías. Me fui directo a la finca, caminando avivado por la ira que se había forjado dentro de mí, no reparando en las consecuencias que me podía acarrear enfrentarme al marido de doña Julia. Fui abordado por el guardés de la finca, que se sorprendió al verme. El buen hombre intentaba pararme, para ser él quién anunciara mi presencia y no ser yo el que irrumpiera en la casa. Subí la escalinata que moría en el portón principal, no haciendo caso al guardés, que se desesperaba por mi actitud decidida, que ni yo podía controlar. Golpeé con fuerza el aldabón que representaba una cabeza de león tallada en bronce. No tardó en abrirse la puerta; la abrió la misma chiquilla que la otra vez, que apenas llegaba al picaporte. Tras ella estaba doña Julia, que al verme se alegró, apartando a la criada para recibirme.

—¿Qué te trae por aquí, Tomás? —La alegría de volver a verme no le dejaba percatarse de mi cara de pocos amigos.

—Vendrá a contarnos la mejoría de su madre. —Don Fidel se acercaba torpemente hacia la puerta, apoyado en su bastón—. No deja de ir ningún domingo, que me lo ha dicho mi amigo el doctor Marín.

—No vengo a eso, quisiera hablar con su marido. —Mi aclaración sorprendió a doña Julia, no así a su padre, don Fidel, que movía la cabeza y apostillaba con un «ya decía yo»—. Mi hermana no está en el orfanato.

—Y ¿qué pretendes?, ¿que te digamos nosotros dónde está? —Don Matías apareció en el *hall* de entrada ataviado con un batín azul a juego con sus zapatillas y pantalones. En su boca, un cigarrillo emboquillado en una larga pipa blanca. Era la misma imagen de lo que pretendía ser, un fascista—. ¿Acaso no te hemos ayudado bastante?

—Usted sabe dónde está mi hermana. —Me arrimé a él, para mirarle fijamente a los ojos.

—¿De qué me acusas, Jaro? —Me echó el humo del cigarro en mi cara, en una descarada provocación.

—¿Dónde está mi hermana? —Le volví a repetir, sin dejar de mirarle a los ojos, aguantando la provocación de su sonrisa burlona.

—¡Fuera de esta casa! —ordenó. Su mujer se interpuso entre los dos y don Fidel me agarró por el brazo para tranquilizarme—. Si tú padre no hubiera sido tan cobarde como para quitarse la vida, de tu hermana no se hubiera hecho cargo el auxilio social...

Al escuchar cómo insultaba a mi padre no me pude contener y me abalancé sobre él cogiéndole del cuello. El canalla de don Matías trataba de mantener su sonrisa, mientras yo me encolerizaba más e intentaba ahogarle. Sentí el frío del cañón de una escopeta en mi sien.

—¡Suéltalo!... o te pego un tiro. —Era el guardés, que estaba cumpliendo con su trabajo.

Solté, pero sin dejar de mirarle a los ojos. Doña Julia estaba horrorizada, e intentó ayudar a su marido a colocarse el batín, pero este la apartó con muy malos modos. Don Fidel miraba a don Matías con desprecio, que era lo que sentía por su yerno. La pequeña criada, que estaba atemorizada por lo que había presenciado, me abrió la puerta para que me fuera. Salí a la calle, sin despedirme; ya no estaba nervioso y cogí el camino con el aplomo que me daba la satisfacción de haber defendido lo mío. El guardés se me acercó, antes de abandonar la finca; tenía entre sus manos su sombrero, con la larga pluma de faisán.

—Lo siento... Si no le encañono... me quedo sin trabajo. —Trataba de justificar lo que había hecho. Yo lo entendí, porque había que estar al servicio del amo; por desgracia, así era.

Los días siguientes fueron transcurriendo con la sospecha de que don Matías no se iba a estar quieto y de que no tardaría en demostrarme el poder que tenía. Extrañamente, mis recelos no se concretaron, nadie me molestó.

Capítulo XXIV

El primer domingo de abril de 1945 mi madre fue dada de alta del psiquiátrico. El doctor Marín aseguraba que se había curado; aunque también algo tenía que ver don Fidel, que, abusando de la amistad con el psiquiatra, le había convencido de que lo mejor era que mi madre saliera de allí. Era temprano, y yo esperaba impaciente en el *hall* del manicomio, acompañado por los numerosos cuadros de santos que forraban la pared de aquel ingrato lugar. Los ruidos y gritos que producían los internos no impidieron que se escucharan las pisadas del doctor y del enfermero que custodiaban a mi madre en su lento caminar. Como equipaje, un pequeño bolso, en el que entraban de sobra sus pertenencias. Levantó la cabeza, y al verme la bajó, abrazándome y aferrándose a mi pecho, como una niña que no quiere que la separen nunca más de lo que anhela. El doctor me hizo un gesto, que autorizaba a llevármela. La ayudé a caminar, a abandonar aquel lugar en el que había pasado casi tres años. Don Fidel nos esperaba en la puerta, sentado en la parte trasera de su flamante coche, que había puesto a nuestra disposición para trasladar a mi madre. Lo conducía un joven chófer, que gentilmente nos abrió las puertas del vehículo y que su discreción originaba que no se notase su presencia en aquel momento tan íntimo.

El silencio nos acompañó todo el viaje. Mi madre continuaba abrazada a mí, lo que provocaba que yo sintiera su corazón como si fuera mío, y podía notar cómo poco a poco se iba apaciguando, para desembocar en unas lágrimas silenciosas que denotaron calma. El cese del ruido del motor anunció que ya habíamos llegado a nuestro destino, el pueblo. La choza de la tía Benita iba a ser la morada de mi madre en lo sucesivo; allí estaría arropada por su cuñada, y por mis primos. No podía volver a la casa que le prestó en su día doña Julia; aquel lugar estaba lleno de trágicos recuerdos. No era necesario desempolvar el pasado.

El joven conductor abrió la puerta, mi madre dudaba en abandonar el vehículo. Pasado un instante, decidió salir cuando le tendí la mano, que agarró con debilidad, para acompasar su pie y posarlo lentamente en el suelo. Ya estaba frente a su cuñada Benita, que la miraba con los ojos llorosos. La tía la abrazó, mi madre no pudo despegar los brazos de su cuerpo, apenas tenía fuerzas, pero una leve sonrisa indicó que se alegraba de verla, de volver al pueblo, de volver a estar con nosotros, con los suyos, con su familia, aunque no estaba María... Don Fidel no salió del coche, respetando el íntimo recibimiento familiar, que se celebró a la entrada de la humilde choza. Yo le miré agradecido, él asintió con la cabeza y desde la ventanilla me hizo un gesto de despedida. Nunca podríamos pagarle todo lo que bondadosamente estaba haciendo por nosotros. Él paliaba, como podía, todo el mal que su yerno nos provocaba.

Dentro de la choza, la tía ayudó a mi madre a sentarse en una silla, la meció el pelo, la volvió a agasajar, a darle el cariño del que carecía desde hacía tiempo, mientras que yo y mis primos mirábamos emocionados aquel momento.

—Aquí estarás bien... ¡No podrán con nosotras, María!... ¡No podrán!
—La tía Benita, con sus palabras, trataba de impregnarle la misma fuerza que a ella le había servido para sobrevivir ante tanta injusticia.

Los cuidados que dispensaba la tía Benita a mi madre me hacían descuidarme y poder dedicarme por completo al estraperlo con Paco el Cojo. Me reportaba el dinero suficiente, que yo le daba a mi tía, y esta lo administraba, para sacar a los niños y a mi madre adelante, sin tener que vivir de los favores y la caridad de doña Julia y su padre. Era mejor que mi madre no se volviera a topar con don Matías. Yo no dejaba de visitar a los venteros, porque allí tenía mi casa, como solía repetirme Juan cada vez que me dejaba caer por la venta. Tomasín, cuando me veía, salía corriendo hacia mí, para que yo le lanzara al aire, le cogiera y me lo echara a mi espalda, simulando que yo era un caballo desbocado. El niño soltaba una y mil carcajadas, que a mí me gustaban, porque me recordaban a María. Micaela también se acercaba, balanceando sus gruesas caderas, que a su vez movían su negra y sufrida falda, con las manos en la espalda, escondiendo las cartas de Teresa, y sonriendo pícaramente. El ritual era inevitable cada vez que iba a verlos.

—Muchacha, ¿quieres darle las cartas al Jaro, que siempre estás jugando...? Pareces una niña chica. —Juan continuaba enojándose cada vez que su mujer tonteaba para darme la correspondencia.

Yo no tenía que arrimarlas a mi nariz para olerlas, como hacía Micaela. Al abrirlas, el olor se expandía, y yo me sumergía en la gratificante lectura de las cartas que Teresa me mandaba. La distancia no había provocado que nos olvidáramos el uno del otro. La contestaba con premura, después de aprenderme de memoria lo que me ponía en las dos cuartillas, escritas por ambas caras. Cuando acababa de leer y escribir a la hija del coronel, me encendía un cigarro, y me ilusionaba con volver a verla. El tiempo no había hecho mella en mis recuerdos, teniendo frescos los momentos que pasé a su lado. Luego, y sin darme cuenta, florecía en mis recuerdos María. ¿Dónde está?, me preguntaba. Si alguien lo sabía, ese era don Matías, pero yo no veía la manera de averiguarlo.

Un día, Micaela, al verme triste, se arrimó a la mesa donde yo estaba. Las cartas, los sobres y la pluma se esparcían con desorden. En mis manos, un vaso de vino al que apenas hacía caso.

—¿En qué piensas? —indagó Micaela, sentándose a mi lado—. La niña, ¿verdad?

—Si pudiera averiguar dónde está...

—Espera...

Se levantó y subió las escaleras que separaban el bar de la vivienda. No tardó en bajar. En su mano traía un papel, que me dio, acompañando la entrega con una gran sonrisa.

—Estas son las señas de mi cuñada Luisa. —La hermana de Juan vivía en Mérida, ella siempre me había tenido un gran aprecio—. Su marido, don Severiano, seguro que te echará una mano...

—Pero Juanito... —Mi amigo seguía sin perdonar a su hermana por haberse casado con aquel hombre, que la doblaba en edad.

—Este es un cabezón, que cuando se *encojona* con alguna *cosina*... —Juan estaba detrás de la barra, y nos miraba con la sospecha de que hablábamos de él—. Si la ha perdonado mi suegro, no entiendo por qué no la quiere perdonar él.

—¿*Nostaréis* largando de mí? —preguntó, pero ni Micaela ni yo le contestamos.

Ella me contó que don Severiano avaló al padre de Juan y lo sacó de los campos de trabajo de Montijo. Ahora vivía en Badajoz, junto a su mujer, y ejercía de capataz en una de las fincas que poseía el marido de Luisa. Su condición de juez lo capacitaba para ser una persona muy influyente. Juanito se resistía a plegarse a los favores y a la protección que le podía proporcionar el marido de su hermana. Aunque a mi amigo no le gustara, los falangistas sabían quién era su cuñado, y por ese motivo se cuidaban mucho de no meterse con él.

Tras uno de los viajes a Portugal, a la vuelta, me fui a Mérida, con el consentimiento de Paco, que no me puso impedimento alguno. No me costó encontrar la casa de Luisa. Las señas me llevaron hasta un palacete, que estaba situado en la parte más noble de la ciudad. La entrada era una gran verja, que era tan alta como el muro que rodeaba la casa. Entré y toqué una campana que había en la puerta, en cuyo cristal me reflejaba. Aproveché para colocarme el cuello de la camisa y pasarme los dedos por el pelo para peinarme. La puerta se abrió, sin que nadie preguntara quién era. Era Luisa, estaba tan guapa como siempre, no había cambiado.

—¿Tomás? —Asentí con la cabeza, y su cara de extrañeza pasó a ser de alegría—. Cuántos años sin vernos... qué alegría. Pasa dentro, no te quedes ahí.

—¿Qué tal está? —Dudaba en el trato que tenía que utilizar para dirigirme a ella.

—Llámame de tú, que nos conocemos desde niños. —Cogió mi mano y me invitó a entrar al interior del palacete—. Qué alegría —reiteró—. ¿Qué te trae por aquí?

—Mi hermana, doña Luisa.

Después de que me volviera a regañar por tratarla de usted, empecé a narrarle lo ocurrido. Escuchaba con interés cada una de mis palabras, cada gesto que yo hacía, cada aclaración que ella me pedía, demostrando que le importaba lo que les pasaba a los míos. Ella, no hacía mucho tiempo, había pertenecido a mi clase social, y no se había olvidado. Las lágrimas en su rostro acompañaron mi relato, que lo terminé pidiéndole ayuda. Se secó las lágrimas y me agarró de la mano, para mirarme a los ojos y decirme con sinceridad lo que yo esperaba de ella y su marido.

—No te quepan dudas, Tomás, que Severiano hará todo lo que esté en su mano para encontrar a tu hermana. Te lo prometo.

Cuando entré, no me fijé en lo atractivo y bonito que era aquel palacete: en el centro, un patio lleno de pilistras le daba mayor grandeza, si cabe. Mi visita no se prolongó demasiado, a pesar de la insistencia de Luisa para que me quedara a comer. Don Severiano no vendría hasta la tarde, estaba en el juzgado, pero la hermana de Juan me dijo que en cuanto llegara le informaría de mi visita y de lo que me había llevado por allí. Antes de que abandonara aquella bonita casa, Luisa me volvió a agarrar de la mano: estaba emocionada.

—Dale un beso a mi hermano... y dile que le echo de menos.

Ya era tarde cuando llegué a la venta. Mis dos amigos estaban recogiendo el bar. Juan estaba barriendo y Micaela se encontraba dentro de la cocina, pero cuando me escuchó entrar y dar la buenas noches, dejó lo que estaba haciendo para averiguar si Luisa y su marido me iban a ayudar a encontrar a María.

—¿Qué tal te ha ido? ¿La has visto? ¿Qué te ha dicho? —Micaela me bombardeó con preguntas—. Venga, Jaro, cuéntame...

Juan continuaba barriendo, aparentando que no le importaba que hubiera estado con Luisa.

—Me ha dado recuerdos para ti tu hermana. —El ventero no me contestó, y continuó barriendo lo barrido.

—¡Cabezota, que eres un cabezota! —Le recriminó Micaela, con los brazos en jarras y moviendo la cabeza exageradamente—. Vamos a sentarnos y me cuentas. —Ella se apartaba de los perjuicios que tenía Juan. Su cuñada siempre se había portado bien con ella, y Micaela no veía motivos para que su marido no quisiera saber nada de su hermana—. ¡Con lo *salaína* que es tu hermana... y lo *retorcío* que has *salío* tú; hay que *joerse!*—. No dejaba de recriminar a su marido el comportamiento que tenía hacia Luisa.

Pasada una semana, me acerqué por Mérida. La incertidumbre del día después de haber hablado con Luisa se había transformado en certeza con el paso de los días. No todo me podía salir mal, y ya era hora de que la suerte me sonriera. Mi optimismo estaba en lo más alto, y parte de culpa la tenía Micaela, que me había contado que don Severiano había ayudado a mucha gente, y siempre con resultados satisfactorios. Toqué la campana, y enseguida se abrió la puerta. Era Luisa la que salió a recibirme, porque era ella la que se encargaba del servicio del palacete. Aunque era la mujer del dueño, las dos sirvientas que tenía estaban para ayudarla, no para servirla. Su humildad y sencillez no le permitían ser atendida por las que un día fueron sus compañeras.

—Pasa, Tomás, pasa. —Luisa se comportaba con la misma naturalidad que yo recordaba—. ¿Qué tal estás? —Me miraba con la misma alegría que cuando me vio hacía siete días.

—Estoy bien, doña Luisa.

—Por favor, Tomás, ¿cómo tengo qué decirte que no me llames de usted? —Se sentía incómoda por el trato que yo, inconscientemente, le daba—. Acompáñame, que Severiano tiene que contarte algo.

La camisa blanca, con ribetes azules en las mangas y el cuello, que llevaba Luisa, iba a juego con los azulejos que cubrían las paredes. La falda negra y los zapatos del mismo color le otorgaban un aspecto de señora de la casa que ella se negaba a aceptar. Su modestia de chica de pueblo no permitía olvidarse de sus orígenes, por mucho que el destino le hubiera sido grato. El despacho de su marido estaba al final de un largo pasillo, que cruzaba el patio. La puerta estaba entornada, y Luisa, con un agradable «¿se puede?», la abrió del todo. Su marido no parecía que le doblara la edad, aunque las bolsas en sus parpados certificaran sus años. Era un hombre alto y huesudo, cuyas largas y pobladas patillas disimulaban la delgadez de su cara.

—Encantado de conocerte. —Se levantó y me extendió su mano; yo hice lo mismo. Noté el contraste de mi mano áspera al contacto con sus largos y suaves dedos—. Siéntate, por favor —dijo señalando una bonita silla de madera cuyo respaldo tenía labrado con motivos de caza.

—Gracias. —Tanta cordialidad me abrumaba, aunque también la agradecía.

—Bueno... no he podido averiguar dónde está tú hermana. —Miró a Luisa, que hizo un gesto de resignación—. Los papeles de tu hermana están incompletos, es decir, donde debería poner dónde la han trasladado está en blanco... —Volvió a mirar a su mujer.

—¿Entonces? —Sus explicaciones me desconcertaron.

—A todas las niñas que trasladaron en la misma época que a tu hermana las llevaron a Madrid. —Soltó los papeles que tenía en sus manos. Me miró por encima de sus gafas; en su rostro se notaba que estaba convencido de que María estaba en la capital—. Es muy probable que estén todas juntas, en la misma congregación de monjas.

—Pero Madrid es muy grande... —Todo se complicaba y no veía la manera de solucionarlo—. ¿Qué puedo hacer?

—De momento nada. Trataré de averiguar exactamente dónde está, y ya te lo comunicaré. —Sus palabras tranquilizadoras me dieron confianza—. Todo es cuestión de tiempo y paciencia. Confía en mí.

Los rostros seguros de sí mismos, de Luisa y don Severiano mirándome a la par, me transmitieron la confianza de que iba a encontrar a mi hermana. Aquel hombre, al que mi amigo Juan rechazaba como cuñado, haría todo lo posible por averiguar el paradero de María.

Al volver a la choza de la tía Benita las reuní a las dos, a mi Madre y a mí tía. Tenía que contarles lo que me había dicho el marido de Luisa. Estaban expectantes, y escuchaban con la esperanza de que hubiera averiguado dónde estaba la niña. El desencanto se notó en los ojos de mi madre, que volvieron a llenarse de lágrimas, cuando dije que lo más seguro es que se la hubieran llevado a Madrid; la tía Benita trataba de sosegarla con palabras que aliviaran su desesperación.

—*Cúchame,* María... —le alentaba, agarrándola con las manos la cabeza para que la mirara—, el *marío* de la Luisa es *mu* buena gente; ya verás cómo en *na* de tiempo la tu niña estará en *casica.*

Era domingo cuando volví por Mérida; no había pasado una semana. Tenía la necesidad de saber si don Severiano había averiguado el paradero de mi hermana. Toqué la campana, y como siempre me recibió Luisa. Volvió a mostrar la misma alegría al verme que las dos veces anteriores. La premura con que me invitó a que fuera al despacho de su marido me hizo ver que había buenas noticias. Don Severiano se levantó para recibirme, me tendió la mano, invitándome a que me sentara en la misma silla de la vez anterior. Su cara bondadosa no dejaba de sonreír, y Luisa me miraba con el entusiasmo que le daba el deseo de escuchar a su marido darme buenas noticias sobre María.

—Hemos averiguado dónde está tú hermana. —Sus palabras me crearon una gran satisfacción, y estaba deseando escucharle.

—Está en un orfanato en Madrid —aclaró Luisa, que seguía entusiasmada—. Tú madre se alegrará, ya verás como pronto la tendréis en casa.

—Madrid —susurré, quedándome pensativo, no sabía que decir—. ¿Por qué?

El juez no sabía darme respuesta. Lo único que me aclaró es que los traslados se solían hacer por petición de algún familiar cercano. Pero normalmente solo se atendían las peticiones de gente afín al régimen; los huérfanos de los rojos no tenían ningún privilegio. A estos, en especial a los más pequeños, se les trataba de infundir que sus padres representaban el mal. Las explicaciones de don Severiano, que ya las sabía, porque lo que se hacía con los hijos de los perdedores era popularmente sabido, me hicieron creer con más certeza que don Matías volvía a estar detrás de los males que perseguían a los míos. El juez me miró con resignación; él sabía que intentar buscar a María en la capital era como buscar una aguja en un pajar. Salí de aquella casa con la promesa de que intentarían localizarla.

Cuando mi labor como contrabandista me lo permitía me iba con Cefe de pastoreo. Salíamos temprano, buscando los pastos frescos para las cabras. Nos sentábamos en algún alto desde donde pudiéramos observar el rebaño, que cada día era más numeroso. Intercambiábamos tabaco, charlábamos, y mi primo me sometía a un sinfín de preguntas.

—¿Tuviste miedo en la guerra? —Siempre ponía la misma cara de pícaro. A veces no sabía qué contestarle, porque tenía miedo de no complacerle en la respuesta.

—¿Tú qué crees?

—Yo creo que sí... pero no me has contestado —insistía, sin dejar de mirarme.

—Mucho, Cefe, todos los días. —Me levanté y comencé a andar. Él me seguía, atento a mi respuesta—. En la guerra te puedes acostumbrar a todo, al cansancio, al frío, al calor, a los piojos y a las chinches, e incluso al hambre. Pero te aseguro que al miedo no te acostumbras; el miedo siempre está ahí, no se puede controlar.

Después de un largo caminar, entretenido con preguntas y respuestas, llegamos al nacedero del arroyo chico. Como un impulso, provocado por la necesidad y sin hablar, apartamos las ramas de la tumba de Joaquín e introducimos las manos en la tierra. Nos mirábamos, no decíamos nada, tan solo llorábamos y reíamos a la vez. Nuestra ceremonia particular nos hacía sentirnos bien, porque entendíamos que era la única manera de volver a sentir a mi hermano. Cefe se giró, sacando las manos de la tierra y poniéndose de pie. Miguelín estaba detrás de nosotros mirándonos extrañado.

—¿Qué haces aquí? —preguntó Cefe—. Podías avisar... que me has dado un susto.

—¿Qué estabais haciendo? —Miguelín no dejaba de mirar a la tumba; él ignoraba que Joaquín estaba enterrado allí.

—Nada —contesté, a la vez que cogía mi zurrón—. Y a ti ¿qué te trae por aquí?

—Me ha mandado Micaela a buscarte. Hay una señora y un señor en la venta que quieren verte. —Miguelín no dejaba de mirar a su hermano, que estaba tapando la tumba con las ramas—. ¿Qué hace? —preguntó; seguía intrigado.

—Vamos —sugerí, pero él continuaba mirando a Cefe—. ¿Quiénes son? ¿Los conoces?

—No, primo, pero ella es muy guapa, y han venido en coche. —Miguelín era el más aplicado en los estudios de los hijos de mi tía Benita; siempre llevaba el mismo libro en sus manos—. El señor que la acompaña debe de ser algo importante, se le nota en su manera de hablar...

—¿Qué estás leyendo? —Trataba de distraerlo de su curiosidad. Le cogí el libro.

—Tonterías, primo —contestó Cefe mientras yo intentaba leer el título que estaba borrado a base de raspar las letras.

—Son poemas de Federico, un escritor *granaíno*; están prohibidos. —Bajó la voz, como si alguien le pudiera escuchar en aquel solitario lugar—. Era un poco *amanerao*, por eso lo fusilaron.

—¿Qué es *amanerao*? —preguntó Cefe.

Miguelín miró a su hermano con un gesto que dejaba a las claras que se compadecía de su ignorancia.

—Marica, Cefe, marica. Y vamos, que están esperando esos señores tan elegantes.

No paraba de darme explicaciones, creándome más confusión. Me era imposible adivinar quién quería verme. En la puerta de la venta había un coche negro, tal como me lo había descrito Miguelín, que ya se había vuelto sobre sus pasos para ir al nacedero del arroyo chico a saciar su curiosidad y averiguar qué estábamos haciendo. Entré en la venta, y en una mesa estaban sentados Luisa, don Severiano y Micaela. Juan se encontraba en la barra; se notaba en su cara que la visita de su hermana y su marido le había incomodado. Después de saludarnos, me senté con ellos.

—¿Sabe ya algo de mi hermana? —La pregunta fue directa; como siempre, la impaciencia me podía.

—Sí, está en un convento de Madrid, en la inclusa de la calle O'Donnell. —Luisa y él se miraron e hicieron un gesto de complicidad. Se les notaba que estaban satisfechos de haber cumplido la promesa que me habían hecho.

Micaela también estaba contenta, y hacía gestos a Juan para que se sentara con nosotros y se olvidara de las rencillas del pasado, pero este se resistía—. Aquí tienes una carta escrita por mí, para que puedas traer a la niña.

—¿Como ha dado con su paradero?

—Las monjitas son como una tumba, sus votos no les permiten contar ciertas cosas, pero cuando las ofreces un donativo para la congregación...

—Cantan por peteneras —sentenció Micaela, soltando una carcajada que nos contagió a los tres.

—Todos tenemos un precio —apostilló Luisa, que estaba deseosa de que Juan se sentara con nosotros. No dejaba de mirarle.

Me percaté de que ella deseaba reconciliarse con su hermano como fuera. Pensé que podía interferir entre los dos, así le devolvería a Luisa y a su marido el favor por ayudarme a encontrar a María. Fui tras la barra, donde se encontraba Juan. Barría, fregaba, colocaba botellas... hacía todo lo posible por evadirse de la presencia de su hermana y su cuñado.

—¿No te alegras de que tu hermana me ayude? —la pregunta no le distrajo de seguir fregando unos vasos—. Deja a un lado tu cabezonería, Juanillo, que no te hace bien.

—Tú métete en tus cosas. —La manera de contestarme me demostró que ya estaba dudando en su actitud; le conocía bastante bien.

Le quité el vaso que estaba fregando; no se opuso. Me miró, y vi en sus ojos que estaba dispuesto a lo que yo le propusiera. Le eché el brazo por encima de sus hombros y le llevé hacia la mesa, donde estaba Luisa esperándole, para abrazarle sin resentimientos.

Capítulo XXV

El viejo tren aminoró la marcha y los pasajeros se agolparon en las ventanillas para buscar con la mirada a los familiares y amigos que les esperaban en los abarrotados andenes de la estación. Bajé, me abrí paso entre el tumulto de la gente, que se abrazaba y se saludaba en el reencuentro. Con una simple maleta de cartón, que me había prestado mi amigo el ventero, fui en busca de la salida de aquel majestuoso edificio acristalado que era la estación de Atocha. El reloj de la cúpula indicaba que eran las seis y media de la tarde, de un domingo de mayo de 1945. Comencé a caminar, sin saber dónde me dirigía, acongojado por el ir y venir de los modernos coches y tranvías, que se entremezclaban con los carros tirados por mulas, caballos o burros. Madrid se presentaba ante mí, con sus amplias calles, sus altos edificios, indicándome que no iba a ser tarea fácil encontrar a María.

Pregunté a varios transeúntes, que amablemente me orientaron, hasta que encontré la pensión que me había recomendado don Severiano. Estaba situada en el callejón del gato, una estrecha y corta calle peatonal cuyos edificios de cuatro plantas a ambos lados apenas dejaban pasar el sol. Con las señas en la mano, busqué el número de la casa donde estaba la pensión. Era el siete; al lado del número, otro cartel que anunciaba que la vivienda estaba asegurada de incendios. Entré en el interior, subí una larga escalera de peldaños de madera, que al apoyar mis pies crujía como si se fueran a partir. Al final, un rellano, con tres puertas, una en cada lado, otra en el centro, y a espaldas, la escalera que conducía a la planta superior. La del centro era la pensión. Llamé, no tardó en girarse la mirilla redonda, coronada por la imagen de un Cristo del Sagrado Corazón; la abertura dejó al descubierto un ojo con largas pestañas negras que me observaba.

—¿Qué desea? —La voz que me preguntaba desde el interior era la de una persona anciana.

—Busco cama —contesté, mostrando mi mejor sonrisa con el ánimo de dar confianza a la mujer que regentaba la pensión—. Vengo recomendado por el juez don Severiano.

—Siendo así... —La mirilla se cerró, abriéndose la puerta tras escucharse cómo se desencajaba la cerradura—. Pasa, no te quedes ahí —indicó la dueña, una mujer teñida de rubio que lucía sus labios exageradamente cubiertos de carmín y que estaba acompañada por varios gatos.

Cerró la puerta, me miró, observándome de arriba abajo, y empezó a decirme de seguido las condiciones de la pensión. Que fuera recomendado por don Severiano la convenció; le conocía de sus años de estudiante en Madrid. Me mostró la habitación, que era abuhardillada, y que tan solo tenía un tragaluz en el techo. La cama estaba en un rincón, con una mesilla al lado, y enfrente un pequeño armario que apenas dejaba espacio para pasar y poder abrir el tragaluz para que entrara el aire.

No puse ningún pero a las condiciones, porque mi único objetivo era localizar a mi hermana y pasar el menos tiempo posible en la capital. Aquella mujer, que respondía al nombre de Flora y cuyo intento por parecer más joven revelaba que se negaba a afrontar su vejez, antes de irse y dejarme en la intimidad de la habitación me lanzó la última condición, después de haber pagado por adelantado tres días.

—Nada de política, y al entrar o salir, tenga cuidado de que no se escapen los gatos.

Me tumbé en la mullida cama, que al notar mi cuerpo me abrazó, y el cansancio acumulado hizo el resto para que me quedara allí hasta el día siguiente.

La claridad que entraba por la ventana me despertó, y tardé en reaccionar para darme cuenta de que no estaba en mi pueblo; ni camino de Portugal con el Cojo, durmiendo en cualquier cueva al resguardo de las frías noches; ni en los camastros de las míseras prisiones o campos de trabajo que había habitado; tampoco en el pabellón de soldados del cuartel de Algeciras, sintiendo la cercanía de Teresa. Estaba en Madrid, en una triste pensión, para solucionar uno de los varios problemas que me había acarreado la fatídica guerra: encontrar a María. Si averiguaba dónde estaba y la llevaba de vuelta a casa, mi madre se pondría mejor y recobraría la alegría; era mi ilusión.

Al salir de mi cuarto, pude ver a la señora Flora sentada en un viejo diván, rodeada de sus gatos, hablando con una chica que era mayor que yo. Las dos me miraron, y la patrona me invitó a que me sentara con ellas.

—Mira, Pepita, este es Tomás, el nuevo inquilino. —La muchacha esbozó una abierta sonrisa, que yo correspondí tímidamente—. Todavía no me ha dicho que hace en Madrid. —Las dos mujeres fumaban con desparpajo, lo que me sorprendió; era la primera vez que veía a una mujer fumar.

—Busco a mi hermana pequeña... tiene cuatro años. —Mi contestación las extrañó, tanto como a mí verlas encenderse un cigarrillo tras otro—. Don Severiano averiguó dónde está y me dio este salvoconducto para poder llevármela. —Mostré el papel a la señora Flora.

Lo leyó con atención, y cuando terminó se lo dejó a Pepita para que hiciera lo mismo. Al terminar, las dos me miraron con cara de preocupación. Parecía que el salvoconducto no tenía el valor que yo pensaba.

—Severiano siempre tratando de ayudar a los demás, pero... este ya no es el Madrid que él conoció.

—Ni él ni nadie, porque los fascistas, los curas y los ricachones hacen lo que quieren. —Pepita hablaba en un tono castizo que yo ya había notado a los madrileños.

—Por favor, Pepita, trata de no alzar la voz... que las paredes tienen oídos, y vete a dormir —le recriminó la señora Flora en voz baja, a la vez que la azuzaba para que se fuera a su habitación. Yo escuchaba atónito, porque no eran horas de irse a la cama, más bien todo lo contrario, eran horas de empezar el día—. Y tú tienes que ir a la calle de Alcalá, bajas a la fuente, luego verás la puerta en lo alto de la calle, la cruzas y ya es todo recto, dejando el Retiro a tu derecha hasta la inclusa.

La escuchaba, pero no entendía nada. Me hablaba como si yo conociera Madrid, un lugar que pisaba por primera vez y que todavía no había tenido tiempo de ingerir. No entendía la relación que pudiera tener con el marido de Luisa; aunque en aquel momento fuera lo que menos me inquietara, no dejaba de extrañarme. Pepita, antes de irse a dormir, desde la puerta de su cuarto me guiñó un ojo, acompañado de una mirada descarada, a la vez que dejaba al descubierto su pierna por la abertura de su estrecha falda.

—Mira que eres descarada, Pepita. —Volvió a recriminar Flora.

—La envidia que te da, que tú no puedes... ¿a que sí, Tomás? —contestó, sin dejar de mirarme con atrevimiento.

No contesté, aunque no pude evitar mirarla. Pepita con su pose y su mirada me estaba invitando a que entrara en su cuarto.

Abrí la puerta de la calle con la intención de irme a la inclusa de la calle O'Donnell, tal como ponía en la dirección que me había dado don Severiano. Antes de salir, empujé con el pie a uno de los gatos que pretendía acompañarme. Una vez que puse el pie en la calle, y antes de buscar la de Alcalá, tal como me había dicho la patrona, me quedé sorprendido al ver cómo unos niños se reían al verse reflejados en unos espejos cóncavos que deformaban sus figuras. Estaban en la pared de un local del callejón, y no pude por más que acordarme de mis primos. Ellos también habrían disfrutado al ver sus cuerpos deformes.

Caminé por las estrechas calles de Madrid, para desembocar en una gran calle, era la de Alcalá. Luego descubrí que la fuente, la puerta y el retiro eran lugares emblemáticos de Madrid, que a cada paso que daba no dejaba de maravillarme. Después de casi una hora llegué a la inclusa. Era un edificio que ocupaba gran parte de la calle y que lo envolvía una tapia de ladrillo. Entré y me dirigí a la puerta principal del edificio, que estaba abierta. Era una sala, más bien pequeña, en la que había un banco, una puerta y un torno de madera, en uno de cuyos laterales había una campanilla. La sobriedad de aquel lugar, que estaba presidido por un crucifijo, me dejó paralizado. No sabía qué hacer, esperaba que alguien apareciera para poder explicar por qué estaba allí. Pasados unos minutos, decidí que no podía esperar más, y toqué la campana. Inmediatamente, una voz femenina detrás del torno me preguntó qué quería.

—Busco a mi hermana. —No podía ver a la persona que estaba detrás; ella a mí sí.

—¿Perdone? —preguntó extrañada—. Esto es una casa de acogida de bebés.

—Tengo un salvoconducto firmado y sellado por un juez en el que acredita que mi hermana está aquí.

—Pero... —noté que estaba confusa—. Aquí las madres nos traen a los niños nada más nacer. Su hermana...

—María tiene cuatro años. —Al decir la edad, me hizo ver que probablemente estuviera en el sitio equivocado. La madre superiora del convento de la caridad de Badajoz pudiera ser que hubiera engañado a don Serveriano, o también cabía la posibilidad de que la hubieran mentido a ella. Si estaba don Matías de por medio, todo era posible—. Se llama María Martín da Silva.

No encontraba respuesta, y el silencio se rompió con un murmullo que procedía del otro lado del torno. Eran al menos dos personas las que hablaban, y por más que intentaba descifrar lo que decían, no lo conseguí. La puerta se abrió, y sin rebasarla estaban dos monjas, con los hábitos iguales a los de las hermanas de Badajoz; tan solo las diferenciaba el tocado que cubría su pelo. Sus miradas serias e impasibles no me generaron optimismo. Las extendí el salvoconducto para que lo leyeran, pero una de ellas, que parecía que era la madre superiora, sin cogerlo, le echó un vistazo fugaz y lo apartó con la mano.

—Siento comunicarle que su hermana no está aquí. —Sus palabras eran frías, al igual que su rostro—. Aquí solo tenemos bebés.

—Cuando crecen, si nadie los reclama, los damos en adopción o los llevamos a otros centros —aclaró la otra monja, que parecía más amable que su superiora—. No tenemos ninguna niña con ese nombre. Debería buscar en otro sitio.

—Pero... ¿dónde? —Mi pregunta era producto de la impotencia, al sentir que toda mis ilusiones se desmoronaban, que la suerte volvía a ser con los míos tan injusta como esquiva.

—En Madrid hay más lugares de acogida. Las trinitarias, las carmelitas, los jesuitas... Busque en otro sitio. Dios le ayudará a encontrarla. —Las palabras de la monja no me consolaron, y abandoné la inclusa ante la fija e inamovible mirada de la madre superiora.

Caminé sin sentido por las calles del Madrid que tanto me impresionó cuando llegué, y que también me había mostrado su lado oscuro en la inclusa. La desilusión de no encontrar a María se entremezclaba en mi cabeza con la imagen que se había quedado prendida en mi retina de las dos monjas con el torno al fondo. Un artilugio redondo de madera en el que las madres depositaban a sus hijos con la esperanza de que tuvieran una vida mejor, porque la pobreza, la desigualdad y la injusticia reinantes que había acarreado la guerra decían que ellas no se la podían dar.

Era mediodía, cuando sin saber cómo llegué a la pensión. La señora Flora me abrió la puerta, no sin antes mirar por la mirilla, para comprobar que era yo y darse cuenta de que no había encontrado a mi hermana. Movió la cabeza, y su gesto me dio a entender que ella ya sospechaba que María no podía estar en la inclusa de la calle O'Donnell.

—Siéntate, que te pongo algo de comer. —Señaló la mesa; el diván estaba ocupado por un hombre que se escondía tras el diario *La Vanguardia Española*—. Él es don Marcial, otro de mis inquilinos.

—Buenas —saludó escuetamente, apartando por un corto momento el periódico, para volver a esconderse tras él.

La señora Flora no tardó en traerme una sopa, que estaba más bien tibia, y cuyo sabor rancio lo intentaba disimular con un ramito de hierbabuena. Mientras que daba cuenta de la escasa comida, que se completaba con una manzana que estaba medio pocha, mis ojos no podían dejar de leer la portada del periódico de don *Marcial*. La noticia, aunque deseada, me cogió por sorpresa: «TERMINA OFICIALMENTE LA GUERRA EN EUROPA. Rendición total e incondicional de Alemania».

—¿Es cierto lo que dice la prensa? —Cerró el periódico y volvió a mirar la portada. Un largo bigote, que sobresalía por ambos lados de su cara alargada y su monóculo, le daban un aspecto inconfundible de burgués.

—Pues claro, la guerra acabó el día dos con el suicidio del Führer —explicó, a la vez que cogió un bonito bastón con la empuñadura de nácar para levantarse. Me miraba enojado por mi ignorancia—. Joven, ¿dónde estaba usted que no sabe que ha muerto el gran Adolfo? —Se fue camino de su habitación, refunfuñando en voz baja.

Flora me aclaró que don Marcial era un monárquico venido a menos, y que estaba esperando que el Caudillo volviera a instaurar la monarquía y que le devolvieran las posesiones incautadas por la República. Me vino a la cabeza el padre de Teresa, don Teófilo, cuando me decía en el patio de geranios que Franco había defraudado a los partidarios de la monarquía. Al parecer, viendo a don Marcial, el coronel tenía razón, porque ya habían pasado seis años desde el final de la contienda y todo continuaba igual que en abril de 1939. Pero a mí, quitando el primer momento de la impactante noticia, no me importaba. Mi preocupación volvió a ser María, no sabía qué hacer, ni dónde buscar; Madrid era demasiado grande.

—Yo sabía que tu hermana no podía estar en la inclusa —confesó Flora, despertándome del desasosiego que me creaba pensar en María.— Tiene demasiada edad; allí solo hay bebés.

—¿Dónde puede estar? —pregunté, provocando que se encogiera de hombros, echando a su vez el humo de un cigarro.

—La mayoría de los conventos están llenos de huérfanos de guerra. Muchos de ellos no están identificados, y se les dan nuevos nombres y apellidos.

Volví a adentrarme en mi problema, llegando a la conclusión de que tenía que buscar en los conventos donde hubiera niños de guerra internados. La señora Flora me facilitó las señas de algunos, que ella había oído de boca de otras mujeres. Y al día siguiente, con el único aval del salvoconducto que me había dado don Severiano y el nombre de mi hermana, comencé la difícil búsqueda. En los conventos que me atendieron no aparecía ninguna niña con los apellidos de María. Todo eran trabas, pero yo busqué desesperadamente, sin descanso, con la esperanza de encontrarla, pero lo único que descubrí fue que el paisaje de la capital no solo eran sus amplias calles, con sus coches, carros y tranvías; ni sus grandes y altos edificios, que parecía como si rascaran el cielo con sus pararrayos; ni su parque de El Retiro, un bosque dentro de la ciudad, con bellas plantas y árboles centenarios; ni sus grandes fuentes, adornadas con vastas estatuas que nacían de su interior y que lanzaban chorros de agua por la boca de los peces o animales que las habitaban; ni su metro, un tren que recorría la ciudad por sus entrañas y que servía como medio de transporte para los madrileños. Madrid, por desgracia, era algo más. Sus cárceles, repletas de mujeres y hombres, esperando a ser juzgados por las leyes impuestas por los vencedores; las cartillas de racionamiento, que representaban la repartición injusta de los escasos alimentos; las inclusas, los orfanatos y las largas colas, copadas de mujeres y ancianos, en las visitas obligadas a sus familiares presos.

Mi estancia en Madrid no se podía prolongar más tiempo. Llevaba tres días y el escaso dinero del que disponía, fruto de lo que gané con Paco el Cojo en mi último trabajo en Portugal, se estaba agotando. Ya no tenía esperanzas de encontrarla, y decidí que al día siguiente volvería con mi madre. Fui a la pensión, con la intención de pasar mi última noche en la capital. Empezaba a oscurecer, y me paré ante los espejos cóncavos, a mirarme y reírme como un chiquillo de mi silueta deforme. Mi juego fue interrumpido por alguien que me tocó con un dedo en mi espalda. Me giré para comprobar que era Pepita, que me miraba con la misma sonrisa descarada que me lanzó desde el borde de su habitación el día que la conocí.

—¿Te gusta verte así? —La pregunta no evitó que me diera cuenta de que su vestido rojo y ajustado era muy atrevido. Se percató de que estaba impresionado—. ¿Estoy guapa, Tomás?

—La verdad que sí... —Mi respuesta dubitativa valía para las dos preguntas que me había hecho en un momento.

—En estos espejos se inspiró don Ramón del Valle-Inclán para uno de los pasajes de su obra *Luces de Bohemia*. —No sabía de quién ni de qué me hablaba, pero su comentario despertó mi curiosidad.

—¿De qué trata? ¿Lo has leído? —Pepita sonrió de manera distinta.

—Pon atención, que vas a ver de lo que es capaz *esta menda*. —Tomó pose de artista, colocándose en perpendicular al espejo, y empezó a narrarme parte de la obra de la que me estaba dando explicaciones.

—El ciego y mísero Max Estrella, le dice a su amigo don Latino, aquí, justamente donde estamos tú y yo, mirándose en estos espejos. —No tardó en meterse en el papel:

—*Los héroes clásicos han ido a pasearse en el callejón del gato.*

—*Los héroes clásicos reflejados en los espejos cóncavos dan el esperpento.*

—*El sentido trágico de la vida española solo puede darse con una estética sistemáticamente deformada.*

—*España es una deformación grotesca de la civilización europea.*

—*Las imágenes más bellas en un espejo cóncavo son absurdas.*

—*La deformación deja de serlo cuando está sujeta a una matemática perfecta.*

—*Mi estética actual es transformar con matemática de espejo cóncavo las normas clásicas.*

—*Deformemos la expresión en el mismo espejo que nos deforma las caras y toda la vida miserable de España.*

—Su amigo, ¿qué decía? —Estaba tan entusiasmado como asombrado, porque si Pepita había tratado de impresionarme, lo había conseguido.

—¿Don Latino? —interrogó Pepita.

Yo contesté con un efusivo y ansioso:

—¡Sí!.

—Le replicaba entre la burla, la admiración y la ironía, para al final contestarle:

—*¡Pues nos mudaremos al callejón del gato!*

Me hizo una reverencia, al igual que los artistas cuando acaban su función, y yo no pude más que expresar mi admiración con un aplauso.

—Dicen que don Ramón vivió por aquí cerca... un poco más abajo —señaló con la mano el final del callejón.

—Y tú ¿cómo sabes esas cosas?

Pepita, ante mi pregunta, se acercó, reduciendo el escaso espacio que nos separaba. Volvió a lucir su sonrisa ordinaria, que no iba acorde con una señorita, y que había dejado a un lado mientras narraba *Luces de Bohemia*. Me miró, antes de darme una respuesta, pero sus ojos brillantes me decían que ya sabía lo que me iba a contestar.

—Porque soy puta, pero no analfabeta.

—Perdona si...

—No pasa nada, es una de las muchas consecuencias que nos ha traído la puñetera guerra. —Me quedé ruborizado por la respuesta de Pepita, porque no esperaba que me contestara con tanta normalidad—. Tú te has quedado sin hermana y yo he tenido que ocultar que fui maestra republicana... Estas son algunas de las consecuencias que tenemos que sufrir los vencidos... —Hizo una pausa y encendió un cigarro. Se notaba en sus últimas palabras que se había apoderado de ella la nostalgia—. ¿Quieres pasear?

—Pero ¿tú?...

—He decidido que hoy no trabajo. —Se agarró de mi brazo y empezamos a caminar—. Me apetece hablar... además, creo que me ha venido el periodo. —Soltó una carcajada, que iba acorde con el papel que representaba, y no con el de su verdadera profesión, maestra.

Me llevó por las calles de Madrid, en las que la hipocresía del régimen se plasmaba en los locales que eran frecuentados por la jerarquía reinante. Falangistas, militares, burgueses y algún que otro representante del clero eran asiduos de burdeles y casas de citas. Las prostitutas, la gran mayoría como Pepita, eran republicanas; obligadas por las circunstancias y consentidas por el régimen. Era el castigo humillante que recibían las que no querían dar con sus huesos en las cárceles, o las que veían como el único medio para sacar a sus familias de la pobreza.

—¿Qué sabes de tu hermana? —Nos sentamos en un banco a conversar.

—Mañana me vuelvo para Extremadura. —La respuesta que le di lo decía todo—. Es inútil seguir buscándola.

—Pero... no puede ser, en algún convento... orfanato... —Pepita se quedó pensando, y me puso sus dedos en mi boca para que no dijera nada, para que no le quitara de su cabeza algo que quería recordar—. Hoy una amiga mía, la Tasia, me ha dicho que a una de sus hijas la han llevado a un orfanato cerca de Madrid.

—Apenas me queda dinero... La señora Flora me dijo que si no pagaba, me ponía las maletas en la puerta. —Pepita no me prestaba atención, continuaba tratando de recordar lo que le había dicho su amiga.

—¡Ya me acuerdo! —exclamó como si hubiera encontrado la solución a mi problema—. El orfanato está en Boadilla, lo han abierto hace poco, y es de niñas. —Sus ojos se iluminaron, al igual que cuando estaba narrando la escena de los espejos cóncavos.

Entonces fui yo el que trataba de recordar quién me había mencionado alguna vez el nombre del pueblo donde estaba el orfanato. No acertaba a saber ni cuándo, ni dónde, pero estaba seguro de que alguien me había hablado de ese pueblo.

—¿Cómo has dicho que se llama el pueblo?.

—Boadilla... Boadilla del Monte. —Volver a escucharlo no me despertó la memoria, pero me confirmó que lo había escuchado, no una, sino varias veces. Pepita continuó hablándome—. No te preocupes por la Flora, que de esa me encargo yo, me debe algunos favores.

Nos levantamos del banco. Ella volvió a cogerse de mi brazo y paseamos por las calles de ese Madrid falso que ella conocía tan bien. Donde había sepultado su pasado para poder sobrevivir a costa de lapidar su dignidad. Pepita no pasaba inadvertida, se notaba a qué se dedicaba, e ir acompañada por mí no persuadía las miradas descaradas de los hombres. Al notarse observada, contoneaba sus caderas y se ceñía a mi brazo con altanería, para demostrar a las miradas deseosas que estaba con quien ella quería. El agradable paseo acabó en el callejón del gato, ante los espejos cóncavos, que arrancaron nuestras risas, al ver cómo nuestros cuerpos se deformaban, alargándose y engordándose, para ser por un momento los héroes clásicos del esperpento del que hablaba Valle-Inclán en su obra.

La noche se acababa, y mi estancia en la capital también. Solo cabía la posibilidad de que Pepita me hiciera cambiar de parecer para que fuera a Boadilla a gastar la última posibilidad de encontrar a María.

—Puedes encontrarla, ¿qué pierdes con quedarte? —Intentaba convencerme, incluso empleando sus armas de mujer—. Si te quedas, puede que tú y yo...

—Lo más seguro es que mañana regrese con los míos. —Trataba de esquivar la proposición que me estaba haciendo, pero Pepita insistía, deslizando su dedo por el cierre de mi camisa, parando por un instante en cada uno de los botones—. Lo he pasado muy bien esta noche. —Quise evitarla, pero se puso al pie de la escalera que llevaba a la pensión, para cortarme el paso.

—La noche no ha terminado, Tomás, puedes seguir pasándotelo bien. —Desabrochó los primeros botones de su camisa, dejando al descubierto el canal que separaban sus pechos—. Prométeme que te vas a quedar...

El acoso al que me estaba sometiendo no me dejó otra alternativa que cogerla por su cintura y traerla hacia mí. La apoyé en la pared del oscuro portal, que apenas me dejaba ver su rostro, y la besé. Pepita me volvió a pedir entre jadeos y besos prolongados que siguiera buscando a María, que no desistiera, que no me diera por vencido. Pasado un rato, en el que los dos nos demostramos la pasión que sentíamos el uno por el otro, subimos a la pensión. Ella tenía llave, y abrió con sigilo para no despertar a la señora Flora y a don Marcial. Antes de cerrar la puerta miró a ver si estaban los gatos, porque no quería dar un disgusto a la patrona. Si un gato merodeaba por la calle, con toda probabilidad acabaría en un puchero. Todo valía para paliar el hambre, y aquellos animales eran un manjar muy apetecible.

La antigua maestra republicana volvió a la carga e intentó introducirme en su habitación. Tras un corto momento de duda, arrimé mi boca a la suya, y le dije que continuaría buscando a María, pero solo un día más. La besé y le solté de la mano; ella no insistió para que durmiera en su cama. Antes de retirarme a mi habitación, me lanzó una mirada llena de sentimientos, que me trajo el recuerdo de Teresa. Me tumbé, teniendo solo por frontera el techo, en el que clavé mis ojos. Pepita me había despertado todos los recuerdos que estaban en mí, agazapados, esperando que alguien llegara y los alentara. Teresa, mi madre, la tía Benita, Cefe, doña Julia... todos se agolparon en mi cabeza, una y otra vez, para volver a emerger el nombre de Boadilla. Se asomó en mis recuerdos como una obsesión, que no atinaba a ubicar en mi memoria. La guerra también se presentó, y empezaron a desfilar todos los recuerdos, los malos y los buenos. El Ebro, el Mogote, mis camaradas, a los que nunca podría olvidar, Gregorio, Mariano..., y fue al recordar al madrileño, como sin quererlo, cuando lo asocié con Boadilla. Sí, él era el que me hablaba con nostalgia de su pueblo, Boadilla del Monte. Resuelto el enigma, me quedé dormido, ilusionado con la posibilidad de reencontrarme con uno de mis amigos de guerra.

Capítulo XXVI

Crucé la Plaza Mayor y bajé las escaleras de la Cava Baja, para alcanzar la plaza de Puerta Cerrada. Allí salía el autobús que cubría los catorce kilómetros que separaban Madrid de Boadilla. El conductor, que distinguí de las demás personas que había en la plaza por llevar cubierta la cabeza con una gorra de plato, con amabilidad me dijo que en media hora saldríamos para el pueblo. Me miró extrañado, él sabía que yo no era de sus pasajeros habituales. La familiaridad con que hablaba con los viajeros, que esperaban apoyados o sentados en el pedestal de una cruz de granito que había en la plaza, me dio a entender que el pueblo no debía de ser muy grande. Pasada la media hora, comenzamos a subir al autobús. El conductor saludaba a todos por su nombre, hasta que me tocó el turno: yo cerraba el grupo de viajeros.

—¿Usted es de Boadilla? —Él sabía que no, pero era la manera de averiguar por qué iba a su pueblo. Yo no le contesté, le di dos pesetas para que se cobrara—. Seguro que tendrá algún familiar allí —continuaba indagando, a la vez que me daba las vueltas y el billete. Seguía esperando que le diera alguna explicación.

Me senté en el asiento que estaba a continuación de él. Antes de arrancar, el conductor colocó el retrovisor interior de manera que me pudiera ver. El autobús tomó las estrechas y adoquinadas calles para ir a parar frente a un palacio que despertaba la curiosidad de los pasajeros, que, aunque ellos ya lo conocían, no dejaba de impresionarles. Después de unas zigzagueantes curvas en bajada, cruzamos el río: era el Manzanares. El conductor no dejaba de mirarme a través del espejo, y decidí despejar su curiosidad y le pregunté por el orfanato.

—¿Queda muy lejos la casa de acogida de niñas? —Separó por un momento la vista de la carretera, y me contestó con satisfacción, al ver que yo había entrado en conversación.

—¿El hogar dice usted?

Mi cara de desconocimiento y rareza le dio pie a contarme que el hogar era donde estaban las niñas. Era un palacio que había sido reconstruido después de la guerra y que estaba en el mismo pueblo. El hombre no dejaba de darme explicaciones, lo que atrajo la atención de los demás viajeros. Para aquellas personas de aspecto humilde parecía que la apertura del palacio había supuesto un aliciente para el pueblo. Según me contaron, porque ya todos intervenían en la conversación, desde que estaban allí las niñas los domingos se llenaba de familiares que iban a visitarlas. Incluso fue Franco a inaugurarlo, lo que daba categoría al pueblo. El autobús tomó una pronunciada curva, y pude ver al final de la cuesta las casas que se salpicaban en una ladera poco pronunciada. A la derecha, de un color rojo pálido, estaba el palacio; destacaba sobre un bosque de encinas y fresnos. Las tapias que lo custodiaban también encerraban en dos alturas unos jardines en la parte más cercana al palacio y los huertos en la parte inferior. El conductor tocó el claxon con toques cortos y seguidos para anunciar su llegada, provocando que varios lugareños se acercaran para recibir a los familiares que habían ido a Madrid a realizar sus compras; otros simplemente para curiosear quién llegaba. Las miradas de los curiosos se fijaron en mí, que cuando me encontraba con los pies en suelo boadillano, no sabía por dónde tenía que empezar mi búsqueda. También tuve miedo de preguntar por mi amigo Mariano; no sabía si habría vuelto, si estaría vivo, o qué suerte habría corrido. El conductor me dijo que las visitas a las niñas del hogar eran los domingos, pero que si me esperaba, las podía ver en la hora del paseo por la tarde. Fui a una taberna que había al lado de la parada. Tras la barra había una mujer, y al otro lado un cliente, que apuraba un vaso de vino. Su mirada cristalina y sus labios húmedos echados hacia adelante me indicaron que estaba borracho. La tabernera me preguntó qué quería, y yo le contesté que un vino.

—¿No vendrá a buscar trabajo en las casas de regiones? —preguntó el hombre, que a duras penas se podía apoyar en la barra—. Creo que ya no contratan a nadie.

Miré a la mujer, porque no sabía de qué me hablaba aquel hombre. La tabernera enseguida me aclaró lo que quería decir.

—Se refiere a la construcción de las nuevas casas —comentó—. Ya no necesitan más obreros.

—Busco a mi hermana. Puede que esté en el hogar de las niñas —aclaré, pero ninguno de los dos me dio explicación, y decidí preguntar por si conocían al madrileño—. ¿Conocen a un muchacho más o menos de mi edad que se llama Mariano?

Los dos se miraron, y la mujer se arrimó a mí, desplegando una sonrisa, y moviendo la cabeza me dijo que sí. Que el único Mariano que había seguramente estuviera en unas huertas que había en la entrada del pueblo. La amable mujer me preguntó que de qué lo conocía, a la vez que el hombre daba en la barra con el culo del vaso para que se lo volviera a llenar.

—Estuvimos juntos en... —No me dejó acabar, mientras que volcaba la botella de vino en el vaso del ebrio cliente.

—En la guerra... como muchos de aquí. Si el Mariano que usted busca es el mismo que yo digo, hoy está en las huertas con su padre y hermanos —hizo una pausa y después de colocar vasos, botellas, y demás cacharros que había en el mostrador, continuó contestándome—: Si fuera domingo, estaría en cualquier pueblo en el que hubiera fiestas.

Después de apurar el vino, me dirigí a las huertas donde me habían dicho que pudiera ser que estuviera mi amigo. Bajé una cuesta, dejando a mi derecha la iglesia, que todavía estaba en reconstrucción. Más abajo estaban construyendo casas, que debían de ser a las que se refería el hombre borracho. Los trabajadores iban vestidos casi todos con la misma indumentaria: eran presos. Al llegar a las huertas, vi a cinco o seis hombres que estaban agachados: recogían tomates. Mi presencia alertó a uno de ellos, debía de ser el encargado.

—Chaval... ¿qué quieres? —Se despojó de su gorra para limpiarse el sudor de la frente.

—Busco a un amigo que se llama...

—¿Tomás? —gritó alguien que se abría paso entre las tomateras.

Me quedé parado, y el que gritó mi nombre se acercaba despacio, dudando de que fuera yo. Yo sí le reconocí, aunque había cambiado bastante su aspecto. Era Mariano, que se echó las manos a la cabeza, porque no se creía lo que veían sus ojos, hasta que se convenció de que no era un fantasma, ni un sueño, ni habían retrocedido cinco años. Antes de abrazarnos, el Madrileño demostró su alegría llorando; yo también me emocioné. Miró al encargado, su padre, y este le preguntó que quién era yo.

—Mi camarada Tomás —contestó, antes de fundirnos en un fuerte abrazo del que tardamos en despegarnos—. ¿Qué haces aquí?

—Busco a mi hermana pequeña, puede que esté en el palacio. —No dejaba de mirarme, estaba sorprendido por mi presencia en su pueblo del que tantas veces me habló en el frente y en el presidio.

Su padre y los otros campesinos continuaron con su labor, dejándonos a los dos que nos adentráramos en nuestro pasado. Todos los recuerdos comenzaron a fluir, porque nuestro inesperado reencuentro los había despertado. Él y yo sabíamos de nuestras penas, que fueron muchas las compartidas; cuando estábamos mal, nos las contábamos para desahogarnos, alejándonos por un momento de la guerra y sus consecuencias.

Mariano y sus familiares me obsequiaron con su modesta hospitalidad antes de ir al palacio a comprobar si estaba María. Cuando llegamos a la explanada de aquel edificio de tres plantas, cuya entrada principal estaba custodiada por dobles columnas cilíndricas a ambos lados, las niñas ya habían salido a jugar. Eran unas doscientas pequeñas, ataviadas todas con el mismo uniforme de color verde. Mi vista se esparcía con ansiedad en busca de María, no encontrando respuesta en aquellos rostros infantiles que mostraban una alegría opaca, producto de la ausencia de sus padres. Mariano me dijo que entrara con él dentro del edificio; lo primero que vi fue una estatua que representaba un ser que nunca antes había visto, me sorprendió.

—Es un faraón —aclaró mi amigo, al ver que me quedé observando la rara estatua de mármol.

Proseguimos andando por los pasillos del palacio, lo conocía perfectamente. Las mujeres que trabajaban allí le saludaban y le preguntaban qué buscaba. Bajamos una escalera cuadrada que nos llevó a las cocinas; el olor a repollo cocido era tan fuerte que llegó a causarme náuseas. Las cocineras se quedaron extrañadas al vernos, pocos hombres entraban allí; las monjas lo tenían totalmente prohibido. Mariano se acercó a la muchacha más joven que había en la cocina; esta, al verlo, trató de hacerse la indiferente.

—¿Qué haces aquí? —preguntó con tono malhumorado—. Nosotros ya no tenemos nada que hablar.

—Julita, me tienes que ayudar. —La muchacha miraba para otro lado, no quería ni verlo—. Es mi amigo Tomás, dice que su hermana está en el hogar.

—Y a mí ¿qué? —contestó, lanzándome una mirada de desprecio, que recorrió todo mi cuerpo y que seguramente iba destinada a Mariano, pero seguía sin mirarlo.

—Se llama María Martín da Silva, tiene cinco años.

—Ayúdale, ¿qué más te da? —objetó una de las cocineras.

—Pero yo... ¿qué puedo hacer? —apuntó una contrariada Julita.

—Yo te he visto llevarle el libro donde apuntan a las niñas a la madre superiora— sugirió Mariano, que se ponía delante de ella para que lo mirara—. Mira si está su nombre... nada más que te pido eso.

—Ese es el libro de visitas; si la niña no las recibe... no creo que esté su nombre. —Poco a poco la muchacha iba mirando a Mariano—. Hasta mañana no creo que pueda verlo, pero que conste que no lo hago por ti... sino por tu amigo. —Me regaló una leve sonrisa.

Salimos del palacio por la parte trasera, para no ser vistos por las monjas. Nos volvimos a acercar a las niñas, que ya estaban formadas en filas dispuestas a entrar en su obligado hogar. Volví a buscar a María, pero fue inútil, no logré localizarla entre aquellos rostros melancólicos. Al día siguiente, tras pasar la noche compartiendo cobijo en la cuadra junto a las mulas del padre de Mariano, fuimos al hogar en busca de Julita con la esperanza de que el nombre de mi hermana estuviera en el libro de visitas. La muchacha, que había sido novia de Mariano, pero que este la dejó por otra, estaba esperándonos en un portalón lateral que había en las tapias del palacio. —Ten, yo ya he mirado y el nombre de tú hermana no aparece por ningún lado. —Sacó el libro que lo llevaba escondido tras el mandil blanco—. Daros prisa, que como se entere la madre me despide. —La muchacha solo se dirigía a mí; seguía ignorando la presencia de Mariano.

Abrí el grueso libro y empecé a buscar desesperadamente entre sus anotaciones, que consistían en un sinfín de nombres y fechas. Miré a Julita, para que ella me ayudara a comprender aquel enredo que yo no era capaz de descifrar. Ella me indicó que primero iba el nombre de la niña y a continuación el nombre de la visita, con la fecha. Busqué por todos los que empezaban por María, pero ninguna de ellas le acompañaba el Martín. Mientras yo me desesperaba en mi búsqueda, Julita y Mariano se enzarzaron en una discusión en la que mi amigo salía mal parado, debido a los reproches y acusaciones por parte de ella. En mi estéril indagación por los nombres de aquel libro, con pomposas y uniformes letras escritas a pluma, me llamó la atención ver el nombre de Matías Galán, que correspondía a la visita de una niña del mismo apellido, pero de nombre Lourdes. Galán se apellidaba don Matías, y la coincidencia con el nombre con el que rebautizaron a mi hermana en el convento de Badajoz me hizo preguntarle a Julita, que continuaba enojada con Mariano, si sabía quién era aquella niña.

—¿Lourdes? ¿La portuguesita? —La rabia, la ira y la impotencia, todo mezclado, se debió de reflejar en mi rostro, porque Mariano y Julita me miraron asustados—. ¿Qué pasa?

—¿Sabes quién es?

—Pues claro: los ojos negros más bonitos de todo el hogar —dijo, a la vez que escondía el libro debajo del delantal—. ¿Pero dime qué pasa? —insistió.

—El hombre que la visitó el domingo pasado creo que le conozco —aclaré, aunque sus caras indicaban que no entendían lo que sucedía—. Esa niña puede ser que sea mi hermana.

Julita me miró, parecía como si ella también estuviera sacando sus propias conclusiones. Debería de saber algo que mi comentario pudiera haberle despejado alguna incógnita. Nos hizo seguirla al interior del palacio. A través de un cristal nos enseñó la lavandería, donde se tendía, se lavaba y se planchaba.

—La muchacha que plancha se ve con el hombre que visita a la portuguesita. —Julita, señaló a una muchacha de carnes rollizas, que llevaba el pelo recogido en un moño y que cantaba alegremente mientras deslizaba la plancha por los uniformes—. Ella dice que es su novio y que la va a sacar de aquí. Se llama Teodora, pero la llamamos Dori. Cuando viene don Matías, la madre superiora le da permiso para que le haga compañía. Se rumorea que se van a un hotelito de los que hay en Pozuelo, al parecer es su nido de amor. Se aprovecha de ella con engaños y falsas promesas. —Lo último que dijo lo acompañó con una mirada acusadora destinada a Mariano.

—¿Y la niña? ¿Puedo verla? —Tenía la corazonada de que la había encontrado; todo encajaba y volví a ilusionarme.

—Hasta la tarde no puede ser. —Julita estaba intranquila, tenía miedo a que la descubrieran ayudándome—. Iros, cuando salgan al recreo esta tarde intentaré hacer un gesto para que sepas quién es.

El sol comenzaba a abandonar su máxima altura cuando se abrieron las puertas del palacio. Las niñas salieron corriendo despavoridas, al igual que salen las avispas del avispero cuando este es atacado. Julita estaba en la puerta, en lo más alto de la escalera de tres peldaños, acompañada por otras compañeras y alguna monja. Mariano y yo en frente, sentados en una fuente que había anclada a una pared, de la que apenas salía un mísero chorro de agua de la boca de una cara. Estábamos expectantes, sin quitar la vista de Julita, esperando que hiciera algún gesto que nos indicara cuál de ellas era la Portuguesita. Las niñas no dejaban de salir del edificio, y fue cuando nuestra cómplice cortó la carrera de una de ellas, cogiéndola del brazo, se puso en cuclillas y le dio un beso en la frente. La soltó, y la pequeña prosiguió su carrera con el fin de alcanzar la explanada y jugar con sus compañeras. Julita, desde su posición privilegiada que le daba la altura de la escalera, nos miró y movió la cabeza afirmativamente. Mariano se adentró entre las niñas, en busca de la pequeña, a la que no había perdido de vista desde el momento en que Julita nos hizo el gesto. Yo le seguía, deseoso de encontrar a María entre aquel tumulto de muchachas vestidas todas iguales, que nos miraban con gestos diferentes, entre la extrañeza y la alegría. Mi amigo se paró ante un nutrido grupo que realizaba un corro rodeando una acacia con las manos entrelazadas. Cantaban una canción sin dejar de girar en torno al árbol. Me señaló a una de ellas, a la que al pasar a nuestro lado no pude ver la cara, pero que en su rápido rotar alrededor de la acacia, al verla de frente, vi a mi pequeña. María al verme se soltó de sus amigas y se echó en mis brazos. El corro se paró, y los rostros infantiles nos miraban, provocando un silencio que solo fue desecho por la voz firme de una de las monjas.

—¡Apartaos! —gritó a las niñas, para que dejaran arrimarse a la madre superiora donde estábamos nosotros, debajo de la acacia.

María no cesaba de decirme con angustia, «*tate, tate*», mientras clavaba sus pequeñas manos en mi espalda como si fueran garfios, aferrándose a mí, sin mostrar su cara cubierta de lágrimas, que ni yo podía ver. Separé mi rostro del de María, y vi que estábamos rodeados por las niñas, las monjas y algunas de las trabajadoras del hogar. Mariano y Julita se encontraban a nuestro lado, consolándonos, reanimándonos del momento vivido.

—¡Fuera de aquí! —Fue la madre superiora la que ordenó a las niñas que se marcharan. Poco a poco fueron obedeciendo hasta dejarnos en compañía de las monjas, las trabajadoras y mis dos amigos—. ¡Lourdes, tú también!

—Mi hermana se queda conmigo —contesté, notando como María, a la orden de la monja, me agarró con más fuerza—. Se llama María... como nuestra madre.

—Esta niña pertenece al hogar, y es la protegida del distinguido don Matías Galán, que colabora con la causa aportando sus donativos a esta congregación. —Las palabras soberbias y engreídas de la monja no me amedrentaron.

—Perdone que le diga, madre: ese hombre es un canalla. —Mis palabras crearon un murmullo entre las trabajadoras y las monjas, provocando que algunas de estas se persignara—. El dinero no enmascara el mal que provoca.

Miré a Dori, notando en su gesto que se había sentido ofendida por lo que había dicho de su supuesto novio. Me miró con desprecio, antes de abandonar la explanada, provocando los comentarios de sus compañeras, que se decían unas a otras: «Mira que se lo habíamos advertido... esto se veía venir... no será porque no se lo dije...». El alboroto lo zanjó, otra vez, la madre superiora.

—¡Ustedes dejen de juzgar a su compañera! ¡Váyanse a trabajar! —ordenó, a la vez que me acusaba con su mirada de lo ocurrido—. Usted. ¿Quién es? ¿Con qué derecho viene aquí a alterar la tranquilidad de nuestro hogar?

—Con el derecho que me da recuperar a mi hermana. —No soltaba a María, que continuaba llorando, acurrucada en mi cuerpo.

—Venga conmigo. —Se dirigió al palacio, yo la seguí.

María no se despegaba, abrazándome con fuerza. Mariano y Julita, a mi lado, con caras de circunstancias, pero no dejándome solo en ningún momento. Entramos en el despacho de la madre superiora. Un crucifijo en la pared, la foto de Franco y José Antonio a ambos lados, como no podía ser de otra manera, para avalar las injusticias que se pudieran cometer; pensé. Se sentó detrás de su mesa, sin ofrecernos acomodo.

—¿Tú qué haces aquí? —preguntó a Julita.

—Yo madre... la niña...

—¡Vete a tu tarea!

Julita miró a Mariano, y este le hizo un gesto para que obedeciera. La joven abandonó el despacho, no sin antes darle un beso a María. Mientras, yo le enseñaba a la monja el salvoconducto que me había extendido don Severiano. La madre, después de leerlo, se quitó las gafas de lectura, realizando un gesto que me decía que aquel papel a ella no le valía. Cogió una pequeña llave, que colgaba de una larga cuerda que llevaba escondida tras el delantal del hábito, y abrió un mueble, sacando un libro. Lo abrió y procedió a decirme lo que ponía.

—Aquí aclara que Lourdes fue abandonada por sus padres rojos, y que la bondad de don Matías hizo que la recogiera, en un gesto que le honra...

—¡Eso es mentira! —grité lleno de cólera, no dejando a la madre superiora continuar, que me miraba sorprendida, con los ojos abiertos, sin pestañear—. Madre, escúcheme —bajé el tono, intentando calmar la situación; María no se soltaba de mis brazos—, mi hermana tiene a su madre, que la está esperando... Don Matías es un farsante y...

La monja miró a la puerta del despacho y su rostro le cambió. Me giré, para ver qué había hecho cambiar su rictus; era una pareja de la Guardia Civil. La monja les hizo un gesto, indicando de que era a mí a quien tenían que detener. Mariano intentó hablar con ellos, pero no le dejaron.

—¡Cállate si no quieres acompañarle! —El sargento apartó a Mariano de un empujón—. ¡Y tú, vente con nosotros!

—¡Yo no voy a ningún lado! —contesté, a la vez que María comenzó a gritar—. ¡Esto es un error!

—¡Suelta a la niña! —El guardia me puso el cañón de su pistola en mi cabeza.

—¡Llévense a este hijo del demonio! —gritó la monja extendiendo la mano y señalando las afueras del palacio.

Mariano cogió a María, pero no le dio tiempo a consolarla, porque la monja enseguida se la arrebató. Mi hermana no dejaba de llorar, de gritar, al ver que la volvían a separar de mí, que me sacaban del palacio a base de golpes de culata. La sierva de Dios miraba satisfecha, convencida de que su dios aprobaba la injusticia que se estaba cometiendo conmigo, convencida de que los rojos no teníamos sentimientos, que no queríamos a los nuestros, e ignorando los llantos de desesperación de una niña de cinco años. En la calle me esposaron, y me condujeron al cuartel. En la esquina del palacio estaba Dori, orgullosa de haber dado aviso a los guardias, orgullosa de defender al hombre que la estaba engañando. La gente miraba, viendo cómo me llevaban escoltado, sin comentar. Tan solo al paso de Mariano le preguntaban qué había ocurrido.

No hubo preguntas, no me tomaron declaración, no tuve la oportunidad de explicarme. Me empujaron al fondo de una celda, en la que no había nada en lo que sentarse o tumbarse, tan solo el sucio y frío suelo. Me senté en un rincón, encendí un cigarro y me puse a esperar qué decidían hacer con mi suerte. Recordé los gritos de María, sus dedos intentando anclarse a mí, sus ojos de desesperación, que pedían que la sacara de allí. No me habían dado tiempo a sentirla, a acariciarla, a escuchar su voz dulce e inocente. Me resistía a que todo acabara allí, en aquel repugnante lugar, en el que el olor era el de la injusticia y el abuso, olor que ya había aspirado otras veces y con el que me negaba a familiarizarme. Todo me era confuso, el tiempo se hizo interminable y pensé, por un momento, que me iba a estallar la cabeza. Sentado, sin dormir y en la misma posición, vi cómo se abrió la puerta, después de un número incalculable de horas.

—Ven aquí. —La oscuridad no me dejaba ver, pero la voz ronca era la misma del sargento que me sacó del palacio a golpes de culata.

Me acerqué, y me indicó que le siguiera. Me llevó a un cuarto, en el que solo había una mesa y una silla. Se sentó y me dio un papel para que lo firmara; tan solo figuraba mi nombre, el resto estaba en blanco. Firmé, y él me despachó una sonrisa hipócrita con la que me demostró que pondría lo que quisiera.

—En media hora sale el coche de línea. Te vas y que no te vuelva a ver por aquí.

Quedé sorprendido, esperaba que me llevaran a Madrid y me encerraran en una de las muchas cárceles que había en la capital.

En la calle estaba Mariano esperándome. Mi amigo me abrazó. Me explicó que su padre habló con la madre superiora, con el alcalde y con alguien de Falange. La bondad de aquel hortelano y la promesa de que abandonaría el pueblo fueron suficientes para que me dejaran ir. Subí al autocar, con la promesa sincera de Mariano de que cuidaría de María. El conductor me miró, no me hizo preguntas; él ya sabía lo que había ocurrido. Me senté en los últimos asientos, viendo cómo el palacio se alejaba cuando el autocar tomó dirección Madrid. Saqué el salvoconducto y lo rompí en pedazos, arrojándolos por la ventanilla, viendo cómo se esparcían a la vez que las lágrimas brotaban de mis ojos. Todo había sido en vano; la alegría de haber encontrado a mi camarada de guerra no saciaba mi pena.

Llegué a la pensión al mediodía. La señora Flora me abrió la puerta, poniendo el cuidado necesario para que no se escapara ningún gato. Don Marcial, sentado en el diván, repasaba la prensa, esperando encontrar noticias de la restauración monárquica. Pepita, por la hora que era, debía de estar durmiendo.

—Después de dos días, pensé que no volvías. —La patrona esperaba que le dijera donde había estado—. ¿Cuándo te vas?, porque yo tengo que...

—No te preocupes, Flora, que si te deja a deber algo, yo me hago cargo. —Pepita se había despertado al oírme. Estaba en el umbral de su habitación; lucía una bata rosa de seda cuya transparencia dejaba ver que debajo no llevaba ropa interior—. ¿Qué tal te ha ido? —No contesté. Ella entendió que mi falta de respuesta se debía a que no había encontrado a mi hermana—. Puede que esté en otro lugar; ya verás cómo tarde o temprano la encuentras.

—No le des falsas esperanzas, Pepita. ¿Y si su hermana no está en Madrid? Flora, después de la pregunta, nos dejó solos.

—No me han dejado traérmela.

—Entonces... ¿entonces la has visto? —El gesto de Pepita fue de contrariedad.

—Un fascista de mi pueblo la ha llevado a un hogar de niñas que hay en un palacio —me costaba recordar lo ocurrido—. Dicen que la hemos abandonado... que somos rojos, y que ese es el motivo...

—Malditos cabrones, se inventan lo que sea para humillarnos y pisotear nuestra dignidad. —Pepita expulsó el humo del cigarro lentamente, que fue atravesado por los rayos de sol que salían de su cuarto.

Entré en mi habitación, me tumbé en la cama y miré al techo, como hice el día que llegué. No me había terminado de acomodar cuando oí cómo se abría la puerta. Quité la vista del techo para comprobar que Pepita había entrado en la habitación. No dijo nada, me miró con su sonrisa complaciente y deshizo el lazo que cerraba su bata de seda, dejando que se deslizara por su cuerpo, al igual que las gotas de lluvia recorren los cristales. Se tumbó a mi lado, desnuda, besándome, a la vez que desabrochaba los botones de mi camisa. Hicimos el amor durante largo tiempo, desatando nuestra pasión contenida. El cuerpo de la maestra republicana se enroscó con el mío, moviéndose lentamente al compás de sus fogosos jadeos.

Cuando terminamos, volví a mirar el techo de la sombría pero calurosa habitación. Encendí un cigarrillo, que Pepita, a la segunda calada, me arrebató. Estaba en la misma posición que yo, mirando el techo, llorando.

—¿Por qué lloras?

—Hacía tiempo que no me acostaba con un hombre porque me apeteciera —aclaró—. La última vez fue con mi novio... antes de que se fuera a Francia al acabar la guerra.

—Y tú...

—Yo no pude irme con él... Dentro de pocos días nos reuniremos en Méjico; ya he reunido el dinero suficiente para el pasaje del barco. Le vendí mi honor a un acaudalado banquero que se encaprichó de mi cuerpo. Él, con sus influencias, me ha conseguido los papeles para huir de esta mierda de país.

Me giré, para volver a contemplar su cuerpo desnudo y ver cómo unas lágrimas silenciosas surcaban su cara.

Capítulo XXVII

La desolación y la pena volvieron a inundar a mi madre. Ver que había vuelto de Madrid sin María la hundió, otra vez, en su mundo de tristeza, que había abandonado por la esperanza que yo le proporcioné al irme a la capital en busca de la pequeña. Que la hubiera visto y que supiéramos dónde estaba apenas la consoló. Ella quería acabar con la pesadilla que le estaba martirizando y que no le dejaba salir del pozo de la amargura. Tía Benita trataba de animarla, haciéndola ver que era importante tenerla localizada, que podíamos pedirle a doña Julia y a don Fidel que nos avalaran; aunque la tía no era partidaria de pedir favores. En este caso haría una excepción, todo por ver a mi madre salir de su calvario. Yo sabía que era imposible que nadie nos ayudara, porque solo yo sabía que detrás de todo lo que había ocurrido con mi hermana en Boadilla estaba don Matías. Tía Benita y mi madre, a veces, con sus miradas cómplices, sus bajadas de cabeza, volver la vista hacia otro lado y sus cambios de conversación repentinos, eludiendo temas comprometidos, me hacían sospechar que escondían algo. Aquella sensación la tuve siempre, desde que llegué de Algeciras, allá por el lejano pero siempre presente 1940.

—Madre, volveré a intentarlo; al menos... ya sé dónde está. —Se limpiaba las lágrimas con la punta de un pañuelo—. La traeré, se lo prometo.

Me miró por un momento, para volver a clavar su mirada en el suelo, aquella mirada que tanto me asustaba, que me recordaba a la que desprendía en el psiquiátrico.

—Hijo, olvídalo, no te lo permitirán.

—Pero... ¿por qué?

Se volvieron a mirar, no dijeron nada, y me dejaron con la intriga. Me fui de la choza, enojado. No entendía por qué no terminaban de decirme lo que pasaba. Tomé camino del nacedero. Hacía tiempo que no subía por allí, y tenía que estar conmigo mismo, a solas, con la presencia inerte de Joaquín. Prescindí de la compañía de Cefe y del campanillear agradable de sus cabras. Me senté en el canchal y observé que todo estaba en orden, que las ramas secas cumplían su función, al igual que la tierra, de la que habían brotado algunos tallos de hierba cuyo crecimiento comenzaba a frenar la proximidad del verano. El acogedor silencio, que favorecía mi conversación irreal con mi hermano, fue segado por el ruido de unas pisadas, que con pausa se acercaban; era la tía Benita. Quedé extrañado: ella, desde la ejecución del tío Ceferino, no se había separado de la choza. No había querido adentrarse en el mundo pérfido que nos rodeaba y que le había quitado a su marido. Se sentó en la piedra, a mi lado, sin decir nada en un primer instante. Mostrándome una mirada sincera, que me decía que si se había separado de su isla era para ser justa conmigo y contarme algo que yo debía saber.

—Siempre he sabido que está ahí, enterrado.

—¿Cefe? —entendía que mi primo le hubiera contado a su madre nuestro secreto.

—No, me lo han dicho sus ojos. —Seguía mirando la tumba de Joaquín—. Una madre sabe perfectamente lo que le ocurre a sus hijos. Tanta obsesión por el nacedero del arroyo chico... Tu madre también te conoce y sabe que hay algo que te atormenta.

—Porque... ¿por qué no evita mis dudas?

—No se atreve, Tomás, piensa que no la vas a creer. —Cambió su mirada, la dirigió al cielo y a continuación se levantó para decirme algo que yo no esperaba—. ¿Quieres que yo te lo cuente?

—Sí —contesté sin dudar.

Cambié mi posición, esperando con impaciencia que comenzara. Tía Benita se volvió a sentar a mi lado, dispuesta a justificar que si se había separado de la choza, era por una gran razón: ayudar a mi madre a deshacer un falso testimonio que podría acarrear malas consecuencias, tal como ocurrió con mi padre.

—Después de la muerte de tu hermano, tu madre habló con doña Julia para que hiciera lo posible para que soltaran a tu padre; ella no quería seguir sufriendo. Don Matías dijo que le avalaría, pero todo era un engaño, porque el canalla dijo a tu madre que a cambio del aval se tenía que acostar con él. —La tía Benita me hizo un gesto para que no la interrumpiera—. Tu madre dijo que sí, que estaba de acuerdo; todo a cambio de que no ejecutaran la pena de muerte que caía sobre tu padre, y que a ti te soltaran.

—No siga, tía. —No quería escuchar más, tuve miedo a la verdad.

—No pasó lo que piensas, que es lo mismo que se dice por ahí. —Agarró mi mano y sonrió—. Don Fidel, al que tu madre se lo contó aprovechándose del odio que se tienen, le dio los avales a tu madre... Nunca se ha sabido cómo se hizo con ellos antes de que llegaran a las manos de don Matías. La acompañó al juez y luego se fueron a Castuera a por tu padre.

—Pero entonces...

—Tu madre nunca se llegó a acostar con ese mal nacido —continuaba sonriendo—. Don Fidel y tu madre se la jugaron.

—¿Por qué no me lo ha contado?

—Temía que no la creyeras, como tú padre, que nunca la creyó. —Cayeron dos lágrimas de sus ojos, que surcaron las arrugas de su cara, y por un momento dejó de sonreír—. Miguelón, como todo el pueblo, creyó el bulo creado por ese canalla —se negaba a nombrarlo—, que tu hermana era hija suya. Eso fue lo que a tu padre le ahorcó.

Mi tía silenció y también yo quedé callado; no llegaba a entender cómo mi padre se había quitado la vida por las fanfarronadas de un sinvergüenza. Pensé que tenía que hacer algo, al menos pedirle explicaciones por lo de María. Él no tenía derecho a separar a mi madre de su hija, ni decir que había sido abandonada. Mi meditar, y el de la tía, lo interrumpió el sonido de las campanillas; era Cefe.

—¡Ya está aquí mi pequeño! —exclamó, mostrando el orgullo que tenía por su hijo; él le había servido de bastón para cumplir el juramento que le había hecho al tío Ceferino—. ¡Cefe! —gritó.

El pequeño pastor quedó asombrado al ver a su madre alejada de la choza; no lo recordaba. Se acercó, le dio un abrazo y un beso; a mí me miró con su cara de pillo, a la vez que echaba mano al zurrón para sacar unas cartas, que estaban atadas con una cinta blanca.

—Esto me lo ha dado el Juan y la Micaela para ti. —Solo con ver mi nombre en la primera carta supe que eran de Teresa. Su letra perfecta era inconfundible—. Me han dicho que te pases a verlos.

El aire que anunciaba tormenta hizo que nos levantáramos. Tía Benita se cogió de mi brazo y nos fuimos camino abajo, dejando a Cefe pastoreando. Yo estaba seguro de que cuando se sintiera solo, haría el ritual que yo le enseñé. Introduciría sus manos en la tierra para sentirse cerca de Joaquín. Al llegar al cruce de caminos, del que uno bajaba para el pueblo y el otro conducía a la finca del Canchalejo, nos separamos. Ella se soltó de mi brazo y, con un movimiento de cabeza que acompañó con un gesto serio, me señaló que fuera a la finca. Sus ojos húmedos y las arrugas de su cara me decían que tenía que subir a la casa, pedirle explicaciones al cacique de don Matías y dar por zanjado mi malestar y el de los míos.

El cielo estaba encapotado y el aire amainó para dar paso a las primeras gotas que anunciaban el chaparrón que estaba por llegar. En la entrada de la finca se encontraba el guardés, nos saludamos, yo no me paré, dándole a entender que no me podría impedir que llegara a la casa.

—Buenas, Tomás, ves donde tengas que ir... pero yo no te he visto. Su gesto fue de duda, porque no sabía si negarme la entrada, tal como le había ordenado don Matías, o si recibirme con la amabilidad que había dicho don Fidel que tenía que tratarme. No había terminado de subir la escalinata cuando se abrió la puerta. Don Matías me estaba esperando; alguien debía de haberle chivado que yo llegaba. Su planta de chulo la realzaban las botas de montar, con sus pantalones marrones ajustados y su camisa azul de Falange; en su mano derecha, la fusta, con la que no dejaba de sacudir su bota. Su fino bigote y su sonrisa hipócrita me advirtieron de que esta vez la discusión con él no iba a ser fácil. Esperó a que alcanzara el último escalón para preguntarme a qué se debía mi presencia en la finca.

—¿Qué coño se te ha perdido aquí?

—¿Con qué derecho has mandado a mi hermana a Madrid? —Que le tuteara fue una provocación; no le gustaba—. ¡Dijiste que no sabías nada!

—¡A mí no me chilla nadie! —Cesó de estrellar la fusta contra la bota—. ¡Y menos un muerto de hambre como tú! —Alzó la fusta y ordenó que me fuera.

—¿A qué se deben estas voces? —Doña Julia vino corriendo al oír el jaleo; la seguía, con cara de asustada, la pequeña sirvienta.

—¡Eres escoria! —Tenerlo frente a mí me hizo perder los nervios y no me pude contener—. ¡Hiciste que mataran a mi hermano, pusiste en boca de todo el pueblo a mi madre, provocando con ello... que mi padre se quitara la vida, y luego te llevas a mi hermana... cambiándole el nombre! —Que le repasara parte de lo que había hecho le enalteció y le devolvió su rostro de engreído, su sonrisa provocadora.

—Pero, Tomás, ¿cómo dices eso?... si nosotros siempre os hemos ayudado. —El amor que doña Julia sentía por su marido le provocaba una ceguera que le impedía ver que estaba casada con un canalla.

—¡Fuera de aquí! —exclamó, echando la fusta lateralmente con la intención de atizarme.

—No te vayas, Tomás. —Don Fidel llegó al porche, con su andar torpe, pero con la firme intención de demostrarle a su yerno que él estaba al corriente de todas sus fechorías—. Y tú sal de tu ignorancia, que no le falta razón al Jaro; este es mala gente. —Al escuchar a su padre, doña Julia se puso a llorar.

—¡Usted se calla! —Don Matías, al ver a su suegro, se sintió acosado. Sabía que un día u otro don Fidel hablaría.

—Yo no me callo... porque estoy en mi casa —sentenció, con su voz ronca, pero pausada, sin alzarla en ningún momento, demostrándole que era él quien mandaba—. Lo que ha dicho Tomás de este es cierto. —Volvió a dirigirse a su hija. Ella, que conocía bien a su padre, sabía que cuando hablaba en ese tono conciliador, pero a la vez tajante, decía la verdad—. Pues claro que le dijo a tú madre —me miró, sabiendo que lo que iba a decir ya no me podía hacer daño— que si no se acostaba con él, no habría aval para librar de la muerte a tu padre y a ti de la prisión. Pero yo me adelanté, y di orden de que cuando llegara la carta con los avales me la dieran... Luego todo fue sencillo: lo único que había que hacer era seguir los pasos tal como tú —señaló a don Matías— lo habías planeado. Pero con la salvedad de que no te aprovechaste de la desesperación de María.

—¡Miente como siempre! —gritó don Matías, antes de bajar la escalera, para dirigirse a su flamante Hispano-Suiza—. ¡Y tú atente a las consecuencias! —Su dedo acusador y sus ojos llenos de ira anunciaron que haría todo lo posible para arruinarme la vida.

La tormenta comenzó a descargar y doña Julia entró en la casa, llorando como una niña, con las manos tapándose la cara, como si no quisiera ver la verdad que su padre le había mostrado desde el día en que se casó. Don Fidel me miró y me invitó a que entrara; le dije que no me parecía que fuera el momento. Es más, pensaba que ya había cumplido lo que iba buscando, que era decirle a don Matías que ya sabía por qué actuaba así. El dueño de la finca de El Canchalejo, como así le había recordado a su yerno, volvió a mirarme, con su gesto paternal que siempre me había demostrado.

—Volverá a tocarte... las narices, no te quepa duda, Tomás. —Entró en su casa, apoyado en la garrota que le ayudaba a moverse.

La lluvia amainó, y bajé la cuesta satisfecho de haber hecho lo que buscaba hacía tiempo: plantar cara a don Matías. No pensé en las consecuencias que me podría acarrear haberme enfrentado al hombre que nos había provocado tanto mal. Pasé delante del casino, esperaba que alguien me llamara, pero no ocurrió, aunque sí que noté las miradas de venganza de los pocos que había en la puerta. Continué el camino hasta la choza, en la que me esperaban mi madre y mi tía, junto a mis primos. Me abrió la puerta Benito; estaba muy alto, no me había fijado hasta aquel momento en que lo tuve frente a mí. Tía Benita me recibió con un gesto de complicidad; estaba segura de que había cumplido con mi cometido. Mi madre movía el puchero con pausa, sin prestar atención a mi presencia.

—¿Qué hace, madre?

—Sopa de tomate —contestó, sin apartar su mirada de la lumbre.

Irrumpieron los dos pequeños pastores, que, sin decir nada, se sentaron a la mesa, dispuestos a devorar lo que hubiera aquel día para comer. Tina, Benito y yo les acompañamos, mientras que mi madre servía plato a plato, con un cazo de rabo largo la sopa. Tía Benita, de pie, observaba la escena; le gustaba ver que todo funcionaba tal como le había prometido a su marido. Me miraba, ella y yo sabíamos que tarde o temprano vendrían a detenerme.

La noche la pasé en la choza, leyendo las cartas que me había mandado Teresa, a la luz de una vela cuya cera se consumía al ritmo en que yo me recreaba en la lectura de las cartas de la chica que añoraba. Me mandó fotos en las que se le veía acompañada de algunas compañeras de estudios; se la notaba feliz. Le respondí a sus cartas, le dije que no me había olvidado de ella y que estaba deseando volver a verla, aunque yo sabía que era difícil que mis deseos se cumplieran, pero me alentaba que ella siguiera escribiéndome como si el sueño se fuera a hacer realidad al día siguiente.

Por la mañana fui a la venta, tenía que ver a mis dos amigos, y dejarles la carta para que se la dieran al cartero. Micaela, al verme entrar, me recibió con el desparpajo que la caracterizaba.

—¡Benditos los ojos que te ven! —Puso los brazos en jarra, como solía hacer.

—Tú no vienes a vernos, pero las noticias sobre ti corren como la pólvora. —Las palabras de Juan fueron acompañadas de un efusivo abrazo.

—Y... ¿qué se dice? —pregunté, aunque me imaginaba la respuesta.

—Pues que ayer te pusiste chuleta con Don Matías, y eso... tú ya sabes lo que supone. —Mi amigo me confirmaba lo que ya sabía, que vendrían a por mí y que tendría que estar preparado para lo que ocurriera.

Los días pasaban, pero no por eso se diluía la certeza de que don Matías llevaría a cabo sus amenazas. En mi espera, saltaban a mi memoria mi hermano, mi padre, el tío Ceferino, incluso Anita, a la que tenía arrinconada en algún lugar de mis recuerdos, pero que no dejaba de ser parte de las injusticias sufridas. Ninguno de ellos había muerto durante la guerra, pero sí habían sido víctimas de las consecuencias del conflicto que me apartó de mi familia siendo un joven de quince años. Me consolaba pensar que al menos estaba vivo, e intentado luchar por los míos, aunque me topara con el muro infranqueable del destino no deseado.

Me encontraba tumbado en el camastro de la choza, descansando después de haber vuelto de Portugal con el Cojo. Unas voces en la calle me despertaron. Era la tía Benita, que discutía con alguien. No llegué a escuchar lo que decían. Me vestí rápidamente, y al entrar en la sala, antes de salir a la calle, vi a mi madre; su rostro estaba desencajado.

—Madre, ¿qué pasa?

—¡Escapa, Tomás! —gritó—. ¡Vienen a llevarte! —Sus palabras se desvanecieron para mezclarse con un gemido que se convirtió en llanto.

La besé, y sentí que no podía huir, porque volvió a temblar como cuando estaba en el manicomio. En la puerta estaba tía Benita, impidiendo la entrada en la choza de los civiles y los falangistas que venían en mi busca.

—Tienes que acompañarnos.

—¿Por qué? —Mi pregunta provocó que uno de los falangistas se me acercara, apartando a la tía Benita de un empujón.

—¡Porque lo mando yo! —contestó. Su cara de la mía apenas la separaban tres dedos.

—¡No le vuelvas a poner la mano encima! —amenacé con rabia.

Que empujara a mi tía me encolerizó, pero cuando quise reaccionar ya estaba rodeado por un puñado de falangistas que estaban dispuestos a encerrarme. Mis primos se abrazaron a su madre; mi madre, abrazada a mí, me rogaba de que no les hiciera caso. Intenté calmarla, le dije que no me pasaría nada, que antes de la comida estaría en casa. Miguelín se separo del regazo de su madre y se fue corriendo. Iba a avisar a don Fidel; era el único que podía evitar que me encerraran. Me llevaron hasta la plaza, la gente se escondía en sus casas, incluso se oía cómo se cerraban los postigos de las ventanas a mi paso. Tres coches aguardaban a que llegara, y me di cuenta de que no me iban a encerrar en el calabozo del pueblo. Giré mi cabeza a la derecha para ver que en el casino estaba don Matías, rodeado de los suyos, comprobando que todo se cumpliera tal como deseaba. Me subieron en uno de los coches, prescindiendo de los buenos modales y arrancando a toda prisa para eludir que don Fidel volviera a evitar mi arresto. No hubo palabras, tan solo las miradas satisfechas de los dos falangistas que me custodiaban en la parte trasera del coche.

Cáceres fue mi siguiente destino. El palacio de justicia me estaba esperando, sin tiempo que perder, lejos de don Severiano y de don Fidel, para que sus influencias no dieran al traste con los caprichos de los caciques de mi pueblo. Don Matías había dejado todo bien atado, no quería sorpresas.

Capítulo XXVIII

El mal olor de los calabozos de Cáceres no era diferente al de los otros lugares en que había estado recluido. Ya solo esperaba que me trasladaran a los campos de trabajo de las colonias penitenciarias militarizadas de Montijo. Esa fue la sentencia de un juicio en el que se me acusó de todo lo acusable, en el que mi defensa no existió y en el que al bueno de don Severiano no se le dejó intervenir; lo único que consiguió el marido de Luisa fue que de momento me quedara en Extremadura. Todo se había vuelto a derrumbar, como otras veces, pero esta vez no tenía ninguna esperanza de que se arreglara. Me sumí en mi tristeza, intentando entender por qué un simple bulo extendido por un falangista había podido provocar tanto dolor. Cuanto más tiempo pasaba, más me convencía de que la guerra no había terminado para mí y que tendría que seguir luchando por hacer justicia.

A los pocos días me trasladaron a Montijo, con una pena a mis espaldas de treinta años, por acusaciones inventadas por la canallesca de mi pueblo. Los campos de trabajo de la campiña sur del Guadiana consistían en construir unos canales de riego y una presa. Se extendían a lo largo de varios kilómetros, teniendo su sede en Montijo, donde pasaría el principio de mi injusta condena. Era finales de 1945, la población reclusa ya había disminuido, provocado por lo avanzado de las obras. Nos mezclábamos con los llamados presos-libres, que eran los que habían cumplido pena, pero que algunos siguieron allí trabajando. Los barracones eran para sesenta presos, y dormíamos en literas triples. Estaban construidos alrededor de un patio principal, en el que también había capilla, enfermería, taller mecánico, economato, casa cuartel, vaquería... El recinto estaba alambrado, con varias garitas desde la que los centinelas nos vigilaban para evitar fugas. Los domingos y los días de fiesta religiosa, tras la misa, se recibían visitas. Solo tenían derecho las esposas, los padres y hermanos. El trabajo era duro: comenzaba a las ocho de la mañana, se paraba al mediodía para comer y luego se continuaba por la tarde. El salario era de 2,35 pesetas diarias, y por cada día trabajado se rebajaban tres días de pena. Mi madre me visitaba, junto a la tía Benita, que esta ya se las apañaba para colarse dentro del recinto, diciendo que era mi abuela. Las visitas las recibíamos en unas mesas y bancos de piedra que habían construido los presos; al resguardo y a la sombra que daban unos estirados eucaliptos.

—¿Cómo estás? —Mi madre, aunque se hacía la fuerte, no podía esconder su pena, se le notaba en su rostro.

—Bien, madre. ¿Ustedes? —Las miraba con mi mejor sonrisa, para disimular mi sufrir—. ¿Cómo están los primos, tía?

—Miguelín me ha dado esto para ti. —Sacó de su bolso un taco de cartas; eran de Teresa—. Le ha dicho Micaela que ella se encarga de seguir mandando las cartas a esa chica.

La tía Benita me contaba cosas de mis primos, esperando que yo contara quién era la chica que me escribía las cartas.

Mi madre siempre me traía una talega repleta de comida, que yo intentaba rechazar, porque sabía que la comida no les sobraba; ella y la tía se ponían tan pesadas que al final la tenía que aceptar. Me contaban que don Severiano se había empeñado en sacarme de allí, pero que sus esfuerzos, de momento, eran en vano. Don Fidel había conseguido abrirle los ojos a doña Julia, y, haciendo caso de las advertencias de su padre, esta dormía en una habitación separada de la de su marido. Si don Matías se marchaba de la finca, el escándalo podía ser mayúsculo, pero eso a él no le importaba, solo le importaba el dinero de su esposa.

Las despedidas eran duras. Mi tía no dejaba de llorar, mi madre me daba un beso y me regalaba una sonrisa, conteniendo las lágrimas en sus ojos cristalinos. Luego, la vida dentro del penal continuaba, esperando sumisos nuestra suerte, que no dependía de nosotros. Por la noche, ya dentro de los barracones, se producía entre los presos un mercadeo de intercambio de tabaco, papel de fumar e incluso comida, procedente del aprovisionamiento que habían traído los familiares. Otros se dedicaban a leer y escribir correspondencia; por las noches, después de las visitas, la moral estaba por las nubes.

Mi litera, de las tres que había, era la del medio. En un colchón de esparto tumbaba mi machacado cuerpo y comenzaba a leer las numerosas cartas de Teresa, que, aunque yo no le había contestado ninguna, ella no dejó de escribirme. Como siempre que habría sus cartas, el aroma que desprendían me transportaba a recordar los momentos que viví a su lado. Ella insistía en sus deseos de volver a verme, de estar conmigo para siempre... Yo sabía la realidad, que ella ignoraba, y que decidí que no se la iba a contar. Sus sentimientos hacía mí se desvanecerían, al no encontrar respuesta a sus cartas, al menos eso pensé, porque no quería hacerle daño. Debajo del colchón las escondía, no las releía, no me quería martirizar. Tenía que olvidar, porque nuestro amor fue imposible desde el principio, había que aceptarlo.

El invierno en las colonias fue duro, provocándose en mi blanca y sensible piel sabañones, que se reflejaron en las orejas y en los nudillos de los dedos. Trataba de aliviar el escozor restregando en la zona afectada las cáscaras de pera o los pellejos de las uvas, e incluso patata cruda con sal, que cuando terminaba de frotar, el hambre me decía que tenía que comérmela. En 1946 el trabajo en la presa y el canal se terminaba, creando rumores sobre los pocos presos que aún quedábamos. Se rumoreaba que nos trasladarían al penal de Ocaña, o al de Talavera. También se decía que nos dejarían libres, pero esto era más un deseo de los propios presos. Los traslados se iban produciendo muy despacio. La mayoría fue para Ocaña; penal de muy mala fama por sus consabidos fusilamientos sin juicio previo. A algunos se les concedió la libertad, teniendo en cuenta la pena que habían cumplido, la poca que les quedaba y el buen comportamiento. Yo ya estaba hecho a la idea de que mi próximo destino sería Ocaña, apenas llevaba cuatro meses en la colonia y me quedaba mucha pena por cumplir.

Una mañana fría de finales de marzo, me encontraba subido en un andamio, desencofrando una de la muchas trincheras del canal, cuando uno de los presos-libres se acercó para decirme que dejara lo que estuviera haciendo y me fuera al cuartel militar que había dentro del campo. No le pedí explicaciones, solté la herramienta y me bajé del andamio. En mi camino hacia el cuartel, las dudas volvieron a brotar en mi cabeza. Seguramente me mandarían a Ocaña, pensé, por lo que me alejaría más de mi gente. Convencido de mi destino, llegué al cuartel. Había un soldado en la puerta que me dijo que esperara sentado en un banco de madera. Una espera que ya era familiar, y que aguardaba —por enésima vez— saber qué habían decidido hacer conmigo. Mi meditar fue interrumpido pasados unos minutos por el soldado, que ordenó que entrara. Tras la mesa, un capitán; a su lado, en otra mesa, un ordenanza, que movía con destreza sus dedos en el teclado de la máquina de escribir, plasmando lo que el oficial le dictaba. Cuando acabó de escribir, de lo que yo solo escuché cómo le dictaba la localidad en la que estábamos y la fecha, le dio el folio, que el capitán firmó y en el que estampó un sello. Me miró y me dio la cuartilla de color sepia que estaba escrita en su totalidad. No sabía qué hacer, porque estaba esperando a que me dijera qué iba a pasar conmigo, estaba confuso.

—¿No va a leerla?

Aquel folio, que no me atrevía a leer, era mi libertad. Se anulaba la sentencia del 25 de noviembre de 1945, que me había condenado a treinta años, por falta de pruebas. Continué parado, sin reaccionar, esperando a que me mandaran salir de allí y cumplir la última orden que me podían dar.

—Dese prisa, que el autobús sale de Montijo en media hora —me informó el ordenanza.

Sin despedirme de nadie, abandoné la colonia penitenciaria, con la incertidumbre que me había creado la inesperada noticia. Sin ser capaz de responder a las preguntas que se agolpaban en mi mente, me encontré subido en el viejo autocar Leyland, que me llevaría a Zafra. Cuando llegué, no vi la posibilidad de buscar otro medio para ir al pueblo que no fuera andando. Sin perder tiempo me puse en marcha para dar la sorpresa a mi madre; ella tampoco debía de saber nada. Después de un largo caminar, en el que la niebla me acompañó, llegué a la venta; no quería perder tiempo con los venteros, pero el sonido inconfundible del hacha al contacto con los troncos me dijo que Juan estaba partiendo leña para alimentar la chimenea. No podía estar tan cerca de él y no saludarle. Después de un momento de duda, y teniendo la seguridad de que ellos se alegrarían de verme tanto como mi madre, fui a la venta. La espesa niebla hizo que me guiara por los golpes; hasta que no estuve a un par de metros de él no le vi.

—¡Juan! —Se giró, soltó el hacha y me miró; dudaba de que fuera yo el que había aparecido de entre la espesa niebla.

—¡Tomás! —Se agarró a mí llorando; yo le acompañé, y los dos nos fundimos en un abrazo tan verdadero como el que nos dimos cuando volví de la guerra—. ¿Cuándo te han soltado?

—Esta mañana... no me lo esperaba, han anulado el juicio —expresé mi confusión encogiéndome de hombros.

Entramos en la venta. Micaela gritó al verme; al igual que a mí la libertad, mi presencia le cogió por sorpresa. Tras el recibimiento, entre lágrimas y abrazos, la mujer del ventero me trajo las cartas que había vuelto a recibir.

—Toma, las cartas de tu amiga —demostraba contrariedad—. El otro día se las di a Miguelín para que tu madre te las llevara... Dijo que ya no hacía falta. Ese muchacho, de leer tanto libro, acabará majareta...

Tras la breve visita a mis amigos, tomé camino del pueblo. Quería llegar cuanto antes para dar a mi madre una sorpresa y esperar a que alguien me explicara por qué se había anulado la sentencia. Lo único que sabía es que Teresa, pese a que yo no la escribía, seguía mandándome cartas.

Era mediodía, y el frío era la causa de que las calles estuvieran desiertas. Llamé a la puerta, que enseguida me abrió Tina; al verme, sus ojos y su boca manifestaron un gesto de sorpresa. Por un momento quedó inmovilizada, sin saber qué decir, hasta que su madre le preguntó.

—¿Quién es, hija?

—¡Madre... es el primo Tomás!

El silencio se hizo dentro de la choza, nadie se creía lo que decía Tina. Entré, y al verme se abalanzaron sobre mí, para abrazarme y tocarme, comprobando que era yo, y que no era un sueño. Tan solo mi madre no se movió de la silla en la que estaba sentada, no tuvo fuerzas para levantarse y rompió a llorar. Me acerqué a consolarla, apartando a mi tía y mis primos, que no cesaban en sus muestras de alegría por volver a verme.

—No llore, madre... Esto ya terminó.

Sus ojos bañados en lágrimas se clavaron en mí, abrió los dedos para surcar mi cabello, para terminar unidos, y con la palma de su mano acariciarme la mejilla, como solía hacernos a mi hermano y a mí cuando éramos niños.

—¿Tú crees?

No supe qué contestar, sus dudas tenían un fundamento, porque era difícil pensar que el sufrimiento que nos perseguía desde que comenzó la maldita guerra cesaría. Mi madre y mi tía no sabían quién había intervenido para que se anulara la sentencia. Tan solo me quedaba esperar acontecimientos, y ver si don Severiano había conseguido su propósito. Mis primos estaban alegres con mi presencia, en especial Miguelín, que se encontraba más risueño que nunca.

—Primo, yo sabía que te soltarían.

—¿Tú?... ¿por qué? —Que Miguelín estuviera tan seguro de mi libertad me creo más dudas.

—Porque sí.

Miguelín agarró su abrigo y se fue con su hermano Cefe, que le estaba esperando, tenían que sacar el rebaño. La conversación con las dos mujeres que tanto me querían se alargó durante toda la tarde. No me atreví a salir de la choza, no quería que me vieran los que caprichosamente me acusaron. Aquella noche no pude dormir, las dudas me arrebataron el sueño y de lo único que estaba seguro es que estaba con los míos, porque tanto cariño no podía crear desconfianza. Los primeros rayos de sol entraron por la ventana, y yo continuaba allí, despierto, palpando la realidad que aún no llegaba a creerme. Cefe fue el primero en despertar, tenía que ordeñar las cabras antes de sacarlas al pastoreo, y me fui con él a la cerca. Cuando entré, me llamó la atención el cencerro de vaca, estaba en el mismo sitio, las telarañas contaban que no se había vuelto a usar.

—Cefe, ¿qué fue de los guerrilleros?

—Cuando acabó la gran guerra se fueron... Aquí ya no estaban seguros.

El pastor manejaba con destreza las ubres de las cabras, sosteniendo con sus labios el cigarro. En mi ausencia, había sido el pilar en el que se apoyaron mi madre y la tía. Yo no dejaba de admirarlo. Volví a la choza, y me senté en la mesa junto a Miguelín, que migaba un trozo de pan dentro de un tazón de leche; a su lado, el libro de su admirado Federico. Me quedé observándolo por un momento, recordando lo que me había dicho cuando llegué: que él sabía que me iban a soltar. Introducía la cuchara dentro para empapar las migas, sin decirme nada. Tal vez esperaba que yo le preguntara, y así lo hice.

—¿Por qué sabías que me iban a dar la libertad?

No se inmutó, siguió comiendo del tazón, mi pregunta no le cogió por sorpresa; es más, como yo suponía, la estaba esperando.

—¿Has leído las cartas de Teresa?

Que me contestara con otra pregunta me desconcertó. Me levanté y fui a por las cartas; eran dos, que había puesto encima de una mesilla de noche que estaba entre mi cama y la de mis primos. Miguelín mostró su cara de pícaro, que decía que se había tomado la licencia de hablar con Teresa; mientras, yo habría la correspondencia con impaciencia. El «querido Tomás», seguido de «me acuerdo de ti y te echo de menos», lo leí con rapidez, esperando encontrar algo que me indicara por qué mi primo me había preguntado que si las había leído. Mi lectura alocada se apaciguó cuando Teresa me puso con sus letras inconfundibles que sabía por lo que estaba pasando; que me ayudaría, que haría todo lo que estuviera en sus manos para sacarme de Montijo; que su padre estaba al corriente de todo. Abrí la segunda carta, y en esta Teresa ya contaba con que me habrían soltado, y decía que fuera a Madrid a por mi hermana, que su madre se había encargado, a través del auxilio social, de aclarar su situación. Volví a mirar a Miguelín, movió su cabeza, en un gesto que preguntaba mi parecer sobre que Teresa me hubiera avalado con la ayuda de sus padres.

—Pero cómo...

—Tú ya no la escribías, y como ella no dejaba de mandarte cartas, decidí contárselo —aclaró, a la vez que se limpiaba con la manga del brazo los restos de migas que había en su boca—. Teresa te quiere, primo.

Me dejaron sin palabras su seguridad y la confianza con que hablaba de ella.

—Primo, yo que tú no perdía el tiempo —hizo un gesto con la cabeza, sin dejar de comer—, y cogía el primer tren que saliera para Madrid.

La madurez de Miguelín era la misma que mostraba su hermano Cefe; a él también las circunstancias le había hecho crecer a pasos agigantados, para orgullo de su madre. Yo continuaba apresado en mi asombro, mirándole incrédulo, esperando que volviera a sorprenderme con su ingenio, un ingenio que me había librado de continuar cumpliendo condena.

—Debajo de la cama está la maleta que te dejó Juanillo, todavía no se la hemos devuelto. Dentro hay un dinerillo que Cefe y yo hemos podido ahorrar para ti.

Fui debajo de la cama, tal como me había indicado. Saqué la maleta que estaba cubierta de polvo, la abrí y comprobé que era cierto lo del dinero.

Miguelín me miraba con su cara de pillo, observando satisfecho cada uno de mis gestos de sorpresa, que se reflejaban en mi rostro.

—¿De dónde lo habéis sacado? —pregunté, a la vez que desplegaba el manojo de billetes.

—Bueno, pues... de algún trabajo que hemos hecho al Cojo... ¡Ah!, y también de lo que nos dieron los guerrilleros cuando se fueron.

Quedaba claro que para ellos el dinero no tenía importancia, que era un mero instrumento para sobrevivir. Para ellos era más importante la familia, mi hermana, mi madre, yo, e incluso las cabras.

Capítulo XXIX

Empujado por la ilusión que me transmitió Miguelín, y siguiendo sus consejos, me fui a Madrid. El largo viaje nocturno en el destartalado y viejo tren no amainó el sueño de traerme a mi hermana. Teresa había conseguido que saliera en libertad y, si nada se torcía, también que María volviera con nosotros. No sabía si algún día le demostraría mi agradecimiento en persona.

Al salir de la estación, vi cómo el sol intentaba no esconderse entre las nubes. Los edificios, los coches, las grandes calles y el trasiego de los numerosos transeúntes de la capital, esta vez, no me sorprendieron. En mi cabeza solo estaba traerme a María y que esta pesadilla acabara. No perdí tiempo, y me fui directo a la plaza de Puerta Cerrada. Allí estaba el autocar de línea, de color beis, con una raya roja que lo atravesaba por ambos lados, esperando la hora de salida y ser ocupado por los numeroso pasajeros que provocaba el domingo. Eran muchas las mujeres que iban al palacio a ver a las niñas, que como María estaban en el hogar bajo la tutela de las monjas. El conductor, que era el mismo, saludaba de uno en uno a los viajeros, incidiendo más en el saludo con sus paisanos. Me conoció nada más verme.

—¿Otra vez usted por aquí? —Su sonrisa era distinta para los forasteros—. Espero que hoy tenga más suerte... seguro que sí —continuó—. Hoy es Domingo de Ramos, un día alegre.

No contesté, y fui a los últimos asientos, junto a las mujeres, que iban como yo de visita. En sus rostros se notaba la alegría de volver a estar con sus niñas, para ellas no hacía falta que fuera Domingo de Ramos para estar felices. En los asientos delanteros se sentaban los del pueblo, que mantenían con el conductor y entre ellos una tertulia distendida. Después de que el autocar tomara la pronunciada curva a la derecha, apareció a la vista la fachada del imponente palacio. El verdor de los huertos que lo rodeaban le daba un aspecto vivaz que contrastaba con la imagen que yo tenía, y que me habían dejado los rostros de tristeza de las niñas que lo habitaban. El autocar aminoró la marcha, lo que provocó que las mujeres de los últimos asientos se levantaran deseosas de cumplir con la visita. Me volvió a aparecer la incertidumbre, y la ilusión que me había creado Miguelín comenzó a convertirse en duda. Porque no llevaba salvoconducto, ni carta firmada y sellada por alguien que avalara que María no era huérfana, tan solo tenía la ilusión y la confianza que me había transmitido un joven pastor aficionado a la lectura de un tal Federico. La monja, cuando me viera, podría llamar a los guardias, y volver a echarme del palacio. Se hacía difícil pensar que tan solo mi presencia sería suficiente para sacar a mi hermana de aquel lugar.

A la puerta del autocar, los curiosos anotaban con la vista los viajeros que llegamos al pueblo. Sus paisanos pasaban inadvertidos para ellos, tan solo un «buenos días, fulano» era suficiente, sin despegar la vista de los forasteros. Noté que algunos comentaban mi presencia. Fui hacia el hogar de las niñas, detrás del grupo de mujeres, notando cómo mi corazón se aceleraba; estaba nervioso. En la puerta del palacio una de las monjas recibía las visitas; decían el nombre de la niña, y aquélla la mandaba llamar. Las afortunadas que recibían visita se entregaban a los abrazos y besos de los suyos, sabiendo que al menos aquel día escaparían del hogar.

Me acerqué a la monja, y antes que le dijera el nombre de mi hermana, me dijo que esperara. Consultó algo con otra de las hermanas, y me invitó a entrar dentro del palacio. Tanta amabilidad me sorprendió. Seguí a las dos mojas, que me llevaron por un pasillo que desembocó en una puerta que daba a un jardín y a las verdes huertas que se veían desde el autocar. Las desafortunadas niñas que no tenían visitas jugaban a los repetidos juegos que las evadían de la realidad que estaban viviendo. Las monjas se pararon en el umbral de la puerta, y una de ellas gritó el nombre de mi hermana.

—¡María! —Ya no la llamaban Lourdes. Que la llamara por su nombre me dijo que algo había cambiado—. ¡Tiene visita!

Estaba sentada en una fuente que había en el jardín; no estaba sola. Mi hermana vino corriendo a mi encuentro, gritando: «*Tato... Tato*». Me agaché para recibirla con un abrazo. Se aferró a mí, su alegría por volver a verme era desbordante.

—María, qué grande estás... y qué guapa. —No llevaba el uniforme.

—¿Te gusta? —preguntó, a la vez que se giraba para que viera el vestido—. Me lo ha regalado aquella señorita.

Miré a la fuente, que era hacia donde mi hermana señalaba. Agachado, en la misma posición que había recibido a mi hermana, comprobé atónito que la señorita a la que se refería María era Teresa. Erguí mi cuerpo poco a poco, viendo cómo ella se acercaba a mí. Su elegancia y su belleza seguían siendo las mismas que me habían cautivado y que inundaban mis sueños.

—Hola, Tomás. —María se fue hasta ella, la cogió de la mano—. ¿Cómo estás?

No podía articular palabra. Tuve que respirar hondo para darme cuenta de que no estaba soñando. La agarré de la mano, sin dejar de mirar sus bellos ojos negros; continué sin saber qué decir.

—Mi padre está hablando con la madre superiora; después de misa de Ramos nos llevamos a tú hermana. —Miró a María, que estaba feliz y que no dejaba de mirarse el vestido—. Tomás, te he echado tanto de menos...

—Yo también... No sé cómo te voy a pagar esto...

—Si tú quieres, tienes toda una vida para pagármelo...

Sus palabras me hicieron que apretara su mano con fuerza, sacándole una sonrisa que decía que estaba dispuesta a estar siempre a mi lado. Mis deseos de abrazarla para demostrarle lo que la quería los tuve que contener. A ella le pasaba igual, y aquel momento estéril fue interrumpido por María, que tiró a Teresa de la chaqueta para anunciarle que venía su padre.

—Teresa, viene el señor.

—Se llama don Teófilo, y es su padre —aclaré a mi hermana, viendo cómo el coronel se acercaba para saludarme.

—Qué alegría nos da el volver a verte... y también poder ayudarte. —El coronel miró a su hija con complicidad—.Y si es por esta niña tan guapa...

—¡Queda menos de media hora para la misa! —Apuntó la madre superiora desde la puerta de los jardines.

Nos dirigimos a la salida, yo no podía dejar de mirar a Teresa, aún no me lo creía. Al llegar a la altura de la estatua del faraón, María nos llamó la atención a los dos. Quería decirnos algo.

—No miréis a los ojos del faraón —nos susurró mi hermana, dando la espalda a la estatua—. Si lo hacéis, no se cumplirán vuestros deseos.

—¿Quién te ha dicho eso? —le preguntó Teresa.

—Las mayores... Dicen que una de ellas nunca ha salido del hogar por mirarle a los ojos. Como su deseo era abandonar el palacio... Yo nunca le miro.

Teresa y yo reímos. La fábula del faraón a nosotros no nos había influido. Al contrario, nuestros sueños se habían cumplido.

Se acercó la madre superiora en busca de María. Al verme, hizo un gesto de indiferencia. Trataba de ignorar mi presencia para evitar presentarme sus disculpas.

—Lourdes... perdón, María —rectificó —, vaya a la fila con sus compañeras.

La misa se celebraba en la iglesia del pueblo; que ya estaba restaurada. Las niñas iban formadas en filas de a dos, portando todas ellas una rama de olivo;

María sobresalía de las demás por no llevar el uniforme. Don Teófilo encabezaba el grupo junto a la madre superiora, seguido por el séquito de hermanas. Teresa y yo les seguíamos, rezagando nuestro paso para quedarnos solos. Tímidamente, volvimos a juntar nuestras manos; su piel suave confirmaba que no era un sueño.

La entrada de la iglesia estaba llena de gente, vestida con sus mejores galas, haciendo bueno el refrán: «Quien no estrena el domingo de ramos no tiene manos». Los ramos de olivo y las palmas le daban un aire diferente al pueblo. Las niñas desfilaban orgullosas, abriéndose paso entre el gentío, que las miraba con entusiasmo, porque las niñas eran parte de la vida del pueblo. El alcalde dio la bienvenida al coronel y a la monja; los tres subieron las moderadas escaleras que subían a la iglesia, donde los esperaba el párroco. La gente cerró el camino que habían abierto a su paso y los siguió. Los lugareños se preguntaban que quién era aquel hombre, alto y fuerte, que acompañaba a la madre y al alcalde.

Nosotros esperamos a que la gente entrara en la iglesia; cuando esto ocurrió, nos volvimos a mirar, y vimos en nuestros ojos el deseo de estar solos, como cuando estábamos debajo de la parra en la casa de Isabel. Sin perder tiempo, nos adentramos por las calles del pueblo que estaban desiertas, donde el silencio se había apoderado. Todo el pueblo estaba en misa, celebrando el Domingo de Ramos; los que no asistían estaban encerrados en sus casas. Cruzamos unas huertas, con premura, con el fin de escapar de la iglesia, de su Dios... en busca de nuestra soledad. Al llegar a una alameda, en la que solo se oía el chorro de un caño de agua al romper contra una lancha de piedra, Teresa y yo fundimos nuestros labios. El amor que nos habíamos declarado por carta se plasmó en aquel sombrío lugar, en el que solo se oía el canto de los pájaros en su cortejo primaveral, entremezclado con el sonido del fino chorro del agua.

El repique de las campanas de la iglesia anunció que la misa había acabado. Nos levantamos del lugar que habíamos elegido para demostrarnos nuestro amor. Teresa estaba llorando, sus labios le temblaban, quería decirme algo.

—Esto... esto debe continuar, Tomás —confesó—. Te quiero.

—Yo también, en todo este tiempo, no ha pasado un día en el que no pensara en ti. —La acaricié, y con el mismo movimiento de mis manos la atraje parar volverla a besar.

Regresamos al pueblo, a celebrar la entrada de Jesús en Nazaret, aclamado por los suyos con ramas de olivo, los mismos que una semana después le crucificarían. Así era la nueva España, en la que no tenían cabida los vencidos. En la que todo era lícito si se hacía en nombre de Dios, un Dios moldeado al antojo de los vencedores para avalar sus injustas leyes. Dándole validez la Iglesia, que escogía a sus hijos, haciendo caso omiso de las sagradas escrituras, las que siendo pequeños nos leía Antonio el maestro al calor de la lumbre en la vieja escuela.

Nos mezclamos entre la gente que llenaba las escaleras de la parroquia. Don Teófilo se deshacía de los saludos como podía, e intentaba alcanzar el Packard que él mismo había conducido hasta Madrid. Nosotros ya esperábamos en el coche, junto a mi hermana, que ya se había despedido de sus compañeras. La gente ya sabía que don Teófilo era un coronel, y al arrancar el vehículo —no sin antes apartar a los niños que se arremolinaban alrededor del flamante coche—, un grupo de falangistas y lugareños, al pasar, nos despidieron con el saludo fascista. A la única que le gustó aquel gesto fue a María; sería porque aquella vez no era ella la obligada a realizarlo.

Abandoné Boadilla sin reencontrarme con mi amigo Mariano, pero junto a la persona que me había devuelto el ansia por vivir, con mi hermana, tal como le prometí a mi madre; y con el firme propósito de apartar de mi vida a las personas que me habían hecho sufrir.

Don Teófilo, por la tarde, nos dejó solos para que paseáramos los tres por las calles de Madrid. Después del paseo las llevé al callejón del gato; se quedaron perplejas, en especial mi hermana, al ver sus cuerpos desfigurados en los espejos. Miré a las ventanas de la primera planta del número siete: estaban cerradas como siempre para que no se escaparan los gatos de la señora Flora; don Marcial estaría repasando la prensa en busca de noticias de su monarquía; y Pepita..., la maestra republicana, se encontraría en Méjico, junto a su novio, tratando de olvidar el pasado. Las risas de Teresa y María me despertaron de mi añoranza, y me uní a ellas. No cesamos de reírnos de nuestros cuerpos desfigurados al vernos reflejados en los espejos cóncavos.

Puedes conseguir este libro en
www.esebook.com